Las hojas que caen

Las hojas que caen

Memorias de una hija rechazada

ADELINE YEN MAH

ALFAGUARA

Título original: FALLING LEAVES. THE TRUE HISTORY OF AN
UNWANTED CHINESE DAUGHTER
D.R. © Adeline Yen Mah, 1997
D.R. © Traducido de la edición en lengua inglesa, autorizada por John Wiley & Sons, Inc.

De esta edición:
D.R. © Aguilar, Altea, Taurus, Alfaguara, S.A. de C.V., 1998
Av. Universidad 767, Col. del Valle
México, 03100, D.F. Teléfono 56 88 89 66
www.alfaguara.com.mx

- Distribuidora y Editora Aguilar, Altea, Taurus, Alfaguara, S.A.
  Calle 80 Núm. 10-23, Santafé de Bogotá, Colombia.
- Santillana S.A.
  Torrelaguna 60-28043, Madrid, España.
- Santillana S.A.
  Av. San Felipe 731, Lima, Perú.
- Editorial Santillana S. A.
  Av. Rómulo Gallegos, Edif. Zulia 1er. piso
  Boleita Nte., 1071, Caracas, Venezuela.
- Editorial Santillana Inc.
  P.O. Box 19-5462 Hato Rey, 00919, San Juan, Puerto Rico.
- Santillana Publishing Company Inc.
  2043 N. W. 87 th Avenue, 33172, Miami, Fl., E.U.A.
- Ediciones Santillana S.A. (ROU)
  Constitución 1889, 11800, Montevideo, Uruguay.
- Aguilar, Altea, Taurus, Alfaguara, S.A.
  Beazley 3860, 1437, Buenos Aires, Argentina.
- Aguilar Chilena de Ediciones Ltda.
  Dr. Aníbal Ariztía 1444, Providencia, Santiago de Chile.
- Santillana de Costa Rica, S.A.
  La Uraca, 100 mts. Oeste de Migración y Extranjería, San José, Costa Rica.

Primera edición en Alfaguara: abril de 2000.

ISBN: 968-19-0513-X

D.R. © Diseño de cubierta: Enrique Hernández López
D.R. © De la traducción: Omar López Vergara

Impreso en México

NOTA DE LA AUTORA

Ésta es una historia verdadera. Fue doloroso y difícil escribir gran parte de ella, pero me sentí obligada a hacerlo. Continúo teniendo profundos sentimientos hacia muchos de los miembros de mi familia y no deseo hacer daño a nadie innecesariamente. Por ello, he cambiado los nombres de pila de todos mis hermanos que siguen con vida, sus cónyuges y sus hijos. Sin embargo, tanto los nombres de mis padres como todos los eventos aquí descritos son reales.

ÍNDICE

11

Este libro está dedicado a mi Tía Baba, cuya inquebrantable confianza en mi valía me sostuvo a lo largo de mi atormentada niñez. Y a mi esposo, Bob, sin cuyo amor este libro no podría haber sido escrito.

Hong Kong, mayo 19, 1988

No sería totalmente honesto decir que era la primera vez que estábamos todos juntos en casi cuarenta años. En el pasado, en varias ocasiones y por separado, y a veces a escondidas, cada uno de nosotros se había reunido con alguno de los demás, pero la ausencia siempre había sido un común denominador. Hoy era Papá.

Susan, nuestra hermana menor, conocida dama de sociedad y esposa del banquero multimillonario Tony Liang, también estaba ausente. No había sido invitada al funeral de Papá ni a la subsecuente lectura del testamento. Su nombre no se incluyó en el obituario publicado en el *South China Morning Post*. Decía: "Joseph Tsi-rung Yen, querido esposo de Jeanne Prosperi Yen, padre de Lydia, Gregory, Edgar, James y Adeline, murió en paz el 13 de mayo de 1988 en el Sanatorio de Hong Kong."

Esa misma mañana habían enterrado a Papá en el cementerio católico de North Point, al este de la isla de Hong Kong. Ahora, a las cuatro y media de la tarde, estábamos reunidos para la lectura de su testamento en las impresionantes oficinas del bufete Johnson, Stokes & Masters, en el decimoséptimo piso del Edificio Prince en Hong Kong.

Esperábamos nerviosos en la sala de conferencias, alrededor de una gran mesa ovalada cubierta por una plancha de granito pulido. La mesa y el piso, del mismo material, brillaban con la luz solar vespertina que inundaba la habitación desde el puerto a través de enormes ventanas. Lydia, mi hermana mayor, se acercó a mí y puso, protectora, su brazo derecho alrededor de mi hombro. Mis tres hermanos mayores, Gregory, Edgar y James, estaban sentados lúgubremente uno al lado del otro. Louise, la bella esposa de James, lanzaba miradas solícitas a nuestra madrastra franco-china, a quien llamábamos 娘 *Niang*, un término chino para mamá. Niang estaba sentada a la cabecera de la mesa junto a su abogado; una nube de humo de cigarro flotaba desde la boquilla de oro que apretaba con fuerza entre sus bien manicurados dedos. La habitación parecía enorme y me sentía enferma de aflicción.

Mi padre había sido un hombre muy rico, y le gustaba asumir riesgos, pero fue sin duda uno de los hombres de negocios más exitosos de Hong Kong. Salió huyendo de Shanghai en 1949 e inició una compañía de importaciones y exportaciones; después se diversificó e inició empresas de manufactura, construcción, compraventa y bienes raíces; incluso una de ellas figuraba en la muy competitiva bolsa de valores de Hong Kong. Cuando ya estuvo demasiado enfermo como para lidiar con ellos por su propia cuenta, James y Niang se encargaron de administrar sus asuntos financieros.

Niang estaba vestida inmaculadamente con un costoso traje parisino de seda negra. En la solapa llevaba un gran prendedor de diamantes que hacía juego con la gema que resplandecía en su dedo. Su cabello, teñido de un negro intenso, estaba cuidadosamente peinado por arriba de su amplia frente. Traía consigo una bolsa negra de piel de cocodrilo, de donde extrajo unos lentes de finísimo armazón que se puso sobre la nariz. Hizo una señal de asentimiento a su abogado, que en ese momento nos repartió a cada quien una copia del testamento de Papá.

El abogado carraspeó y dijo: —Su madre, mi cliente, la señora Jeanne Yen, ha solicitado que no le den vuelta a la hoja por el momento. Explicaré la razón más adelante.

Empezó a leer la primera página mientras nosotros nos aferrábamos con atención a cada una de sus palabras. Me sentía como si tuviera siete años y estuviese viviendo nuevamente en Shanghai.

Comenzó: "Yo, Joseph Yen, de la calle Magazine Gap número 18, Mansiones Magnolia número 10a, Victoria, en la colonia de Hong Kong..." Siguieron las frases acostumbradas respecto a la revocación de todo testamento y codicilo anterior. Papá había designado a su esposa, Jeanne Yen, como única albacea de su testamento. "Lego y dono a ella toda mi propiedad, cualquiera que ésta sea y donde quiera que se encuentre." Si Niang no le sobreviviera, explicó a continuación el abogado, entonces James sería el único albacea y fiduciario del testamento de Papá.

El abogado ya había llegado al final de la página. Tosió nerviosamente y dijo: —Es mi deber informarles que su madre, la señora Jeanne Yen, me ha dado instrucciones de decirles que no hay dinero entre los bienes de su padre.

Lo miramos con asombro. ¿No hay dinero? Nuestros ojos se depositaron sobre Niang, nuestra madrastra. Nos devolvió la mirada uno por uno.

—Como no hay dinero en la propiedad —dijo— no hay necesidad de que sigan leyendo el testamento. No hay nada en él para ninguno de ustedes. Su padre murió sin un centavo.

Extendió la mano y, lentamente, reacios pero obedientes, cada uno de nosotros le dio su copia del testamento de Papá sin ver la siguiente página, exactamente como nos lo habían ordenado.

Nadie dijo nada. El silencio prolongado nos incomodaba mientras mirábamos a Niang esperando una explicación.

—Ninguno de ustedes parece entender —dijo Niang—. El testamento de su padre carece de valor porque no tenía dinero entre sus bienes.

Se puso de pie y le devolvió al abogado todas las copias sin leer el testamento de Papá. La lectura del documento estaba por terminar.

Nadie puso en duda la legitimidad de los actos de Niang ni volteó la página para revisar la siguiente. Confundidos y extrañados como estábamos, aceptamos el mando de Niang. No teníamos idea de cuál había sido la manera en la que Papá había dispuesto de su fortuna o cómo había previsto el futuro de nuestra familia.

Papá había sido un hombre acaudalado y con una gran fortuna. ¿Por qué habíamos devuelto su testamento sin leerlo, como si fuésemos autómatas incapaces de razonar?

Para explicar nuestra docilidad colectiva de esa tarde tendré que remontarme hasta el principio. Hay un proverbio chino que dice 落葉歸根 *luo ye gui gen* (las hojas que caen vuelven a sus raíces). Mis raíces provenían de una familia de Shanghai encabezada por mi adinerado padre y su bella esposa euroasiática, establecida en un escenario de puertos abiertos al comercio, dentro de concesiones extranjeras. El choque entre Oriente y Occidente se representaba dentro y fuera de mi propia casa.

Capítulo I

門 當 戶 對

Men dang hu dui
La puerta correcta sólo cabe
en el marco de la casa adecuada

Cuando tenía tres años, mi tía abuela proclamó su independencia al negarse categóricamente a que le vendaran los pies, arrancándose con decisión los vendajes en cuanto se los colocaban. Nació en 上海 Shanghai (ciudad junto al mar) en 1886 durante la dinastía Qing, cuando el niño emperador Kuang Hu, que vivía muy al norte en la Ciudad Prohibida, gobernaba en China. Tía Abuela, el bebé consentido de la familia, era ocho años menor que mi abuelo, 爺爺 Ye Ye, y finalmente triunfó rehusándose a comer y beber cualquier cosa hasta que sus pies fueran, en sus propias palabras, "rescatados y puestos en libertad".

A finales del siglo diecinueve Shanghai era diferente a cualquier otra ciudad en China. Fue uno de los cinco puertos que se abrieron al comercio con Gran Bretaña después de la Primera Guerra del Opio en 1842. Gradualmente, floreció hasta convertirse en un importante intermediario entre China y el resto del mundo. La ciudad, estratégicamente situada a orillas del río Huangpu, a veintisiete kilómetros río arriba del poderoso Yangtsé, estaba conectada con las provincias occidentales interiores por barco. En el otro extremo, al este, el océano Pacífico se encontraba a sólo ochenta kilómetros de distancia.

Gran Bretaña, Francia y Estados Unidos de América delimitaron enclaves extranjeros dentro de la ciudad. Hasta la fecha, entre los nuevos rascacielos, la arquitectura de Shanghai refleja la influencia de los comerciantes de otros países. Algunas de las grandes mansiones, que antes alojaron a diplomáticos y magnates de los negocios, poseen la elegante grandeza eduardiana de cualquier casa distinguida a orillas del Támesis en Henley, Inglaterra, o el esplendor galo de una villa en el valle del Loire en Francia.

La extraterritorialidad significaba que dentro de las concesiones extranjeras cualquier sujeto, fuera extranjero o chino, estaba gobernado por las leyes del extranjero y exento de las de China. Los extranjeros tenían su propio gobierno municipal, policía y tropas. Cada concesión se convertía en una ciudad independiente dentro de otra ciudad: pequeños enclaves de tierra extranjera en los puertos abiertos a lo largo de la costa china. El país estaba gobernado no por leyes escritas sino por los mandatos de los magistrados asignados por el emperador; con frecuencia, los ciudadanos veían a estos mandarines como semidioses. Durante un periodo de aproximadamente cien años (entre 1842 y 1941), en toda China se consideró a los occidentales como seres superiores cuyos deseos trascendían incluso los de los mismos mandarines. El chino promedio trataba a los conquistadores blancos con reverencia, temor y veneración.

Los casos legales se litigaban frente a un magistrado chino, pero los presidía un asesor consular extranjero cuyo poder era absoluto y que tenía la última palabra. Además, a la humillación de la población se sumaba el hecho de que no podían tener propiedades en, y ni siquiera libre acceso a, muchos de los sectores más deseables dentro de su propia ciudad. La discriminación, la segregación y el abuso permeaban muchos de los tratos interraciales, y los occidentales veían a los chinos como sus inferiores vencidos. Todo esto causaba amargos resentimientos.

En la antigua ciudad china amurallada de Nantao, justo al sur de la concesión francesa de Shanghai, mi bisabuelo tenía una casa de té. Estos sectores chinos, conocidos también como el Casco Antiguo, estaban conformados por edificios sólidos de poca altura, pequeños mercados bulliciosos y callejones enredados sobre los cuales pendían los coloridos letreros de las tiendas. A pesar de la feroz competencia de las estufas móviles sobre postes de bambú, los puestos al lado del camino y los cafés de una sola habitación, el negocio era exitoso. Cuando Tía Abuela tenía siete años, su papá mudó la casa de té a un sitio que estaba más de moda en la colonia internacional, formada por la fusión de las concesiones británica y estadounidense. Después mudó a toda su familia a una casa a unas cuantas calles de distancia en un tranquilo barrio residencial dentro de la concesión francesa.

Los jardines de estilo francés, los conjuntos de departamentos, los edificios de oficinas y las avenidas rodeadas de árboles llevaban los nombres de dignatarios franceses. Estos bulevares se llenaban de carritos de café, *rickshaws* y triciclos para pasajeros. Shanghai empezó a cobrar renombre como el París de Oriente, aunque Tía Abuela siempre mantuvo que París debía llamarse el Shanghai de Europa.

Los hermanos mayores de Tía Abuela recibieron poca educación formal, pero sí aprendieron a leer y escribir en la casa de un maestro privado. La menor de cinco hijos, Tía Abuela fue una hija no planeada. Para cuando ella alcanzó la edad escolar, mi bisabuelo había prosperado. La inscribió en la Escuela Cristiana para Niñas McTyeire —cara y de moda—, administrada por misioneros metodistas estadounidenses. Fue la primera de la familia Yen en recibir una educación extranjera desde su niñez.

Para ese entonces, Shanghai se había convertido en el centro de la industria y el comercio de China. Las oportunidades eran ilimitadas. El hermano mayor de Tía Abuela había establecido un exitoso negocio de manufactura de partes metálicas para *rickshaws*, triciclos para pasajeros, bicicletas y algunos de los más modernos aparatos para el hogar. Moriría joven, probablemente de sífilis, ya que sucumbió a los tres vicios comunes entre los hombres chinos de esa época: el opio, el juego y los burdeles. Las mujeres que disponían de tiempo también apostaban y consumían opio, pero lo hacían discretamente en casa. El segundo hermano de Tía Abuela estableció un próspero negocio de importación y exportación de té, pero él también contrajo una enfermedad venérea y no pudo engendrar hijos. Su hermana tuvo un matrimonio arreglado y murió de tuberculosis. Su tercer hermano, mi abuelo Ye Ye, era gentil y afable. Budista devoto, alto y delgado, con inclinaciones poéticas y de trato amable. Le disgustaba el estilo de corte de pelo manchú, el cual obligaba a los hombres a rasurarse la frente y hacerse una única trenza con el pelo largo. Incluso cuando era joven, mantenía su cabeza rasurada (la única alternativa permitida), usaba un gorro redondo ajustado a la cabeza y se dejaba crecer un bigote que mantenía cuidadosamente acicalado. Determinado a no seguir a sus hermanos por el mal camino resultó ser mucho más hábil que cualquiera de ellos.

Mientras estuvo en McTyeire, Tía Abuela desarrolló una pasión por montar a caballo que duró toda su vida. Aprendió a hablar en un inglés fluido, se bautizó como cristiana e hizo muchos amigos occidentales por medio de su iglesia. Una de sus amigas, que también formaba parte de la Liga en Contra del Vendaje de los Pies, le dio trabajo como empleada en el departamento de ahorros del Banco de Shanghai. Durante los veinte años que trabajó ahí, aprendió todos los aspectos del negocio bancario y fue nombrada gerente de su división.

Tía Abuela nunca se casó. En aquellos días, era legal vender o intercambiar a las hijas. Con frecuencia, en el hogar del esposo, se trataba a las esposas como sirvientas bajo contrato especialmente al mando de la suegra. Si la esposa no podía tener un hijo varón, conseguían una o más concubinas. Que los viudos volvieran a casarse era cosa de rutina, pero era considerado inmoral para las viudas. La mayoría de los hombres de recursos visitaban los burdeles regularmente, pero una mujer infiel podía ser castigada con la muerte.

Recuerdo a Tía Abuela como una figura alta, imponente y tratada con mucha deferencia por todos los miembros de nuestra familia. Incluso Ye Ye y Papá cedían a todos sus deseos, lo cual era notable en una sociedad donde las mujeres eran despreciadas. Por respeto, a nosotros los niños nos dieron instrucciones de llamarla 公公 Gong Gong, que significa Tío Abuelo. Era una práctica común que las mujeres del clan que lograban grandes cosas asumieran los títulos masculinos equivalentes a los suyos femeninos.

Con su estatura de un metro setenta era tan sólo un poco más baja que Ye Ye. De pie, digna y con los pies sin vendar, tenía una presencia llamativa, en contraste con el servilismo que se esperaba de las mujeres de su época. Llevaba su negro cabello corto, sobre las orejas y peinado hacia atrás, dejando al descubierto una suave frente sobre un rostro ovalado. Sus ojos eran grandes y penetrantes tras unos lentes oscuros redondos, de aro metálico. Siempre elegante, prefería los *qipaos* (vestidos chinos) oscuros de seda monocromática, con cuellos mandarines y botones de mariposa. Su tez era clara, salpicada ligeramente de pecas sobre la nariz. Habitualmente se ponía crema para la cara, un toque de colorete y un poco de lápiz labial, y adornaba sus orejas con exquisitos aretes de perlas y jade. Se movía con facilidad y gracia atlética, montó y jugó tenis hasta que tenía más de sesenta años. Tengo una fotografía de ella sonriente y confiada, montada sobre un gran semental negro, vestida con una blusa blanca, corbata oscura y pantalones de montar de buen corte.

En 1924, Tía Abuela fundó su propio banco, el Banco de Mujeres de Shanghai. Es imposible exagerar la importancia de su logro. En una sociedad feudal donde era causa de burla la sola idea de que una mujer tuviera la capacidad de tomar decisiones simples y cotidianas, ya no digamos de hacer negociaciones importantes, la valentía de Tía Abuela era extraordinaria.

La reputación que había adquirido era tal que Tía Abuela pudo reunir lo necesario para financiar su banco sin dificultad. Se emitieron y se suscribieron completamente las acciones. Su banco empleaba sólo mujeres y estaba diseñado para satisfacer sus necesidades específicas. Y llegaron: las hijas solteronas con sus herencias y sus ahorros; las primeras esposas (llamadas esposas mayores), con sus dotes y ganancias del mah-jong, las concubinas (llamadas esposas menores) con los regalos en efectivo de sus hombres, y las mujeres profesionistas y educadas, cansadas del trato condescendiente del que eran objeto en los bancos dominados por los hombres. El Banco de Mujeres de Shanghai fue un éxito desde su fundación y permaneció así hasta que Tía Abuela renunció en 1953.

Con sus ganancias construyó para el banco un edificio de seis pisos en la calle Nanking número 480. En las décadas de los veinte y treinta, esta calle era considerada la más prestigiada para los negocios en China. Su banco estaba situado en el corazón de la concesión internacional, junto a las oficinas y tiendas departamentales más importantes, a menos de dos kilómetros del Bund (apodado el Wall Street de Shanghai), el famoso paseo semejante a una alameda que se extendía por la ladera del río y donde no se permitía, en esos días, que los chinos tuvieran propiedades. Su personal vivía en cómodos dormitorios en los pisos superiores. Se utilizaron los mejores materiales para la construcción. Se instalaron elevadores, plomería moderna y flamantes baños, calefacción central y agua corriente caliente y fría. Tía Abuela vivía en un espacioso penthouse en el sexto piso con su amiga, la señorita Guang, a quien había conocido en la iglesia. Había rumores sobre su relación. Compartían una recámara y dormían en la misma cama. En China, la amistad íntima entre las mujeres solteras era causa de burla pero se toleraba. La señorita Guang, nacida en 1903, tenía su propio dinero y fue una de las primeras en invertir con Tía Abuela. Se convirtió en la vicepresidenta del banco. Más adelante, Tía Abuela adoptó una hija. (Esta práctica era común entre las mujeres acomodadas que no tenían hijos y los trámites no requerían mucha formalidad.) Empleaban tres sirvientas, un chef y un chofer, y eran anfitrionas generosas. Se negociaron muchas transacciones ante un tazón de sopa de aleta de tiburón durante alguna comida en el penthouse de Tía Abuela.

A la edad de veintiséis años, el tercer hermano mayor de Tía Abuela, mi Ye Ye, contrajo un matrimonio arreglado por medio de una *mei-po* (casamentera profesional). Mi abuela tenía quince años y provenía de una muy buena familia de Shanghai. Su matrimonio fue una 門當戶對 *men dang hu dui* (puerta correcta que sólo cabe en el marco de la casa apropiada). El padre de ella tenía una pequeña tienda de hierbas llena de hojas disecadas, raíces, polvo de cuerno de rinoceronte, cuernos de venado, vesículas secas de víbora y otras pociones exóticas, que estaba frente a la casa de té de mi abuelo. Los novios se vieron por primera vez el día de su boda en 1903.

En la víspera de su boda, Abuela fue llamada ante su padre.

—Mañana pertenecerás a la familia Yen —le dijo.

De hoy en adelante ésta ya no será tu casa y no deberás comunicarte con nosotros sin permiso de tu esposo. Tu deber será complacerlo a él y a su familia. Dales muchos hijos. Reprime tus propios deseos. Conviértete de buena gana en el mingitorio y en la escupidera de los Yen y estaremos orgullosos de ti.

Al día siguiente, la asustada novia, adornada con un vestido de seda roja, el rostro cubierto por un trozo de la misma tela, fue introducida a la casa de sus suegros en una litera roja y dorada con pinturas de un fénix y un dragón, la cual había sido rentada en una tienda que se especializaba en bodas y funerales. La procesión de la boda fue un evento colorido y ruidoso acompañado por linternas rojas, banderines, el sonido de trompetas y el resonar de los gongs. Era una cuestión de honor que las familias se empobrecieran para tales ocasiones. Sin embargo, en el caso de mis abuelos, los amigos y parientes dieron muchos regalos de boda que incluían grandes sumas en efectivo para solventar los gastos.

Los temores de la joven novia eran infundados, ya que Ye Ye resultó ser amoroso y considerado. Ante la insistencia de mi abuela, la joven pareja rompió la tradición y se mudó de la casa de la familia Yen a su propia casa rentada en la colonia francesa. Abuela aprendió matemáticas y las usó para su provecho en sus juegos diarios de mah-jong. La recuerdo como una mujer de mente rápida, temperamento fuerte, fumadora compulsiva, con los pies vendados, cabello corto y lengua afilada.

A la edad de tres años, los pies de mi abuela fueron fuertemente envueltos en un vendaje de tela largo y angosto que forzaba los cuatro dedos laterales bajo la planta del pie, de forma que sólo sobresalía el dedo gordo. Durante varios años este vendaje se apretaba todos los días comprimiendo los dedos dolorosamente hacia adentro y afectando el crecimiento del pie para lograr los diminutos pies tan apreciados por los hombres chinos. En efecto, las mujeres se convertían en lisiadas y su incapacidad de caminar con facilidad era un símbolo tanto de su servilismo como de la riqueza de su familia. A Abuela le dolieron los pies durante toda su vida. Más adelante, prefirió hacer el ridículo ante la sociedad, antes que causar este sufrimiento a su propia hija.

Mis abuelos aprendieron a quererse y tuvieron siete hijos en rápida sucesión. De ellos, sólo sobrevivieron los primeros dos. Tía Baba nació en 1905 y mi padre dos años después.

El 10 de octubre de 1911, cuando Tía Baba tenía seis años, la dinastía Manchú terminó. El doctor Sun Yat Sen, líder de los revolucionarios chinos, regresó triunfante del exilio a Shanghai el día de Navidad del mismo año. Se le nombró presidente de la República de China. Uno de sus primeros actos fue abolir la costumbre de vender los pies.

Ye Ye mantenía a su familia comprando y arrendando una pequeña flota de sampanes (barcos fleteros) que surcaban las aguas del transitado río de Shanghai, el Huangpu. Los bienes eran transportados hacia dentro y hacia fuera del territorio interior de China y descargaban en los gigantescos barcos cargueros de vapor anclados en el Bund. Ye Ye nunca apostó ni gastó su dinero en los burdeles o en los fumaderos de opio. Al cumplir los cuarenta años, ya había acumulado una riqueza considerable. K. C. Li —el dinámico propietario de Hwa Chong Hong, una exitosa compañía de importación y exportación— se dirigió a Ye Ye para pedirle que administrara su sucursal en Tianjin, una ciudad portuaria a unos mil quinientos kilómetros al norte de Shanghai.

Ye Ye tenía un secreto. Se mareaba con facilidad en los barcos y odiaba subirse a sus propios sampanes. Así que, a pesar de que su negocio era rentable, decidió venderlo y mudarse al norte, y dejó a su familia atrás, ya que Tía Baba y Papá asistían a escuelas locales de misioneros católicos, consideradas las mejores en China, y no quería interrumpir su educación.

CAPÍTULO 2

點鐵成金

Dian tie cheng jin
Convertir el hierro en oro

En 1918, cuando Ye Ye se mudó a 天津 Tianjin (Vado del Cielo), el último emperador Qing había sido depuesto y China se había fragmentado en feudos gobernados por señores de la guerra. Al norte, Japón tenía ya el control de Corea y ahora ponía la mira en China. En la Conferencia de Paz de Versalles, celebrada después del fin de la Primera Guerra Mundial, Gran Bretaña permitió a Japón y a sus aliados tomar y conservar las posesiones coloniales de Alemania en la provincia de Shandong, como premio por haber permanecido neutrales. Japón, envalentonado, empezó a moverse hacia Manchuria. Los soldados japoneses se infiltraron en el sur, en Tianjin.

Situado en las llanas y fértiles planicies del noreste, Tianjin era el segundo más grande de los puertos abiertos. Se abrió al comercio después de la segunda derrota de China por parte de Gran Bretaña (y Francia) durante la Segunda Guerra del Opio en 1858. El tratado de Tianjin agregaba diez puertos más entre Manchuria y Taiwán. La ciudad sufría de veranos calientes y secos, e inviernos amargamente fríos. Se inundaba con facilidad debido a su ubicación en una planicie atravesada por múltiples brazos del río Huai. Entre noviembre y marzo, los ríos estaban helados y en ocasiones había tormentas de polvo. Mientras que la arquitectura en Shanghai reflejaba principalmente influencias inglesa y francesa, Tianjin adoptó un extraño caleidoscopio de estilos de construcción que representaba a todos los países aliados que habían derrotado a la emperatriz Tsu Hsi durante la Rebelión de los Bóxers en 1903. Además de los edificios victorianos de oficinas y las iglesias francesas, había dachas rusas, un castillo prusiano, villas italianas, casas de té japonesas y chalets alemanes y austrohúngaros, todos situados en colonias separadas pero contiguas, a orillas del río. Ye Ye nuevamente eligió vivir en una casa rentada en la colonia francesa, un enclave con forma de lengua situado entre los japoneses al norte, los ingleses al sur y los rusos al otro lado del río. El área estaba dispuesta de forma ordenada, con avenidas bordeadas de árboles, limpias líneas de tranvía, una imponente iglesia católica, escuelas de misioneros y alegres y verdes parques.

Mientras tanto, el negocio nunca había estado mejor. Al concluir la Primera Guerra Mundial, tanto Tianjin como Shanghai se hallaban en franca expansión. Dinero británico, estadounidense, europeo y japonés empezó a entrar a China por torrentes. A lo largo del río, los edificios de concreto y acero reemplazaron a las estructuras victorianas. En los sitios industriales brotaron fábricas de textiles de lana y de algodón, tapetes, vidrio, concreto, losetas, papel, jabón, cerillos, pasta dental, harina y otros productos alimenticios. Bajo la administración de Ye Ye, Hwa Chong Hong prosperó. Para su deleite, el bono tradicional que se le pagaba en el Año Nuevo chino fue mucho mayor que su salario anual. Para celebrar su prosperidad, sus compañeros de trabajo y amigos le sugirieron que tomara una joven concubina para que le "sirviera". Incluso K. C. Li, el jefe de Ye Ye, educado en Londres, bromeó al decir que le iba a "dar" un par de jovencitas con su bono. Sin rodeos, Ye Ye le informó todo esto a su esposa en una carta, añadiendo conmovedoramente que él era un "hombre de una sola mujer".

Poco después de recibir esta carta, Abuela y Tía Baba, que tenía entonces quince años, se apresuraron a reunirse con Ye Ye en Tianjin, y dejaron a mi padre de trece años bajo el cuidado de Tía Abuela. Tía Baba tuvo que dejar la escuela porque una educación avanzada se consideraba un obstáculo para los prospectos matrimoniales de las jóvenes. Confucio profesaba que "sólo las mujeres ignorantes eran virtuosas".

Papá permaneció en Shanghai y continuó asistiendo a la Escuela Católica para Niños Chen Tien. Sobresalió en el inglés y Ye Ye le sugirió no alejarse de su excelente maestro, un misionero irlandés. Papá vivió con Tía Abuela hasta que se graduó cinco años más tarde. Durante este tiempo, se convirtió a la fe católica y se le dio el nombre de Joseph. También estableció una relación cercana con mi Tía Abuela, que se convirtió en su mentora.

En 1924, después de terminar la enseñanza media, Papá decidió no ir a la universidad. Se reunió con su familia en Tianjin y consiguió un empleo como ayudante de oficina en Hwa Chong Hong bajo el mando de Ye Ye. Aunque su puesto era de poca categoría y el salario era minúsculo, Papá sostenía posteriormente que había sido la mejor educación posible para un adolescente brillante y sin experiencia. Aprendió de primera mano todas las facetas del negocio de la importación y la exportación. Debido a la fluidez con que hablaba el inglés, K. C. Li pronto empezó a depender de él para que le escribiera y tradujera la mayor parte de la correspondencia de su compañía.

Papá compró una máquina de escribir de segunda mano y con frecuencia escribía importantes cartas de negocios después de comer en casa, con toda la familia alrededor de la mesa admirándolo con reverencia. En una ocasión, Ye Ye se preguntó en voz alta cómo reaccionarían las compañías internacionales si supieran que importantes documentos con valor de cientos de miles de taeles de plata eran escritos con un dedo por un joven de dieciocho años recién salido de la escuela.

Hwa Chong Hong entabló relaciones rentables con varias empresas farmacéuticas grandes, incluyendo la empresa alemana Bayer. Además, compraba y exportaba grandes cantidades de la planta china *ma huang*. Durante muchos siglos, la *ma huang* había sido utilizada por los doctores herbolarios de china para tratar el asma y el malestar general. Con el tiempo, los científicos que trabajaban en Occidente identificaron y extrajeron el componente clave de la planta, la efedrina. Éste entonces se importaba de vuelta a China en su forma purificada y se vendía a las farmacias que prescribían medicinas occidentales.

Mientras tanto, fuera de las colonias extranjeras, la presencia militar japonesa en Tianjin aumentaba. Bien armados y despiadados, funcionaban bajo sus propias leyes y trataban a los chinos con desprecio. La prosperidad de Hwa Chong Hong no escapó a la atención de los japoneses. Las oficinas de la compañía se encontraban afuera de la colonia francesa y no estaban protegidas por sus leyes. Cada vez presionaban más a K. C. Li para que "colaborara". No eran demandas formales, sólo amenazas vagas que dejaban entrever que necesitaba "protección contra los elementos criminales". Durante una "visita" rutinaria de los inspectores japoneses, los empleados de K. C. fueron golpeados al azar por no mostrar suficiente respeto a las fotografías del emperador japonés que aparecían en viejos periódicos, que eran frugalmente cortados en pedazos para utilizarlos como papel de baño. K. C. se dio cuenta de que la situación podía estallar en cualquier momento. En vez de ceder ante la coerción japonesa, K. C. decidió mudarse definitivamente fuera de Tianjin.

Papá no siguió a Hwa Chong Hong en su partida. En vez de eso, en 1926, a la edad de diecinueve años, fundó su propia empresa, Joseph Yen & Compañía, dentro de la colonia francesa en Tianjin.

Ye Ye tenía tanta fe en la perspicacia empresarial de Papá que invirtió los ahorros de toda su vida, alrededor de 200,000 taeles de plata (el equivalente a más de un millón de dólares en moneda actual) en la empresa de su hijo. Ye Ye renunció a Hwa Chong Hong y se convirtió en el director financiero de la nueva compañía. No se escribieron contratos formales entre padre e hijo. Quedó sin aclarar si el dinero era un regalo o un préstamo. Sin embargo, Ye Ye tenía autoridad para firmar todos los cheques de la compañía y le arrancó una promesa oral a Papá con la que se comprometía a hacerse cargo de toda la familia y pagar todos los gastos, incluyendo la dote de Tía Baba si se llegaba a casar. En ese momento mi tía había dejado Tianjin y estaba viviendo en Shanghai. El Banco de Mujeres de Tía Abuela había abierto recientemente y estaba floreciendo. Se necesitaban con urgencia asistentes confiables y Tía Baba fue enviada a trabajar en el banco.

La compañía de Papá prosperó desde el principio, ya que se hizo cargo de muchos de los clientes que quedaron tras la salida de Hwa Chong Hong. Se siguió exportando *ma huang*, así como nueces peladas, sombreros de paja, cera para velas, cerdas de puerco y fruta seca. Las importaciones incluían bicicletas y productos farmacéuticos. A causa del estado de intranquilidad política y la creciente amenaza de la presencia de los japoneses, muchos negocios eran puestos en el mercado a precios muy bajos y Papá se expandió rápidamente comprando sus activos. Poco después adquirió un astillero, un negocio de tejido de tapetes y una planta de ensamblaje de partes de bicicleta. Papá conservó la lealtad del personal clave al darles como incentivo acciones en las compañías que acababa de adquirir. Tía Abuela y su banco desempeñaron un papel crucial en el éxito inmediato y rápido crecimiento de Papá. Tía Abuela tenía contactos en Tianjin que incluían al gerente de la sucursal local del Banco de Shanghai. Con su ayuda, Joseph Yen & Compañía pudo emitir documentos de crédito hasta por medio millón de dólares estadounidenses, garantizadas por el Banco de Mujeres. El acuerdo entre ellos consistió en que las ganancias netas después de los gastos se dividirían 70/30 a favor de Papá. En cada transacción cambiaban de manos cientos de miles de taeles de plata. Todos los negocios eran rentables. En tres años, nunca tuvieron una pérdida. Papá empezó a ser conocido en los círculos de negocios como el "niño milagro" que tenía el poder de 點鐵成金 *dian tie cheng jin* (convertir el hierro en oro).

Las casamenteras pululaban alrededor del joven magnate. No obstante, con esa misma arrogancia que le daba una ventaja en los negocios, declaró que todas las muchachas de Tianjin eran horribles y provincianas. Prefería el brillo y la sofisticación de las jóvenes de Shanghai.

CAPÍTULO 3

如影隨形

Ru ying sui xing
Inseparables como sus sombras

A fines de la década de los veinte, Shanghai era una ciudad estimulante para una jovencita como Tía Baba. Mientras que en el resto de China todavía se viajaba en carretillas, literas y carruajes tirados por caballos, en Shanghai transitaban a toda velocidad brillantes autos importados sobre las calles bien pavimentadas, al lado de tranvías y autobuses. Los letreros gigantes y llenos de color que anunciaban cigarros británicos, películas de Hollywood y cosméticos franceses observaban desde arriba las calles rebosantes de hombres jóvenes vestidos con traje y corbata, y muchachas con zapatos de tacón y elegantes qipaos. El Bund, cercano al Banco de Mujeres en la calle Nanking, se había transformado en un panorama de edificios majestuosos que se extendía a lo largo del río Huangpu. Las lodosas aguas estaban festoneadas con lanchas cañoneras, barcos de vapor, sampanes y remolcadores. Las tiendas departamentales de varios pisos, como Sincere, Wing-On, Dai-Sun y Sun-sun estaban llenas de pieles, joyería, juguetes, artículos para el hogar, adornos y la última moda de París. Estos emporios, lo suficientemente grandes como para competir con Selfridges de Londres o Macy's de Nueva York, promovían ventas de temporada, regalaban cupones y premios, e incluso realizaban conciertos y obras teatrales en los jardines de las azoteas.

Tía Baba se había hecho amiga de una muchacha un año menor que ella que trabajaba en el nuevo departamento de cuentas. La señorita Ren Yong-ping podía hacer de memoria complicadas conversiones de moneda, con una rapidez y exactitud asombrosas. Cuando Tía Abuela revisaba sus cálculos con el ábaco nunca les encontraba ningún error. Su ánimo y vitalidad la hacían brillar, y mostraba siempre una sonrisa y una cálida alegría que le daban un aire agradable.

La señorita Ren provenía de una familia de clase media de Shanghai, la cual había tenido unos tiempos difíciles después de que su padre, un funcionario de la oficina postal, se hizo adicto al opio y pasó los últimos veinte años de su vida en una nube inducida por la droga. Era la única hija y tenía tres hermanos menores, dos de los cuales también eran empleados postales y que después ascendieron a inspectores. Ella misma pronto fue ascendida por Tía Abuela a jefa del nuevo departamento de cuentas.

Las dos muchachas trabajaban en la planta baja del banco y pasaban sus ratos libres en el dormitorio de la planta alta, y pronto se hicieron muy buenas amigas. Tía Baba recuerda que en una ocasión ella y la señorita Ren almorzaron juntas en un restaurante en Sincere's al que llamaban "el Harrods de Shanghai" debido a su parecido físico con la famosa tienda londinense. Las dos muchachas contrataron *rickshaws* que las llevaron por la bulliciosa calle Nanking, donde policías sikhs con turbantes rojos controlaban manualmente los semáforos dentro de cajas similares a jaulas, sobre postes de tres metros y medio de altura. El restaurante era elegante, con manteles blancos, flores frescas y vasos de cristal. El menú incluía sólo platillos occidentales con los que ellas no estaban familiarizadas. No había comida china.

Un tanto intimidadas por el mesero vestido de etiqueta, preguntaron con inseguridad si había un "platillo del día".

Les informaron que el especial era *re gou* (carne de perro, servida caliente). Tía Baba apenas se sorprendió. Había oído que en algunas provincias la carne de perro era considerada una exquisitez. Sin embargo, la señorita Ren no estaba tan convencida y recordó al pequinés de casa de su familia. Rápidamente hizo notar que el "especial del día" generalmente quería decir "las sobras de ayer".

El mesero se impacientó. Era uno de esos chinos que había adoptado la arrogancia de los extranjeros y prefería atender a las adineradas personas blancas de las colonias. En esta ocasión, las dos muchachas eran las únicas chinas en el restaurante. Empezaron a sentirse ignorantes y poco refinadas, así que, más por librarse del arrogante mesero que por otra razón, ambas ordenaron el platillo de perro. Tía Baba se sorprendió gratamente al notar que el platillo que llegó era una salchicha envuelta por un pan y se la comió con gusto. La señorita Ren, en cambio, no podía dejar de pensar en la pequeña mascota de la familia y dejó la comida después del primer bocado. Rieron mucho cuando más tarde Tía Abuela les informó que 熱狗 *re gou* "carne caliente de perro" era, de hecho, el clásico *hot-dog* estadounidense.

En una de las frecuentes visitas de Papá a Shanghai para hablar de negocios en el Banco de Mujeres, le presentaron a la señorita Ren. 小巧玲瓏 *Xiao qiao ling long* (pequeña, vivaz e interesante) fue el veredicto de Papá. Empezaron a escribirse cartas. Cinco meses después se casaron. Se realizó un enorme banquete en el restaurante Xin Ya (Nueva Asia) en la colonia internacional, muy cerca de la calle Nanking. Fuera de los parientes inmediatos, la mayoría de los invitados eran socios de negocios de Tía Abuela y de Papá. Era 1930.

Papá llevó a su esposa a Tianjin y compró una casa grande en el número 40 de la calle Shandong, localizada convenientemente en el centro de la colonia francesa y muy cerca de un parque público. Del otro lado de la calle estaba la Escuela Católica para Niños St. Louis.

Era un matrimonio feliz y tuvieron cuatro hijos en el mismo número de años. La joven pareja era 如影隨形 *ru ying sui xing* (inseparable como sus sombras). Primero tuvieron una hija. El bebé era grande y la doctora Mary Mei-ing Ting, la ginecobstetra, utilizó un fórceps durante el difícil parto. Tuvo que ejercer fuerza y el bebé (mi hermana mayor, Jun-pei) nació con el brazo izquierdo parcialmente paralizado. Después vinieron tres hijos (Zi-jie, Zi-lin y Zi-jun). Hubo un periodo de tres años antes de que yo (Jun-ling) naciera.

La casa de la familia era espaciosa, con dos pisos y un ático grande donde dormían los sirvientes. Con sus ventanas salientes en arco, sus balcones, su encantador pórtico y hermoso jardín, la casa era considerada ultramoderna por sus inodoros con tanque de agua, agua corriente y calefacción central. Esta última constituía el más grande de los lujos; la mayoría de los hogares chinos se calentaba todavía con hornos de ladrillo elevados llamados *kangs*.

Papá convirtió la planta baja de su casa en oficinas para parte de su personal. El resto de la familia vivía con Ye Ye y Abuela en el segundo piso. Había siete sirvientes que se encargaban de la casa. Papá compró un enorme Buick negro para él y un carruaje negro para que alguno de los sirvientes llevara a Abuela a visitar a sus amigas y para que asistiera a los juegos de mah-jong.

Con frecuencia, Tía Baba tomaba el tren de Shanghai a Tianjin, un viaje de dos días en ese entonces, y se quedaba a hacer largas visitas. Papá y Mamá iban por ella a la estación en el Buick, y los tres pasaban horas poniéndose al corriente sobre los chismes de Shanghai y los últimos triunfos en los negocios de Tía Abuela. Había salidas a restaurantes, cines y a la ópera china. Según Tía Baba, fue una temporada idílica para todos ellos.

Después del nacimiento de mis tres hermanos, la ginecobstetra de Mamá, la doctora Ting, era casi como un miembro de la familia. Al igual que Tía Abuela, que fue su compañera de escuela y amiga de la infancia, también había estudiado en la Escuela para Niñas McTyeire en Shanghai. Se convirtió al cristianismo a la edad de quince años y rechazó con desdén un matrimonio arreglado. El que iba a ser su esposo provenía de una familia adinerada pero era enfermizo, achacoso, y a su edad ya era adicto al opio. El día de su boda, la novia simplemente desapareció. Sus papás fueron demandados y se les forzó a pagar muchos taeles de plata a la familia del novio como compensación por la promesa rota, además de enfrentar la terrible mancha al nombre familiar. Con la ayuda de su tío, Mary escapó a Hong Kong, donde continuó con sus estudios en otra escuela de misioneros. El tío de Mary fue con ella a Hong Kong, se cortó la cola de caballo y se la mandó a su familia en Shanghai en un gesto de desafío. Lo que hizo fue un crimen serio que representaba una declaración pública de rebeldía en contra del emperador Qing. (Después de que los manchúes conquistaron China en 1644, con objeto de establecer su dominio impusieron a cada hombre chino la obligación de llevar la cabeza parcialmente rasurada y usar una coleta.) Mary y su tío fueron desheredados. Él se fue a trabajar a Hong Kong para pagar la educación de Mary. Más tarde, ella se ganó una beca para la Escuela de Medicina de la Universidad de Michigan y se especializó en ginecología y obstetricia. Al regresar a China, se estableció en Tianjin ya que en Shanghai la acosaban los recuerdos dolorosos. Fundó su Hospital de Mujeres y se convirtió en la mejor ginecobstetra de la ciudad. Mi hermana y mis tres hermanos mayores nacieron en el hospital de la doctora Ting.

Cuando mi mamá se embarazó de mí, la situación política en China se había deteriorado drásticamente. En 1928, los japoneses asesinaron al señor de la guerra manchú, Chang Tso-lin, mientras viajaba en su vagón privado de tren. Durante los siguientes años, los soldados japoneses invadieron Manchuria. En 1932 se estableció un régimen títere (Manchukuo o Nación de Manchú) al mando del anterior niño emperador Puyi. Estados Unidos se negó a participar directamente. Gran Bretaña se hizo la desentendida y recomendó que se llegara a un acuerdo. La Liga de Naciones prometió investigar. Chiang Kai-shek, el comandante en jefe del ejército y líder del Partido Nacionalista (Kuomintang), estaba dedicado de lleno a la lucha contra los comunistas, quienes habían constituido su propio ejército y gobierno en los bastiones rurales de Yan'an al noroeste. Envalentonado, Japón inició un ataque masivo sobre Tianjin y Beijing en julio de 1937. Éste fue el inicio de la guerra chino-japonesa, que duraría ocho largos años.

Los soldados japoneses estaban por doquier, con cubrebocas y bayonetas, exigiendo reverencias y adulación, aceptando sobornos y amenazando con violencia. Las concesiones extranjeras permanecieron neutrales, pequeños refugios de independencia intranquila entre el vasto océano de terror japonés. El resto de Tianjin ya era territorio ocupado bajo el mando japonés. En las noches había apagones y toques de queda. Se necesitaban permisos especiales para cruzar por los puntos clave en las noches, especialmente en las calles y puentes que conducían de las concesiones a las áreas patrulladas por japoneses.

Los dolores de parto de mi mamá empezaron a las cuatro de la mañana del 30 de noviembre de 1937. Papá no tenía los papeles necesarios para mostrar a los vigilantes japoneses que estaban en el camino al Hospital de Mujeres. Sin embargo, la doctora Ting había obtenido un pase que le permitía viajar libremente en la noche. Su Ford negro con chofer que portaba una pequeña bandera estadounidense que le había dado el consulado, llegó a casa de mis padres una hora más tarde. Mi nacimiento fue sin contratiempos.

La doctora Ting le aconsejó a Papá que tanto la madre como el bebé fueran a su hospital para una revisión y para unos cuantos días de descanso. Papá se opuso. El nacimiento había sido tan sencillo y rápido, que lo consideró innecesario.

Tampoco hizo caso al consejo de la doctora Ting de contratar a una enfermera para que cuidara de mi mamá. Pensó que él mismo podía hacerse cargo de ella con la hábil ayuda de Tía Baba, quien por casualidad estaba de visita en ese momento. Además, las enfermeras capacitadas eran muy caras. Se colocó una campana especial junto a la cama de mamá para que pudiera llamar a Papá cuando lo necesitara. Mamá estaba débil, así que en vez de utilizar el baño al fondo del pasillo, era más fácil que utilizara un orinal. Después, Papá la limpiaba con una toalla que sostenía en sus manos desnudas y sin lavar. Mamá pensó que Papá sabía lo que hacía. Papá estaba convencido de que sabía lo que hacía.

Los dolores de cabeza y la fiebre empezaron tres días después de que yo nací. La temperatura de Mamá subió a 40 grados y no bajó. Sus labios estaban partidos y con ampollas. Su mente se empezó a nublar y se volvió incoherente. La doctora Ting le diagnosticó fiebre puerperal. En aquellos días previos a la penicilina, eso era virtualmente una sentencia de muerte.

La doctora Ting admitió a mi mamá en el Hospital de Mujeres de inmediato. Se le dieron fluidos de manera intravenosa y se le recetaron varios medicamentos en un intento desesperado por salvar su vida. Su temperatura aumentó a 41 grados. Empezó a delirar, rechazaba toda comida y bebida y trató de quitarse todos los tubos, acusando violentamente a la doctora Ting de que la estaba tratando de encarcelar y envenenar. La doctora se dio cuenta de que no había esperanzas y finalmente le dio permiso para ir a morir a casa.

Su condición empeoró. Se consultó doctor tras doctor sin ningún resultado. Una nube negra se cernió sobre toda la familia.

Ya cerca del final, hubo un corto periodo de lucidez. Con Papá llorando a su lado, habló con sus suegros y vio a sus hijos uno por uno, pronunciando cada nombre con añoranza. Cuando Tía Baba entró para decirle adiós, Mamá estaba débil pero lúcida. Le sonrió a mi tía y le pidió un *hot-dog*. Después agregó con tristeza:

—Se me acaba el tiempo. Cuando me haya ido, por favor ayuda a cuidar a nuestra amiguita que nunca conocerá a su mamá.

Mi mamá murió dos semanas después de mi nacimiento, con cinco doctores al pie de su cama. Tenía tan sólo treinta años y no tengo idea de cómo era. Jamás he visto su fotografía.

CAPÍTULO 4

秀色可餐

Xiu se ke can
Una deliciosa e inigualable belleza

Después de la muerte de mi mamá, Abuela y Papá convencieron a Tía Baba de que renunciara a su trabajo en el Banco de Mujeres y se quedara en Tianjin para hacerse cargo de la casa. Se le puso en la nómina de Joseph Yen & Compañía con el mismo salario que le pagaba Tía Abuela. Perseguía y regañaba a los sirvientes y se aseguró de que la casa funcionara casi como lo hacía antes. Se convirtió en nuestra madre sustituta, se preocupaba por nuestra comida, vestido, educación y salud. Fue como si le hubieran colocado unas ataduras invisibles alrededor de sus deseosas muñecas, evaporando la probabilidad de que se casara y tuviera una familia propia. En aquellos días en China, se esperaba que las mujeres subordinaran sus propios deseos al bien común de la familia. A cambio, los hombres se sentían obligados por su honor a protegerlas y mantenerlas por el resto de sus vidas.

Las casamenteras se volvieron a amontonar a nuestro alrededor, pero su objetivo no era Tía Baba, sino su recién viudo hermano. Según la doble moral aplicada a hombres y mujeres, si una muchacha soltera no se había casado para los treinta años, solía permanecer soltera de por vida, mientras que se esperaba que un hombre, independientemente de su edad, tomara al menos una esposa. Papá apenas había cumplido los treinta años y era el director de su propia empresa, con propiedades, inversiones y muchos negocios exitosos. Trabajó duro para lograr todo esto, poniendo los asuntos del negocio y el bienestar familiar antes de la gratificación personal. Ahora decidió darse un gusto.

Un domingo por la tarde, mientras paseaba con sus hijos por el vecindario en su impresionante Buick, vio a su secretaria, la señorita Wong, conversando con una amiga en la puerta de un conjunto departamental. De inmediato notó que la amiga era muy joven y que poseía 秀色可餐 *xiu se ke can* (una deliciosa e inigualable belleza).

Jeanne Virginie Prosperi tenía diecisiete años y era hija de padre francés y madre china. Sus facciones eran una exquisita combinación de la delicadeza china y la sensualidad francesa. Su rostro era ovalado, con un cutis blanco parecido a la porcelana. Tenía ojos grandes, lustrosos y redondos enmarcados por largas pestañas. Su cabeza estaba coronada por un cabello muy negro, abundante y sedoso. Aquel día, su cuerpo delgado estaba vestido con una sencilla blusa blanca con cuello escotado rectangular y una falda de algodón azul cobalto atada a la cintura con un moño. Más adelante, Papá descubriría que Jeanne era una hábil costurera y que hacía toda su ropa.

Al día siguiente en el trabajo, Papá hizo preguntas discretas y averiguó, por medio de la señorita Wong, que Jeanne era su compañera de escuela y que acababa de empezar a trabajar como mecanógrafa en el consulado francés. A la hora de la comida fue al consulado con el pretexto de solicitarle al gobierno francés licencias adicionales de importación y exportación; ahí la encontró y se conocieron.

El padre de Jeanne era un soldado del ejército francés que estuvo involucrado en la construcción de las vías de tren en China. Se casó con una mujer de la provincia de Shandong. Tuvieron cinco hijos y los tiempos eran difíciles. Dejó el ejército y consiguió empleo como guardia de seguridad para una empresa en la colonia francesa de Tianjin. Murió repentinamente en 1936, supuestamente tratando de detener una riña en un bar.

Su viuda hizo lo mejor que pudo. Tenía una pequeña pensión de viudez. Ella y su hermana soltera, Lao Lao, empezaron a coser para que les alcanzara el dinero. Los cinco hijos, por ser ciudadanos franceses, obtuvieron becas especiales en las escuelas de misioneros dentro de la concesión francesa. Tanto Jeanne como su hermana mayor, Reine, se graduaron de la Escuela Católica para Niñas St. Joseph, dirigida por hermanas franciscanas.

A pesar de que Jeanne no contaba con un pedigrí social impresionante, se había graduado en la escuela religiosa más exclusiva de Tianjin, y de paso había adquirido muchos modales de sociedad. Además de mandarín, hablaba francés e inglés con fluidez. Papá estaba encantado con su belleza y su estilo. El hecho de que fuera mitad europea la convertía en algo así como un trofeo, algo que debía ser atesorado, adorado y puesto en exhibición.

Durante la década de los treinta, en los puertos abiertos como Tianjin y Shanghai, todo lo occidental era considerado superior a cualquier cosa china. Una esposa europea, joven y hermosa era el más alto símbolo de estatus. Jeanne Prosperi poseía, por lo tanto, un atractivo considerable. Siempre estaba perfectamente arreglada y permaneció así el resto de su vida. Aún era una adolescente, y mostraba la engañosa modestia que se le inculcó en el convento. Además, había un brillo en sus ojos que sugería que ella era un poco más apasionante que cualquier jovencita ordinaria recién salida de la escuela. Papá empezó a desear a Jeanne con una desesperación en la que la necesidad sexual se mezclaba con las aspiraciones sociales. Entonces se inició un cortejo decoroso.

Papá pasaba por ella todos los días al consulado francés y la llevaba a su casa, evitándole así el disgusto de usar el atestado transporte público de Tianjin. Iban a comer a los exclusivos restaurantes de los hoteles, bailaban en el club campestre e iban al cine. Tianjin se enorgullecía de contar con tres cines, el Gaiety, el Empire y el Capitol, en los que se presentaban películas románticas de Hollywood. Al principio, Papá le daba flores y chocolates, después perlas, jade y diamantes. Los regalitos se hacían cada vez más caros. Jeanne debió de haber tenido una idea clara de hacia dónde se dirigían las cosas cuando expresó su deseo de tener un abrigo ruso de marta que costaba cuatro mil taeles de plata. A pesar de que Ye Ye objetó frente a Jeanne y lo llamó una "extravagancia sin sentido", Papá lo compró y ordenó que lo entregaran tres días después. El comportamiento poco filial de papá era una clara señal de su pasión por Jeanne. Las cosas empezaron como estaban destinadas a continuar: Jeanne establecía sus términos y Papá accedía a cumplirlos. Como dice el proverbio chino, para Papá, incluso las flatulencias de Jeanne eran fragantes.

Papá también se dio a querer con su familia. La casa de Jeanne estaba tan sólo a dos kilómetros de la calle Shandong. La señora Prosperi, consciente de que su exquisita hija estaba a punto de entrar a un mundo mucho más lujoso de lo que ella jamás podría darle, alentaba el cortejo. Papá sospechaba que la señora Prosperi provenía de gente campesina. En su departamento rentado y lleno de cosas, la conversación se limitaba a los ires y venires de la vida cotidiana. Su mandarín estaba teñido por un fuerte acento de Shandong y su francés hablado era muy elemental. No podía leer ni escribir ninguno de los dos idiomas. Su hijo mayor había tenido problemas con la policía y lo habían enviado a un campo de trabajo en Hanoi. Su hija mayor, Reine, se acababa de casar con un francés sensato y educado que trabajaba para un organismo internacional. También había dos hijos menores. Finalmente, Papá le daría al mayor de ellos, Pierre, un empleo en su compañía y enviaría al hijo más joven, Jacques, a educarse a Francia.

Cuando se comprometieron hubo aretes de diamantes, una pulsera y un collar de diamantes, así como un anillo espectacular. En contra de la tradición, Jeanne no ofreció dote. La ceremonia nupcial se llevó a cabo en la iglesia católica Notre-Dame des Victoires. Papá parecía nervioso en su esmoquin de buen corte. Jeanne se veía espectacular en un vestido entallado de satín blanco adornado con encaje, resplandeciente con toda su joyería. Ninguno de nosotros, los hijos, asistió. El clan Prosperi trajo a muchos invitados, incluyendo a bastantes niños. Tía Baba dijo que ella, Ye Ye y Abuela se sentían un poco incómodos en la lujosa recepción que Papá pagó en el gran hotel Astor House. Ye Ye fue uno de los escasos hombres invitados que vestía una larga túnica china, una *ma-gua* (chaqueta corta) de satín que hacía juego, un gorro ajustado a la cabeza y zapatos de tela. Todos los demás hombres vestían trajes y corbatas occidentales. Los invitados franceses hacían interminables brindis, pero la parte china sencillamente no estaba acostumbrada a beber tanto. Mi tía creía que había avergonzado a Jeanne y su familia porque tuvo que retirarse a vomitar más de una vez.

Más tarde Jeanne se quejó con Papá de que algunos de sus parientes chinos en el banquete de bodas habían ofendido a sus delicados parientes franceses por ser demasiado ruidosos y estridentes. Sin embargo, su expresión era dulce y recatada cuando dijo esto. Papá estaba completamente bajo su hechizo, tanto que empezó a adquirir ideas ambiguas respecto a su propia raza. Papá creció en los puertos abiertos y observaba diariamente los símbolos del poderío occidental; vivía en una colonia extranjera dentro de su país nativo y estaba gobernado por la extraterritorialidad. Así, al igual que muchos chinos, Papá había empezado a ver a los occidentales como personas más altas, listas, fuertes y mejores. A pesar de que Jeanne hablaba tres lenguas con fluidez, no podía leer ni escribir chino y estaba orgullosa de ello porque hacía patente, de nuevo, su herencia occidental.

El gusto de Jeanne reflejaba sus orígenes mixtos. Invariablemente vestía ropas occidentales que se le veían muy bien. Le gustaba verse rodeada de muebles franceses, cortinas de terciopelo rojo y tapices ricos en texturas. Al mismo tiempo, coleccionaba antigua porcelana china, pinturas y sillas. Le gustaba que las plantas y las flores perfumaran el pasillo, la sala y su propia habitación. Al igual que Abuela, fumaba incesantemente.

Me parece que Jeanne fue feliz al principio. Ye Ye y Abuela aprobaron la idea de que Papá se volviera a casar, ya que estaba mal que un hombre joven no tuviera esposa. Tía Baba, sobre todo, se vio parcialmente liberada de sus obligaciones como ama de casa y podría, en teoría, haber retomado la trama de su propia vida. No puedo decir con certeza cómo reaccionaron mis hermanos ante el casamiento ya que era muy pequeña cuando ocurrió. Pero, como dice el proverbio chino, si has de escoger entre los dos, elige a tu madre limosnera antes que a tu padre emperador.

Papá compró la casa vecina sobre la calle Shandong como regalo para su novia, y los recién casados se mudaron ahí ellos solos. El resto de la familia y los sirvientes permanecieron en la vieja casa, donde Papá todavía tenía sus oficinas. La familia se reunía todas las noches a cenar. Papá y Ye Ye siguieron trabajando hombro con hombro en la planta baja y el negocio prosperó.

Dado que mis hermanos todavía hablaban con frecuencia de nuestra propia madre difunta, a quien llamaban 媽媽 Mamá, Abuela nos dijo que llamáramos a Jeanne, 娘 Niang, otro término para mamá. Niang, a su vez, nos puso nombres europeos. De la noche a la mañana, mi hermana Jun-pei se convirtió en Lydia, mis tres hermanos Zi-jie, Zi-lin y Zi-jun fueron llamados Gregory, Edgar y James, y yo, Jun-ling, fui llamada Adeline.

Las tropas japonesas que ya habían ocupado Tianjin y Beijing ahora se estaban movilizando hacia el sur. Se toparon con una resistencia sorprendentemente fuerte en Nanking y, en venganza, desataron una ola aterradora de violaciones, saqueos y asesinatos. Torturaron y mataron a más de 300,000 civiles y prisioneros de guerra durante el Saqueo de Nanking en 1937 y principios de 1938 cuando la ciudad fue capturada por los japoneses. Shanghai cayó y Chiang Kai-shek huyó al oeste a través de China, río arriba por el Yangtsé, y se internó en la provincia montañosa de Sichuán. Ahí estableció su gobierno de guerra en la población de Chongqing. No es difícil imaginar la tensión y turbulencia que estos trastornos políticos impusieron a la vida familiar china.

En 1939, repentinamente y sin previo aviso, Tianjin se ahogó en una terrible inundación. El desastre fue de proporciones avasalladoras. Ye Ye la llamó "la pena que embarga a China" y fue al templo budista a quemar incienso y ofrecer oraciones para que mejorara la situación. Los periódicos projaponeses que se imprimían en Tianjin culparon a Chiang Kai-shek de la catástrofe mientras que la prensa del Partido Nacionalista (Kuomintang) en Chongqing acusaba a los japoneses. Los diques del río Amarillo habían sido dinamitados a propósito y se dejó fluir el agua del río para frenar el avance de las tropas. La inundación afectó tres provincias. Todos los cultivos en su camino fueron destruidos. Dos millones de personas se quedaron sin hogar. Cientos de miles murieron de hambre y de enfermedades. Las escuelas cerraron. Los negocios se detuvieron. Sin embargo, la compañía maderera de Papá empezó a funcionar a toda máquina. El precio de los botes de remo se disparó de cien a ochocientos yuanes. Los remos se cobraban aparte.

A causa de la inundación, Papá construyó una alta plataforma de madera que conectaba sus dos casas. El cruce era resbaladizo y peligroso, en particular para Abuela, que se tambaleaba sobre sus pequeños pies vendados. Niang acababa de dar a luz a nuestro medio hermano, Franklin, y todavía estaba en recuperación. Papá prácticamente tuvo que cargarla hacia la "casa vieja" cada noche para que la familia pudiera reunirse para cenar.

Niang mostraba poca compasión por las dificultades a las que los sirvientes tenían que enfrentarse. Esperaba que el cocinero fuera al mercado todas las mañanas y regresara cargado de víveres sobre una endeble balsa clavada con unas tablas. Cuando Ye Ye señaló los peligros inherentes a estas expediciones de compras, Niang simplemente respondió que el cocinero era un buen nadador y que no le parecía propio hacer los arreglos necesarios para poner a su disposición un bote de remos. Cuando finalmente bajaron las aguas después de cuarenta días, Abuela ordenó que se construyera un cuarto sólido y cubierto que uniera las dos casas. Lydia lo apodó "el puente"; ahí solíamos jugar a las escondidas.

La hija más joven de nuestra generación, nuestra media hermana Susan, nació en noviembre de 1941. Dos semanas después, el 7 de diciembre, del otro lado del Pacífico, en Pearl Harbor, unos bombarderos japoneses atacaron a la flota estadounidense. De pronto, Japón estaba coligado con Alemania y en guerra contra Estados Unidos y sus aliados europeos. En ese preciso momento (8 de diciembre, en China), se ordenó que soldados japoneses en vehículos blindados pasaran sobre las endebles barricadas de alambre de púas y que tomaran control de las concesiones extranjeras en los puertos abiertos de China. Simultáneamente, los marinos japoneses invadieron Malasia y bombardearon Singapur. En un día, el conflicto chino-japonés se había entremezclado con la guerra en Europa, expandiéndose a Malasia, involucrando a Estados Unidos y convirtiéndose, finalmente, en la Segunda Guerra Mundial.

En Shanghai y Tianjin los colonos británicos y estadounidenses que anteriormente eran todopoderosos e invencibles fueron transportados en tropel a campos de concentración japoneses. De la noche a la mañana las colonias francesas se transformaron en títeres maleables a la merced del enemigo. Los nuevos amos supervisaban de cerca todo el comercio, especialmente entre China y Occidente. La corte francesa de

Vichy, que presidía sobre los asuntos de negocios de Papá, ahora se encontraba bajo el mando de un juez recién asignado por el Nuevo Orden de Asia Oriental, un gobierno títere dirigido por el traidor Wang Jhing-wei durante la ocupación japonesa.

Los pocos hombres de negocios estadounidenses que había en Tianjin se apresuraron a escapar con sus familias y lo que pudieron salvar de sus pertenencias. Una robusta muchacha campesina de dieciocho años llegó con nosotros, uno de los colegas estadounidenses internos de Papá la presentó. Solicitó el puesto de nodriza de Susan y exigió tres veces el salario normal, haciendo énfasis en que venía de trabajar con una pareja estadounidense y que estaba acostumbrada a los "más altos estándares". Su meta era ahorrar 500 yuanes para cuando Susan fuera destetada, comprar un buey, regresar a su pueblo y criar a su propio hijo al lado de su esposo.

Esto causó la más espantosa conmoción. Niang estaba decidida a contratar a esta muchacha. No aceptó a nadie más. Parecía pensar que sólo una mujer que había amamantado a un bebé blanco estadounidense podía ser suficientemente buena para su propia hija. Papá accedió a sus deseos, a pesar de que el salario mensual de treinta yuanes enfurecía a todos los demás sirvientes. Se suponía que su sueldo era un secreto, pero todo el personal de la casa pronto descubrió la discrepancia. La nana de Franklin exigió que se le tratara igual a ella y a todos los demás. Esta resuelta nana acusó a Niang de discriminación injusta y simplemente empacó sus pertenencias y se fue.

Ahora Tía Baba estaba a cargo, además, de Franklin, que tenía dos años de edad. Aceptó la obligación con renuencia, pero Abuela le hizo notar que Franklin era tan sobrino suyo como el resto de nosotros. Así que Franklin se unió a mí y a Tía Baba en nuestra habitación. Solía comprarnos ojos de dragón como golosinas. Son unas frutas parecidas a los lichis, que se dice hacen que los ojos de los niños crezcan grandes y brillantes.

Tía Baba no escatimaba en su amabilidad con nosotros y empezó a enseñarnos caracteres chinos elementales.
Lydia asistía a St. Joseph, la escuela de la que Niang se había
graduado en 1937. A mí también me inscribieron ahí en el
jardín de niños, en el verano de 1941.

CAPÍTULO 5

一場春夢

Yi chang chun meng
Un episodio de un sueño de primavera

Mis memorias de Tianjin son nebulosas. Las viejas fotografías muestran a una pequeña niña solemne, con puños cerrados, labios apretados, ojos serios y bonitos vestidos occidentales decorados con listones y moños. Yo disfrutaba de la escuela y esperaba con ansia entrar a clases. El carruaje negro y brillante de Abuela nos llevaba y nos traía a Lydia y a mí todos los días. Tenía una lámpara de latón en cada lado y una campana que se podía operar con los pies. Cuando volví a Tianjin en 1987, me sorprendió darme cuenta de que caminar de nuestra casa a St. Joseph no toma más que siete minutos.

Recuerdo a Lydia como una figura imponente y algo intimidante. Entre nosotros había tres hermanos y una brecha de seis años y medio. Pertenecíamos a mundos distintos.

A Lydia le gustaba ejercer su autoridad y mostrar su fuerza haciéndome preguntas sobre mi tarea, especialmente el catecismo. Su pregunta favorita era: "¿Quién te creó?" Yo siempre sabía la respuesta a esta pregunta. Como perico, sacaba a relucir la desgastada frase: "Dios me creó." Entonces venía el truco. Un brillo pasaba por sus ojos. "¿Por qué te creó Dios?" Nunca podía responder a esto porque la maestra jamás nos enseñó más allá de la primera pregunta. Entonces, Lydia me daba una sonora cachetada con su fuerte mano derecha y me llamaba estúpida. Durante nuestro trayecto diario en el carruaje, le gustaba hacerme esperar y siempre llegaba tarde. En las raras ocasiones en las que yo salía tarde de clase, simplemente se iba sola a casa, pero enviaba de vuelta al sirviente con el carruaje para que me recogiera. Tendía a ser rechoncha, incluso de niña. Su deformidad física le daba una postura característica, con su brazo izquierdo semiparalizado colgando inerte y su cara siempre inclinada hacia adelante y a la izquierda. Desde mi perspectiva de una niña de cuatro años, Lydia era una aterradora figura de autoridad.

Mi hermano mayor, Gregory, tenía una personalidad ligera y la infecciosa habilidad de convertir las ocasiones más ordinarias en alegres fiestas. Su *joie de vivre* hacía que todos lo quisieran. En China ser el hijo mayor significaba que era el favorito de Papá y de nuestros abuelos. Lo recuerdo una tarde calurosa, observando travieso y con arrobada fascinación un pelo largo y negro que entraba y salía de la fosa nasal derecha de Ye Ye con el aire de sus ronquidos. Finalmente, Gregory no pudo resistir más la tentación. Hábilmente, tomó con fuerza el pelo entre su pulgar y su dedo índice durante la siguiente exhalación. Hubo una larga pausa. Ye Ye finalmente inhaló mientras Gregory sostenía el pelo con determinación. Éste le fue arrancado de raíz y Ye Ye despertó en un grito. Persiguió a Gregory armado con un plumero, pero, como era costumbre, mi hermano logró escapar.

Por lo general, Gregory no nos hacía caso a James y a mí porque éramos demasiado jóvenes como para ser compañeros de juego interesantes. Siempre estaba rodeado de amigos de su misma edad. No le gustaba estudiar pero, al igual que Abuela, sobresalía en los juegos de azar como el bridge. Era bueno con los números y en ocasiones nos enseñaba, a los hermanos más jóvenes, divertidos trucos de matemáticas y rodaba de risa por su propia astucia.

De todos mis hermanos, Edgar era al que más miedo le tenía. Nos maltrataba a James y a mí, y nos usaba como sacos de boxeo para desahogar su frustración. Nos daba órdenes y nos obligaba a hacer sus mandados, nos quitaba nuestros juguetes, dulces, nueces, semillas de sandía y ciruelas saladas. No era brillante en la escuela y era profundamente inseguro, aunque tenía suficiente entereza para mantener calificaciones aprobatorias.

Mi 三哥 *san ge* (tercer hermano mayor), James, era mi héroe y único amigo. Solíamos jugar juntos durante horas y desarrollamos un vínculo telepático; nos confiábamos nuestros sueños y temores. Con él podía bajar la guardia, refugio que necesitaba con desesperación. A lo largo de nuestra niñez, siempre fue inmensamente reconfortante saber que podía contar con él para encontrar consuelo y comprensión.

Ambos éramos víctimas de Edgar, aunque tal vez James sufría más, ya que durante muchos años compartió una habitación con nuestros dos hermanos mayores. Odiaba hacer olas. Cuando abusaban de él aguantaba los golpes pasivamente o se escondía de quien lo atormentaba. Al ver que Edgar me estaba golpeando, se escabullía sigilosamente en un silencio parpadeante. Después, ya que Edgar se había ido, regresaba a escondidas y trataba de consolarme, murmurando con frecuencia su frase favorita: "¡*Suan le*!" (Déjalo ser)...

De sus dos hijos, Niang favorecía abiertamente a Franklin. En apariencia física era idéntico a ella: un niño guapo con los ojos redondos, y una nariz respingada y vivaz. En esta época Susan era todavía una bebé. Sin embargo, ya eran especiales. No recuerdo que Edgar o Lydia les hayan puesto un dedo encima. James y yo éramos los designados para hacer lo que todo el mundo disponía. Si no éramos lo suficientemente rápidos, con frecuencia recibíamos una cachetada o un empujón, especialmente de parte de Edgar.

Siempre me sentí más cómoda en la escuela con mis amigas que en casa, donde me consideraban inferior e insignificante, en parte porque había traído la mala suerte al causar la muerte de mi madre. Recuerdo haber visto a todos mis hermanos jugando a los encantados o brincando la cuerda y sentir ganas de que me incluyeran en sus juegos. A pesar de que James y yo éramos muy cercanos, cuando deseaban excluirme se iba con los otros y se convertía en "uno de los muchachos".

En St. Joseph se sumaban las calificaciones cada viernes y la niña que tuviera el total más alto recibía una medalla de plata que podía usar en la bolsa de su suéter durante toda la semana. Papá siempre notaba cuando yo traía la medalla. Ésos fueron los únicos momentos en que mostró algo de orgullo por mí. Papá decía, en tono burlón: "Hay algo muy brillante en tu vestido. ¡Me está dejando ciego! ¿Qué podrá ser?" o "¿No te pesa más el lado izquierdo de tu pecho? ¿Te estás ladeando?" Yo devoraba sus palabras. Pronto, traía la medalla casi todo el tiempo. A fines de 1941, en la entrega de premios se mencionó mi nombre por haber ganado la medalla durante más semanas que cualquier otra estudiante en la escuela. Recuerdo mi orgullo y triunfo cuando subí los escalones, que eran tan altos y empinados que tuve que trepar a gatas para recibir mi premio de manos del monseñor francés. Hubo un caluroso aplauso y amistosas risas del público, pero nadie de mi familia asistió, ni siquiera Papá.

A principios de 1942 los japoneses incomodaban a Papá examinando cada vez más de cerca sus libros, insistiendo en que se hiciera una auditoría exhaustiva y, por último, exigiendo que sus negocios se fusionaran con una compañía japonesa. Papá podría permanecer nominalmente al mando, pero las ganancias se repartirían 50/50. Esta "oferta" era, de hecho, una orden. El negarse hubiera resultado en una confiscación de todos los bienes, probablemente en la cárcel para Papá, y en venganzas impensables en contra del resto de la familia. La aceptación significaba abierta colaboración con el enemigo, inmediata pérdida de la independencia y posibles represalias de los miembros de la resistencia clandestina.

Después de muchas noches en vela, empeoradas por las elaboradas comidas diurnas —en las cuales los japoneses alternaban entre zalemas y amenazas—, Papá dio un paso radical. Un día frío llevó una carta al correo y nunca regresó a casa.

Ye Ye prosiguió con esta farsa de vida o muerte durante unos meses. Fueron días caóticos. Los secuestros, asesinatos y desapariciones eran eventos de todos los días. Inmediatamente fue a la policía local y reportó que su hijo había desaparecido. Colocó anuncios en los periódicos donde ofrecía una recompensa a quien tuviera conocimiento del paradero de Papá, vivo o muerto. Fue un ardid dramático y el precio fue alto, pero finalmente tuvo el efecto deseado. Sin Papá al mando, Joseph Yen & Compañía empezó a tener tropiezos. Se despidió a mucho personal. El negocio empezó a declinar. Las ganancias cayeron por los suelos. Los japoneses pronto perdieron interés.

Mientras tanto Papá, que había logrado transferir parte de sus bienes antes de su desaparición fingida, se dirigió al sur hacia el Shanghai ocupado por los japoneses bajo un nombre falso, 嚴洪 Yen Hong. Ahí compró lo que se convertiría en la casa de nuestra familia en la avenida Joffre. Poco después mandó traer a Niang y a Franklin, que viajaron con un par de empleados de confianza y se reunieron allá con Papá.

Para el resto de la familia, abandonada en Tianjin, la vida se volvió extrañamente serena. Tía Baba dirigía la casa y nos animaba a invitar a amigos a jugar y comer *dim sums* (bocadillos) de una manera que Niang jamás hubiera tolerado. Las comidas eran informales y los adultos platicaban y jugaban mah-jong hasta entrada la noche. Ye Ye conservó el personal básico en la oficina. En general, los japoneses nos dejaron en paz. Se contrató un chofer que nos llevaba a varios restaurantes los domingos para probar diferentes tipos de cocina, incluyendo rusa, francesa y alemana. Recuerdo haber tomado chocolate caliente con pastelillos en el luminoso restaurante

Kiessling mientras un trío tocaba valses de Strauss y romanzas de Beethoven. En ocasiones incluso nos llevaban a ver películas que fueran adecuadas para nosotros.

Papá tenía interés en que el resto de la familia fuera con él a Shanghai. En el verano de 1942 convencieron a Abuela de que los visitara por dos meses, pero a su regreso afirmó que Tianjin era ahora su hogar. Se negó con terquedad a mudarse y le dijo a Tía Baba que la esencia de la vida no estaba en la ciudad donde uno viviera sino con quien uno viviera.

El 2 de julio de 1943, tras la cena de un día sofocantemente caluroso, estábamos planeando el menú para el día siguiente con el cocinero. Tía Baba sugirió que comiéramos bolitas de masa a la Tianjin en vez de arroz. Recién cocidas, con cebollín, carne molida de cerdo y cebollitas, éste era uno de nuestros platillos favoritos. Todos empezamos a gritar cantidades ridículamente altas de bolitas que nos podíamos comer. A Abuela le dio dolor de cabeza con todo el escándalo. Se retiró a su recámara, encendió un cigarro y se acostó. Tía Baba se sentó a su lado y le contó una historia de *La leyenda del rey mono*. A pesar de que Abuela conocía muchas historias de este bien conocido clásico chino, encontraba relajante que su hija se las contara una y otra vez. Se quitó los zapatos, medias y ataduras de sus pequeños y maltratados pies antes de meterlos a remojar, con un suspiro de satisfacción, en agua caliente, para aliviar el constante dolor. Tía Baba la dejó y estaba tomando un baño cuando Ye Ye tocó con violencia en su puerta. Abuela estaba convulsionándose y echando espuma por la boca. Llamaron a los doctores, pero fue demasiado tarde. Abuela nunca recuperó la conciencia. Murió de una embolia masiva.

Recuerdo que desperté al bochornoso calor de una mañana de verano de Tianjin. Tía Baba lloraba sentada frente a su tocador. Me dijo que Abuela había dejado este mundo y que nunca regresaría; su vida se había evaporado como

一場春夢 *yi chang chun meng* (un episodio de un sueño de primavera). Recuerdo el sonido de las cigarras zumbando al fondo, mientras abajo en la calle pasaban los vendedores haciendo sonar sus matracas de madera para anunciar su presencia, cantando melodiosamente sus mercancías: "Tallarines de carne de res. Queso de soya. Brochetas calientes." Yo me preguntaba cómo era posible que la vida siguiera siendo tan parecida ahora que Abuela no estaba con nosotros.

El cuerpo de Abuela fue colocado en un ataúd en la sala. Colocaron su fotografía encima de la caja elaboradamente adornada con flores blancas, velas, fruta y banderines de seda blanca cubiertos con elegantes coplas trazadas a mano con pincel, las cuales recordaban sus virtudes. Seis monjes budistas, vestidos con largas túnicas, llegaron para montar guardia. A los niños se nos dijo que durmiéramos en el piso de la misma habitación para hacerle compañía. Todos estábamos aterrorizados, hipnotizados por las cabezas rasuradas y brillantes de los monjes que cantaban sus sutras en la centelleante luz de las velas. Toda la noche me debatí entre el miedo y la esperanza de que Abuela abriera la tapa y volviera a ocupar su lugar entre nosotros.

Al día siguiente hubo un gran funeral. Los dolientes estábamos vestidos de blanco, con cintas blancas en la cabeza o con bonitos moños blancos. Seguimos el ataúd a pie hasta el templo budista acompañados de la música y los cantos de los sacerdotes. Los asistentes arrojaban papel moneda artificial en el camino, para apaciguar a los espíritus. Mi hermano Gregory ocupó el lugar del doliente principal en ausencia de Papá, que seguía escondido. Caminó directamente detrás del ataúd, que iba sobre un carro jalado por cuatro hombres. Caminaba dando unos cuantos pasos y después se dejaba caer de rodillas y empezaba a llorar a todo pulmón por la pérdida de Abuela, golpeando repetidas veces su cabeza contra el suelo para hacer reverencias. Nosotros seguimos a Gregory en silencio, maravillados por su actuación.

Finalmente llegamos. Colocaron el ataúd en el centro de un altar, rodeado de arreglos florales blancos, más banderines de seda y la comida favorita de Abuela. Había alrededor de dieciséis platillos de verduras, fruta y dulces. El incienso impregnaba el aire. Los monjes cantaban oraciones. A nosotros se nos enseñó cómo hacer las reverencias budistas que consisten en arrodillarse y tocar el suelo repetidas veces con la frente. Los monjes trajeron varias figuras de papel que representaban diversos artículos que pensaban que Abuela podría necesitar en el otro mundo. Eran masas de lingotes de "oro" y "plata", un elaborado automóvil de cartón que se parecía al Buick de Papá, una variedad de muebles y aparatos, e incluso un juego de mah-jong. Quemaron todas las figuras en una urna grande. Esto nos encantó a los niños, y ayudamos con entusiasmo a atizar el fuego de la urna introduciendo en ella las figuras, olvidando con la emoción el propósito de la ocasión y peleándonos por el carro de papel, que estaba hecho con mucho ingenio y recubierto de brillante papel aluminio. Años después Tía Baba me contó que todo eso, incluyendo los banderines con elogios, los monjes, las flores, los músicos y las figuras de papel eran contratados en una tienda especializada que se encargaba de hacer todos los arreglos para tales "eventos" y proporcionaba los implementos necesarios.

Recuerdo estar observando las diversas imágenes de papel que se quemaban con furia y el humo que se retorcía mientras subía. Me parecía que todo se reagruparía en algún lugar en el cielo en la forma de los artículos para el uso y placer exclusivo de Abuela.

Nuestros parientes y amigos nos siguieron a casa y se sirvió un gran banquete. Más tarde, nos enviaron a los niños a jugar al jardín. Lydia hizo una especie de urna. Construimos estufas de papel, camas y mesas, y empezamos nuestro propio funeral para Abuela. Pronto, la urna, que era una maceta de madera, se empezó a quemar. Ye Ye salió furioso, abrió la manguera bañándonos a nosotros y a nuestra pira funeraria.

Nos mandaron a la cama, pero el incidente ayudó a disipar el temor y la tristeza de los dos días anteriores, y sentimos que Abuela iba a estar contenta en el otro mundo.

Lejos de ahí, en Shanghai, Papá sufría con intensidad. No podía aceptar que su querida mamá hubiera muerto cuando sólo tenía cincuenta y cinco años. A partir de entonces sólo usó corbatas negras en honor a su memoria.

El funeral marcó el fin de una era. No lo sabíamos, pero los despreocupados años de nuestra niñez habían terminado.

CAPÍTULO 6

家醜不可外揚

Jia chou bu ke wai yang
La ropa sucia se lava en casa

Un día de agosto de 1943, alrededor de seis semanas después de la muerte de Abuela, nos llevaron a Lydia, Gregory, Edgar y yo a la estación de tren con nuestras maletas. Había una larga fila de vagones esperando en una plataforma con una placa que decía "A Shanghai".

En el compartimento de primera clase, marcado "Camas Suaves", encontramos a Papá sentado solo cerca de la ventana, vestido de negro. Nos sorprendimos mucho de verlo porque a pesar de que sabíamos que estaba "desaparecido", ninguno de nosotros sabía que había regresado. Sus ojos estaban rojos y había estado llorando.

Papá había venido especialmente para escoltarnos a Shanghai. Ye Ye, Tía Baba y Susan se quedaron dos meses más en Tianjin para cumplir con el tradicional periodo budista de cien días de luto por la muerte de Abuela. James, que estaba recuperándose del sarampión, también se quedó para viajar después con ellos.

El viaje en tren de Tianjin a Shanghai duró dos días y una noche. En el camino nos detuvimos en varias estaciones donde Papá compraba tentempiés a los vendedores ambulantes que se agrupaban alrededor. Nos deleitábamos con huevos de té, alitas de pollo marinadas y asadas, pescado ahumado, *man tou* (pan al vapor) y fruta fresca. Hacía mucho calor y el ambiente estaba muy húmedo. Papá dejó abiertas todas las ventanas de nuestro compartimento. Yo dormí en una de las literas superiores sobre la cama de Papá, y en la noche soñé que el aire me chupaba sacándome por la ventana. Desperté llorando y clamando por Tía Baba mientras nuestro tren se apresuraba hacia el sur.

Cuando llegamos, Papá nos llevó a la casa que había comprado. Se encontraba en un *long tang* (complejo habitacional) en el corazón de la colonia francesa. Nuestro *long tang* consistía en setenta residencias apiñadas, todas con el mismo estilo y rodeadas por una barda común. De cada lado se abrían tres callejuelas que iban a dar a un circuito central principal que desembocaba en la transitada avenida Joffre, ahora llamada calle Huai Hai. Nuestra casa tenía tres pisos y había sido construida en la década de los veinte. Mostraba detalles de la Bauhaus y una simplicidad que evocaba las líneas del art-déco. Había una terraza en la azotea y un pequeño jardín al frente, circundado por una pared de dos metros de altura. Los invitados entraban al jardín a través de una reja de hierro forjado. Estaba bien cuidado y tenía un pequeño césped, arbustos de camelias en flor y una magnolia con flores de maravillosa fragancia. Incrustada en una esquina estaba la perrera de madera donde dormía Jackie, el feroz pastor alemán de Papá. Junto a la pared había un pintoresco pozo donde, durante el verano, se colgaban sandías en canastas de hilo atadas a una cuerda para enfriarlas y conservarlas.

Unos escalones de piedra conducían a las ventanas de dos hojas que se abrían hacia la sala en la planta baja. Esta habitación estaba decorada formalmente con sillones de terciopelo color vino, cortinas del mismo terciopelo y un tapete de Tianjin que cubría parcialmente un piso de parqué de teca. El papel tapiz era a rayas con franjas de terciopelo realzadas, y hacía juego con los sillones y las cortinas. Las cabeceras y los brazos de las sillas estaban cubiertos por fundas de encaje blanco. En el centro de la habitación había una mesa de café imitación Luis XVI.

El comedor se encontraba a la izquierda; tenía grandes ventanas salientes en arco y una agradable vista del jardín. Estaba amueblado con una mesa ovalada, rodeada por sillas con respaldo de bejuco. Había una vitrina y un refrigerador.

En la parte trasera de la casa estaban la cocina, el baño, los cuartos del personal de servicio y la cochera. Los niños debíamos entrar y salir de la casa por la puerta trasera, que abría hacia una de las callejuelas que se formaban a los lados por los jardines cercados de las casas vecinas.

En el primer piso, Papá y Niang ocupaban la mejor habitación. Además de una enorme cama doble con un tocador y espejo elaboradamente tallados, tenía una salita con vista al jardín que servía como recepción. James apodó a esta habitación "Sagrada de Sagradas". Estaba separada por un baño de la "antecámara", la recámara de Franklin y Susan, que se abría hacia un balcón desde donde Franklin con frecuencia lanzaba comida o juguetes a Jackie, que merodeaba abajo.

Desde que llegamos de Tianjin, a nosotros los "desposeídos" nos relegaron al segundo piso. Ye Ye tenía su propia habitación con un balcón. Tía Baba y yo compartíamos un cuarto y mis tres hermanos otro. Se daba por entendido que nosotros, los ciudadanos de segunda clase, teníamos prohibido poner un pie en la antecámara o la Sagrada de Sagradas. Sin embargo "ellos", los habitantes del primer piso, podían deambular por nuestras habitaciones a voluntad.

Al principio, también asignaron a Lydia a "nuestro piso". Después, le dieron una habitación en el primer piso, "su piso", y mi hermana pasó parcialmente a "su lado".

Mi nueva escuela, la escuela primaria 聖心 Sheng Xin (Sagrado Corazón), estaba a unos dos kilómetros de la casa. El primer día, el cocinero me llevó en el manubrio de su bicicleta camino al mercado. Ye Ye y Tía Baba aún no llegaban de Tianjin. En su ausencia, nadie se acordó de recogerme.

Cuando salí de clases, vi cómo las ansiosas mamás de todos los demás niños de primer año los esperaban en la puerta. Recuerdo la interminable espera y mi creciente pánico al ver a mis compañeros alejarse de mi vista, cada uno tomado de la mano de su mamá. Finalmente, yo era la única que quedaba. Demasiado avergonzada como para volver a la escuela, me adentré dudosa por las calles de Shanghai. Mientras más caminaba, las multitudes se volvían más densas. Las calles hervían de peatones, peones que llevaban grandes cargas en varas de bambú, vendedores ambulantes, dueños de puestos y mendigos, algunos sin piernas, ciegos y con deformaciones grotescas, que golpeaban botes de hojalata en el piso para pedir una limosna. Todo el mundo iba a algún lugar. Todos tenían un destino menos yo. Caminé kilómetros y kilómetros desesperadamente en busca de algún sitio conocido que pudiera reconocer. Estaba totalmente perdida. No sabía la dirección de mi casa.

En aquellos días sin ley, los niños eran secuestrados con frecuencia y desaparecían en las entrañas de Shanghai. Las niñas constantemente eran vendidas como *ya tou* (niñas esclavas), a veces a burdeles. Conforme anochecía, el hambre y el miedo se adueñaron de mí. Me encontré rondando el frente de una luminosa tienda de *dim sums*, babeando por las bolitas de masa hervidas, los tallarines, los patos asados y el cerdo marinado que se veían en el aparador. La dueña salió, vio mi uniforme nuevo y preguntó:

—¿Estás esperando a tu mamá?

Yo estaba demasiado aterrada como para contestar y bajé la mirada.

—¡Entra! —dijo, y yo la seguí.

De pronto, lo vi con el rabillo del ojo. ¡Mi salvavidas! ¡El teléfono! Nuestro nuevo teléfono en Shanghai se me había quedado grabado: 79281. Mi hermano Gregory tenía un don con los números. La semana anterior me había enseñado a jugar con estos dígitos, de adelante para atrás y de atrás para adelante, para tratar de obtener el número trece. Había mucho ruido y gente en el restaurante. Nadie se percató de que levanté el auricular y marqué. Papá contestó el teléfono.

—¿Dónde estás? —preguntó con bastante calma. Nadie había notado mi ausencia.

—En un restaurante en algún lugar. Estoy perdida.

Al oír el escándalo en el fondo Papá pidió hablar con la dueña, quien le dio indicaciones para llegar al lugar, y pronto Papá llegó a recogerme en su gran auto negro. Manejó en silencio, perdido en sus pensamientos. Cuando llegamos a casa, me dio unas palmaditas en la cabeza y me dijo:

—Si te hubieras llevado un mapa y hubieras estudiado la localización de la escuela y de tu casa no te habrías perdido.

De esta experiencia aprendí a depender sólo de mí misma. Me percaté de que, sin Tía Baba, no había nadie que se preocupara por mí. Esa misma noche le pedí a Gregory que me enseñara a leer un mapa. Nunca más me volví a perder.

Dos meses más tarde Ye Ye, Tía Baba, James y Susan llegaron de Tianjin. No cabía en mí de felicidad. Niang había estado separada de su hija desde la primavera de 1942, cuando Susan sólo tenía unos cuantos meses de edad. Para cuando se reunieron en Shanghai, Susan se había convertido en una hermosa niñita que ya empezaba a caminar, con grandes ojos redondos, mejillas regordetas y espesa cabellera negra. Para la reunión con su mamá, Tía Baba la había vestido con unos bonitos pantalones rosas y una chamarra acolchonada que hacía juego. Su cabello estaba trenzado y sobresalía a los lados de su cabeza. Se veía adorable corriendo alrededor de la sala de estar, examinando de vez en cuando algún adorno y apresurándose a enseñárselo a Tía Baba. Entonces llegó Niang y trató de cargar a Susan. Para mi hermana, entonces de dos años de edad, su mamá era una completa desconocida. Susan se retorcía y luchaba con todas sus fuerzas. Finalmente empezó a llorar y gritó:

—¡No te quiero a ti! ¡No te quiero a ti! ¡Tía Baba! ¡Tía Baba!

Nadie se atrevió a decir una sola palabra. Toda la conversación se detuvo mientras veíamos a Susan patear y luchar en los brazos de Niang. Finalmente, para mi horror, Niang obligó a su hija a sentarse a su lado en el sofá y le dio una fuerte cachetada. Lo único que logró fue que Susan llorara más fuerte. Exasperada y fuera de control, Niang empezó a golpear a su hija con saña. Sus golpes caían sobre las pequeñas mejillas, orejas y cabeza de Susan. Todos en la habitación nos encogimos de miedo.

Yo estaba totalmente perpleja. No podía entender cómo ni Papá ni Ye Ye ni Tía Baba intervenían para detener esta tortura. Quería irme pero parecía que de mis pies habían brotado raíces que me afianzaban al suelo. Sabía que debía guardar silencio, pero me atragantaba con las palabras y sentía la urgencia de escupirlas. Finalmente, olvidando quién era y dónde estaba, balbuceé con voz temblorosa:

—¡Ya no le pegues! ¡Es sólo una bebé!

Niang se dio la vuelta y me miró con furia. Parecía como si sus grandes ojos se le fueran a salir de las órbitas. Por un momento, pensé que iba a venir tras de mí. Tía Baba me lanzó una mirada de advertencia para que no dijera más. Incluso Susan apenas lloriqueaba. Mi protesta había interrumpido el frenesí de Niang pero yo me había convertido en el blanco de su furia.

En aquellos momentos los niños vimos y lo entendimos todo; no sólo sobre ella, sino también sobre Papá, Ye Ye y Tía Baba. Habíamos presenciado otra faceta de su carácter. Sin Abuela, ella tenía el control total.

Mi aprensión aumentaba mientras ella me miraba con cólera. De sus apretados labios escapó un torrente de palabras:

—¡Largo! —gritó—. ¡Aléjate de mi vista en este momento! ¿Cómo te atreves a abrir la boca?

Mientras me apresuraba a salir, agregó una amenaza calculada: —¡Nunca olvidaré ni perdonaré tu insolencia! ¡Nunca! ¡Nunca! ¡Nunca!

Así fue como nuestra familia se reunió en la casa paterna en la avenida Joffre de Shanghai en octubre de 1943. Después de la mudanza nuestras vidas cambiaron drásticamente. Papá nos envió a todos a escuelas privadas de misioneros donde las lecciones eran en chino y el inglés se enseñaba como segunda lengua. Mientras estaba en Sheng Xin, inscribieron a mis hermanos en la Escuela Cristiana para Niños St. John, mientras que Lydia asistía a la Escuela Católica de Enseñanza Media Aurora. Papá inició un programa de austeridad para enseñarnos el valor del dinero. No recibíamos dinero para nuestros gastos y no teníamos más ropa que nuestros uniformes escolares. También se nos exigía que camináramos a la escuela de ida y vuelta todos los días. Para mis hermanos, esto significaba un camino de cinco kilómetros de ida e igual de regreso. Tenían que levantarse a las seis y media para llegar a la escuela a las ocho. La escuela de Lydia estaba junto a la mía y se encontraba a sólo dos kilómetros de nuestra casa. Había tranvías que hacían un recorrido casi de puerta a puerta.

Cuando Ye Ye llegó de Tianjin, le rogamos, sin nada de vergüenza, que nos diera dinero para el viaje en tranvía, y cada noche todos recibíamos una pequeña suma. Había líneas de tranvía que corrían paralelas por el centro de la avenida Joffre y acababan en el Bund a lo largo del río Huangpu. Mi parada de tranvía estaba inmediatamente afuera de la entrada a nuestra calle. En las mañanas, cuando tenía suerte, se aproximaba un tranvía que iba en la dirección correcta. El pasaje era de veinte fenes para los adultos y diez fenes para los niños. Cuando se acercaba el tranvía todos se empujaban y jaloneaban para entrar. Nadie nunca se molestaba en hacer fila.

La primera parada del tranvía eran los Jardines Do Yuen. Dos años después, cuando los japoneses perdieron la guerra, y Papá y Niang volaron a Tianjin para exigir la devolución de sus negocios, Ye Ye nos llevaba a James y a mí a hacer días de campo ahí. Esto era un agasajo poco frecuente, ya que bajo el régimen de Niang no se nos permitía a los niños salir de la casa fuera de las horas de escuela. El cocinero nos empacaba deliciosos emparedados: gruesas capas de huevos sazonados con ajo, cebolla y jamón de Yunan, entre dos rebanadas de pan francés fresco y crujiente. Ye Ye practicaba tai chi temprano por la mañana, entre los altos árboles, verdes prados y cuidadas flores, mientras James y yo jugábamos a las escondidas o a que éramos los personajes históricos de nuestras leyendas chinas favoritas. En ocasiones, sentado bajo una carpa, había un cuentacuentos profesional que tejía maravillosas historias.

La segunda parada era el Cine Catay. ¡Cómo me daban ganas de ver esas maravillosas películas! En los carteles de las paredes del cine —que en la noche se iluminaba como un palacio— se podían ver los títulos de las películas, así como fotografías de las estrellas y de algunas escenas. En cuanto terminó la guerra, las películas de Hollywood se difundieron por todo Shanghai como reguero de pólvora. Los nombres de Clark Gable, Vivien Leigh, Laurence Olivier y Lana Turner se convirtieron en cosa de todos los días. En 1946 *Lo que el viento se llevó* fue un gran éxito, ingeniosamente traducido con un solo carácter chino, 飄 *Piao*, una palabra un tanto romántica que significa flotar o vagar sin rumbo. En la escuela compartíamos las revistas de cine y las fotografías recortadas de las grandes estrellas estadounidenses. Un día, una niña que iba dos años más adelantada que yo recibió una fotografía de Clark Gable que supuestamente había sido enviada desde un estudio cinematográfico en Los Ángeles. ¡El Señor Gable incluso había firmado su nombre al pie de la fotografía! Durante el recreo, todas las niñas nos agrupamos a su alrededor tratando de echar un vistazo al famoso actor, como si ella misma se hubiera convertido también en una celebridad.

La tercera parada era la esquina que conducía a las escuelas Sheng Xin y Aurora. En el camino había una gran variedad de pequeñas tiendas de comida donde ofrecían fruta fresca, *dim sums*, tallarines, pan francés, pastelillos de crema y diversos bizcochos. Para mí solía ser una agonía caminar entre estos establecimientos, ya que el hambre era mi compañera constante y mis bolsillos siempre estaban vacíos. Lejos estaban los días de Tianjin en que podíamos pedir cualquier cosa que quisiéramos de desayunar siempre y cuando le avisáramos a Tía Baba con anticipación: huevos con tocino y pan francés tostado, tallarines fritos con jamón y col, bolitas de masa al vapor, bolas pegajosas de arroz dulce con pasta de ajonjolí, chocolate caliente. Ahora sólo se nos permitía un tipo de desayuno, la clase de alimento que, según Niang, era el apropiado para los niños en desarrollo. Nos daban verduras en salmuera y *congee*, una sopa con consistencia de engrudo hecha con arroz y agua. A veces los domingos nos daban un huevo de pato, cocido y salado.

La austeridad no terminaba con nosotros, los hijastros. También incluía a Ye Ye y Tía Baba. En Tianjin, Papá y Ye Ye tenían una cuenta mancomunada y Ye Ye firmaba todos los cheques como director financiero. A su regreso a Shanghai en 1943, Ye Ye confiadamente transfirió todos los fondos de Tianjin a las cuentas de banco de Papá en Shanghai que se habían abierto bajo el nuevo nombre de Papá, Yen Hong. Como el Rey Lear, con un trazo de la pluma Ye Ye entregó toda su fortuna. La única otra firmante en esta nueva cuenta era Niang. Ye Ye y Tía Baba se encontraron sin un centavo y totalmente dependientes de la munificencia de Papá y Niang hasta para la compra más frugal.

Inicialmente, Ye Ye tenía en su cartera una pequeña cantidad de efectivo que había traído consigo de Tianjin. Teníamos la costumbre de pedirle a Ye Ye dinero para nuestros gastos y con frecuencia nos proporcionaba una o dos monedas más con tal de ver la felicidad en nuestros rostros. Ye Ye nos dio nuestro pasaje diario para ir y venir de la escuela hasta que se le acabó el dinero.

Una noche, alrededor de dos meses después de que empezaron las clases, el tema de los pasajes de tranvía surgió durante la cena. Casi habíamos terminado de cenar y estábamos pelando nuestra fruta cuando Tía Baba trajo el tema a colación diciendo que había decidido volver a trabajar como cajera en el Banco de Mujeres de Tía Abuela. Los labios apretados de Niang nos dejaron ver a todos que estaba molesta.

—Tienes todo lo que necesitas aquí —dijo Papá—. ¿Por qué deseas ir a trabajar?

Tía Baba contestó amablemente que tenía demasiado tiempo libre durante el día, con todos nosotros en la escuela y con tantas sirvientas para el quehacer de la casa. No mencionó lo que estaba en la mente de todos: que el salario le daría cierta medida de independencia.

Papá volteó a ver a Ye Ye.

—¿Te parece que esto sea una buena idea? —preguntó—. No va a estar en la casa la mayor parte del día. Si se quedara, te haría más compañía.

—Déjala hacer lo que quiera —dijo Ye Ye—. Además, le gusta tener un poco de dinero extra para gastar en esto y lo otro.

—Si necesitas dinero —le dijo Papá condescendientemente a Tía Baba—, ¿por qué no me lo pides? Ya les he dicho antes a los dos que cuando quieran dinero me lo pidan. Y si estoy en la oficina, Jeanne siempre está disponible para hacerles un cheque.

Un escalofrío recorrió mi espalda al pensar que alguien, ya no digamos mi gentil Ye Ye, fuera a pedirle dinero a Niang, su joven nuera francesa.

Ye Ye carraspeó: —He tenido la intención de mencionar esto antes. Los niños necesitan un poco de dinero para sus gastos de vez en cuando.

—¿Para sus gastos? —dijo Papá, volteando a ver a Gregory y a Lydia—. ¿Para qué necesitan el dinero? ¿Cuáles son sus gastos?

—Bueno —empezó Lydia—, en primer lugar está el asunto del pasaje de tranvía para ir y venir de la escuela.

—¿Pasaje de tranvía? —preguntó Niang—. ¿Quién les dio permiso de andar en tranvía?

—St. John está tan lejos —añadió Gregory—. Si tuviéramos que caminar nos tomaría tal vez toda la mañana. Llegaríamos ahí y tendríamos que empezar el camino de regreso. Más valdría no ir a la escuela para nada y mejor ir de caminata un buen rato todos los días para hacer ejercicio.

—¡胡説八道! *¡Hu shuo ba dao!* (¡No repitas la misma tontería ocho veces!) —exclamó Papá—. Siempre estás exagerando. Caminar es bueno para tu salud.

Gregory murmuró en voz baja: —¡Odio caminar! Especialmente en la madrugada. Es una pérdida de tiempo.

—¿Estás contradiciendo a tu Papá? —resonó la voz de Niang—. Tu padre trabaja día y noche para mantenerlos a todos en esta casa. Si él decide que tú debes caminar a la escuela, entonces caminas a la escuela. ¿Me oyes?

Un silencio sepulcral siguió a la explosión de Niang. Volteamos a ver a Ye Ye para buscar su apoyo. Finalmente Lydia dijo:

—Ye Ye nos ha estado dando dinero para los pasajes de tranvía desde hace dos meses. Ya estamos acostumbrados a irnos a la escuela de esa forma.

—¿Cómo se atreven a molestar a Ye Ye por dinero a espaldas de tu papá? —inquirió Niang—. ¡De ahora en adelante tienen prohibido pedirle dinero a alguien más! ¡Todos ustedes! Su papá trabaja muy duro y los envía a escuelas caras para que puedan tener una educación decente. Ciertamente no quiere que crezcan como unos niños malcriados buenos para nada.

A pesar de que los comentarios críticos iban dirigidos a nosotros, todos sabíamos que en realidad estaban dirigidos a Ye Ye y Tía Baba.

—Nadie en mi clase camina a la escuela —protestó Lydia—. La mayoría de mis amigas llega en auto con chofer.

—¡Es la voluntad de tu padre que caminen a la escuela! Tu padre y yo queremos que sepan que ya no volverán a molestar a Ye Ye o a Tía Baba por dinero. Si creen que lo necesitan, vengan directamente conmigo. El dinero no se da en los árboles. En este momento todos ustedes creen que lo único que hay que hacer es estirar la mano y ya. Les vamos a enseñar algunas cosas sobre la vida... —aquí hizo una pausa—. No queremos decir que no les daremos sus pasajes de tranvía. Pero queremos que cada uno de ustedes venga individualmente con nosotros. Discúlpense por su comportamiento en el pasado. Admitan que son unos consentidos. Abran un nuevo capítulo. Vengan con nosotros y ruéguennos por sus pasajes y tal vez se los daremos, pero tienen que aprender que un pasaje no es un derecho con el que nacieron. Sólo se los daremos si muestran suficiente arrepentimiento.

Todos contuvimos la respiración. Las sirvientas se entretuvieron en repartir a cada uno pequeñas toallas húmedas y calientes para que nos limpiáramos la boca y las manos. Por fin se acercaba la conclusión de la cena. Esperamos ansiosos a que Ye Ye o Tía Baba dijeran algo, cualquier cosa. Sólo hubo silencio. ¿No había nada que pudieran hacer? ¿Acaso la nuera mitad extranjera de Ye Ye era ahora la matriarca de nuestra familia?

Entonces Niang agregó, mirando a Ye Ye directamente y en su tono más dulce y juguetón:

—¿Ha probado estas mandarinas? Están tan jugosas. A ver, déjeme pelarle una.

De este modo, Tía Baba empezó a trabajar en el Banco de Mujeres. Y todos empezamos a ir y venir de la escuela a pie. Nos enfurecía la insinuación de Niang de que Ye Ye se equivocaba al consentirnos dándonos el dinero para el pasaje. Todos nos dábamos cuenta de que este asunto del dinero del tranvía se reducía a una lucha de poder dentro de la familia. Al caminar mostrábamos nuestra lealtad a Ye Ye, a quien aún veíamos como la cabeza de familia, y protestábamos contra la usurpación de Niang. (En realidad, por supuesto, Niang había tomado el mando tan pronto como murió Abuela. Años después, cuando le pedí a mi tía que me contara sobre mi madre, me confesó que poco tiempo después del funeral de Abuela, Papá mandó destruir todas las fotos de mi mamá.)

Lydia fue la primera en doblegarse. Sus clases empezaban y terminaban una hora más tarde que las mías, así que ni salíamos ni regresábamos juntas. En un lapso de dos semanas, me di cuenta de que llegaba a casa tan sólo quince minutos después que yo. Sabía que había desertado.

Mis hermanos aguantaron dos meses. St. John en verdad estaba lejos. Conforme avanzaba el invierno, se levantaban cuando todavía estaba oscuro para llegar a la escuela a tiempo. Todas las tardes, después de las prácticas de futbol o basquetbol, todavía tenían que enfrentarse a la larga y agotadora caminata a casa, a veces cuando ya estaba anocheciendo. Uno por uno, terminaron por sucumbir.

Durante los años que viví en Shanghai, de 1943 a 1948, nunca me pude obligar a ir a rogarle a Niang para que me diera mi pasaje. Los días se convirtieron en semanas. Las semanas en meses. Los meses en años.

De vez en cuando, tanto Ye Ye como Tía Baba me pedían que bajara a negociar. Nunca lo hice.

Con frecuencia, en las tardes de los domingos, oíamos a Papá o a Niang gritar: "¡Es hora de la distribución semanal del pasaje! ¡Vengan por él!"

Al oír esto, yo me sentía presa de un espasmo de agonía. Tía Baba me daba un pequeño empujón:

—¡Anda! ¡Ve por tu parte! Baja y habla con ellos. Todo lo que tienes que decir es: "¿Me pueden dar también mi pasaje por favor?", y te darán tu porción como a los demás.

A veces, cuando Tía Baba tenía una junta temprano en la mañana, me despertaba un poco más tarde. Yo salía de casa primero, recorría nuestra calle y esperaba a mi tía unos cuantos metros más adelante sobre la avenida Joffre. Ella pedía un triciclo de los que estaban formados en la orilla de nuestra calle, me recogía y me dejaba en Sheng Xin.

En junio o septiembre, cuando la lluvia caía torrencialmente y los vientos aullaban por las calles, maldecía a Niang mientras batallaba a lo largo de la aparentemente interminable avenida Joffre, chapoteando en el agua —que en ocasiones me sobrepasaba el tobillo—, cargando mi pesada mochila y colgándome con desesperación de mi paraguas jalado por el viento. También soportaba las burlas de mis compañeras de escuela que, pisando cuidadosamente tablas puestas encima de los charcos accedían a los autos que las esperaban; tenía que tragarme que se secretearan entre ellas que yo me subía todos los días a mi propio tranvía privado "número once", lo cual significaba que eran mis piernas las que me transportaban.

Dos veces al día, en la mañana y en la tarde, al caminar de ida y vuelta a la escuela, perseguía a mi sombra en el sol y esquivaba siempre las cuarteaduras del pavimento. También inventaba cuentos de hadas y me perdía en un mundo imaginario maravilloso. Era una forma de pasar el tiempo. Mis historias en capítulos continuaban de un día al otro; en ellos yo era en realidad una pequeña princesa disfrazada, arrojada por accidente en esta cruel casa de Shanghai. Si era en verdad buena y estudiaba mucho, un día mi propia mamá saldría del cielo para rescatarme y llevarme a vivir en su castillo encantado. Terminé por involucrarme tanto en estas fantasías que incluso esperaba con gusto mis caminatas obligatorias. Le conté a mi Tía Baba que tenía una llave en mi cabeza que me permitía entrar a una tierra mágica. Nada en Shanghai era tan misterioso y emocionante como este reino secreto donde yo podía ir de visita en cualquier momento. Muy alto en las montañas rodeadas de nubes, este lugar estaba lleno de altos bambúes, curiosos pinos, rocas de formas extrañas, flores silvestres y pájaros de colores. Lo mejor de todo era que mi mamá también estaba ahí, y todos los niños eran queridos y bienvenidos. Por las tardes en mi recámara, cuando no tenía tarea, solía poner todo esto por escrito. En la escuela me llenaba de emoción enseñarles mis historias a mis risueñas compañeras y verlas pasarse ilícitamente de escritorio a escritorio mis intentos de escritura creativa.

En una ocasión, una de las niñas objetó que usara su apellido para un villano. Lo tachó y puso mi apellido, Yen, en su lugar. Cuando volví a poner su nombre con indignación, empezó a llorar. Le expliqué que sólo era un cuento mientras escribía un nombre totalmente diferente. En ese momento me di cuenta del increíble poder y responsabilidad de la pluma.

De camino a casa, siempre me sentía especialmente contenta al aproximarme a los Jardines Do Yuen. En los días despejados se reunían los vendedores ambulantes en una gran plaza fuera del parque para ofrecer sus mercancías. Entre los que casi siempre asistían estaba un anciano, aparentemente instruido, que colocaba su puesto de libros en uno de los extremos de la plaza. Su puesto parecía un juego de ventanas de madera que se podía desdoblar, y exhibía filas y filas de novelas de kung fu de pasta blanda, maltratadas y con las puntas dobladas, las cuales ponía a la venta o para préstamo. Por cincuenta fenes, pagados por adelantado por Tía Baba, yo podía tomar prestados hasta cinco libros por semana. Estaban impresos en blanco y negro sobre papel barato y eran muy apreciados por los niños chinos en edad escolar. Cada libro contaba las historias de héroes y heroínas con gran habilidad en las artes marciales que peleaban por los débiles y los oprimidos. Muchas de las historias estaban basadas en fábulas tan importantes para la cultura china como las leyendas del Rey Arturo y Robin Hood para la cultura occidental. Después de desesperados combates, el bien triunfaba sobre el poder, y la victoria siempre era del que estaba en desventaja. Estos libros me daban esperanzas.

El programa de austeridad de Papá se extendió a todos los aspectos de nuestra vida diaria. Lydia y yo no podíamos traer el cabello largo o hacernos permanentes, sólo se nos permitía tener cortes de pelo modestos, sencillos y a la antigua. Para los tres niños era mucho peor. Los forzaron a rasurarse completamente la cabeza. Esto fue idea de Papá, para dejarnos claro que la vida no era un asunto frívolo. Mis hermanos se convirtieron en el hazmerreír de toda la escuela y los apodaban (después de cada nueva rapada) "los tres focos" por sus calvas brillosas.

El almuerzo era la comida de cafetería más barata que podíamos conseguir en la escuela. Cuando Estados Unidos ganó la guerra contra Japón en 1945, en Sheng Xin nos daban los excedentes de las raciones enlatadas como almuerzo. Comíamos jamón enlatado, guisado de res, panecillos duros, queso y chocolate hasta que se acabaron las raciones. Antes de cada comida rezábamos y agradecíamos a nuestros aliados estadounidenses por ganar la guerra y darnos las raciones enlatadas.

La cena era nuestra única comida decente, un acontecimiento formidable. Exactamente a las siete treinta sonaba la campana que nos llamaba a cenar y bajábamos las escaleras hacia el comedor. Ahí, alrededor de una mesa ovalada, nos acomodábamos en nuestros lugares asignados. Ye Ye, sólo de nombre el señor de la casa, presidía en la cabecera que daba al jardín, con Tía Baba a su derecha y Papá y Niang a su izquierda. Gregory y Edgar se sentaban junto a Tía Baba. James y yo quedábamos relegados a la cabecera opuesta. En aquellos días en Shanghai, Franklin y Susan no comían con nosotros.

Nos presentábamos todas las noches con nuestros uniformes escolares, bien peinados, con las vejigas vacías y las manos lavadas. Nos sentábamos derechos en nuestros asientos, nerviosos y tensos, esperando pasar desapercibidos. Nosotros, los hijastros, nunca hablábamos en la mesa, ni siquiera entre nosotros. Cada vez que se pronunciaba mi nombre, invariablemente caía presa de un miedo que oprimía todo mi ser, y mi apetito desaparecía. Sin falla, siempre seguía una escena desagradable.

Todas las noches había seis o siete sabrosos platillos. Dos sirvientas traían la comida: lomo de cerdo, pollo asado, pescado al vapor, cangrejos de Shanghai, verduras salteadas, para finalizar con un humeante platón de sopa caliente. A Papá de verdad le encantaba ver a sus hijos comer durante la cena. Nos animaba a servirnos tantos tazones de arroz como quisiéramos. Se veía mal si dejábamos cualquier pedazo de comida en nuestros tazones, incluso un grano de arroz.

Tanto James como yo teníamos aversión a la carne con grasa. Nos obligaban a comerla y pronto descubrimos ingeniosos métodos para amontonar pedazos en nuestros bolsillos, calcetines, valencianas, o para pegarlos por debajo de la mesa. En ocasiones corríamos al baño con los cachetes llenos de carne con grasa que echábamos al excusado. Cuando todo fallaba, nos la tragábamos entera.

Siempre se servía fruta fresca después de la cena. Cuando Papá tenía invitados, nos comíamos las sobras. Aunque había menos comida, nos gustaba comer solos. Nos recordaba los viejos tiempos de Tianjin. No teníamos que ocultar la carne con grasa. Éramos libres de reír, platicar y ser nosotros mismos nuevamente.

Se contrató a una institutriz para que cuidara a Franklin y a Susan, la señorita Chien, una mujer supuestamente instruida. Las comidas de mis medios hermanos se servían por separado en su habitación, y ordenaban lo que se les antojara de la cocina. La austeridad aparentemente se acababa en el primer piso. Como desayuno les servían huevos con tocino, pan tostado y cereal, fresas y melones frescos. El cabello de Franklin estaba cortado a la moda, y se lo arreglaba el mejor peluquero de niños de Shanghai. Susan usaba vestidos de colores brillantes con encaje y listones. Con frecuencia mis medios hermanos crecían antes de tener la oportunidad de usar sus elaborados disfraces. Recibían muchos juguetes y jugaban en su propio balcón privado. Todas las tardes tomaban el té con pequeños emparedados, galletas de chocolate, panecillos dulces, pasteles y bizcochos.

Aunque la señorita Chien era ostensiblemente la tutora de Franklin, también actuaba como espía e informante, reportando sobre las actividades y conversaciones de los que estábamos en el segundo piso. La señorita Chien era problemática y servicial, y nunca se sobrepasó. Lydia y ella se hicieron amigas. Lydia era la única de nosotros que había tomado el té con ellos, en la antecámara del primer piso.

Nosotros resentíamos la doble moral. Lydia organizó una serie de reuniones en el segundo piso. Se propusieron varias estrategias. ¿Huelga de hambre? ¿Rebelión? ¿Una entrevista a solas con Papá? ¿Una carta anónima señalando las injusticias? Entre murmullos y quejas nos sentíamos muy conspiradores. Hicimos muchos planes. Ninguno se llevó a cabo. Un domingo en la tarde, James se puso de pie para ir al baño en medio de un fantasioso plan y encontró a Niang escuchando fuera de la puerta entrecerrada. Se vieron el uno al otro durante unos aterradores segundos. Entonces Niang se puso los dedos sobre los labios y le hizo señas de que pasara. James se percató de que todo estaba perdido. Permaneció mucho tiempo en el baño, con miedo a las consecuencias. Finalmente regresó. Niang se había ido. La puerta seguía entreabierta. Lydia seguía conspirando. Hubo un silencio asombroso cuando James reveló su descubrimiento. Estábamos aterrorizados. Cuando sonó la campana de la cena, la junta terminó repentinamente y bajamos al comedor en silencio. Sin embargo, la cena pasó sin mayor consecuencia y nada se mencionó. Empezamos a dudar del relato y la cordura de James, pero no por mucho tiempo.

La nueva estrategia de Niang era divide y vencerás. Unos cuantos días después mandaron llamar a Lydia a la Sagrada de Sagradas (la habitación de Papá y Niang), para decirle que se mudara a una recámara desocupada que había en el primer piso. Le dieron su propio escritorio, un armario con cajones y una colcha nueva con encaje blanco, con las cortinas correspondientes. Teníamos que tocar la puerta antes de entrar a sus dominios. Nos corroía la envidia.

De ahí en adelante, Lydia pasaba de un piso a otro y de un lado a otro de nuestras vidas. Como la señorita Chien, ella también era la portadora de historias para Papá y Niang. Contaba chismes no sólo sobre los tres niños, sino también sobre mí, sobre Ye Ye y Tía Baba. La premiaban con favores especiales: dulces, antojos, dinero, ropa nueva, salidas con sus amigas. Con el tiempo, adoptó un aire que la distinguía del resto de nosotros, lo cual nos hacía constantemente conscientes de su posición "especial".

En ocasiones, cuando yo iba subiendo o bajando las escaleras, veía de reojo a Lydia en la puerta de la recámara de Franklin y Susan, rogando por un pedazo de pastel de crema de castañas o un emparedado. Su postura lisonjera invariablemente me hacía temblar de repulsión. No soportaba oír su voz quejumbrosa, rogando y fastidiando al artero Franklin para que le diera "la más mínima probadita" de sus golosinas. Pasaba rápidamente junto a ella esquivando su mirada y deseando poder hacerme invisible. En una ocasión James comentó que preferiría morirse de hambre antes que suplicar a Franklin que le diera comida.

En la escuela, Lydia sobresalía en inglés pero se desempeñaba pobremente en matemáticas y ciencias. Papá le pidió que ayudara a Gregory con su tarea de inglés. Armada con la autoridad de una maestra, se volvió cada vez más dominante. Gregory no se dejó intimidar. Las lecciones de inglés rápidamente degeneraron en peleas a gritos.

—Eres ignorante, flojo y tonto. ¡Te dije que estudiaras estos verbos en inglés la semana pasada!

—¡Y tú eres una idiota! ¡Imagínate, no saber cómo hacer fracciones y sacarse un cero en el examen de matemáticas! ¡大零蛋! *Da ling dan* (¡cero como un gran huevo redondo!). ¡Eso es lo que te sacaste!

Furiosa, Lydia le dio una sonora cachetada a Gregory, olvidando que él había crecido y era más alto y más fuerte. Gregory se puso de pie y la cogió del brazo derecho, el sano.

81

—Si vuelves a hacer eso te voy a tumbar de un puñetazo. Ahora, salte de mi cuarto.

Lydia fue a informarle a Niang. Cuando Papá llegó a casa, regañaron a Gregory y lo hicieron pararse en una esquina viendo hacia la pared durante treinta minutos. Gregory, entre dientes, argüía tener mejores calificaciones en inglés que ella en matemáticas. Además, cualquiera podía ver que su cara estaba toda hinchada por la cachetada de Lydia. Gregory decía que mi hermana tenía una derecha tan poderosa como Joe Louis, el campeón estadounidense de boxeo; la fuerza de su brazo derecho compensaba la debilidad del izquierdo.

Después de este incidente, no hubo más lecciones de inglés. Las matemáticas de Lydia no mejoraron. Al final de cada periodo, cuando se entregaban las boletas de calificaciones, su promedio con frecuencia se balanceaba peligrosamente cerca de la marca reprobatoria. El único de nosotros que tenía malas calificaciones era Franklin, pero Papá consideraba que su cerebro todavía no estaba lo suficientemente maduro como para estudiar en serio. Papá regañó a Lydia en la Sagrada de Sagradas y le pidieron que se concentrara en las matemáticas. Salió con los ojos rojos y la nariz chorreando, y gritaba con fuerza dirigiéndose a todo el mundo diciendo que había hecho su mejor esfuerzo, pero que las matemáticas eran mucho más difíciles en Aurora de lo que habían sido en St. Joseph, en Tianjin.

En St. John los niños aprendieron a jugar bridge con sus compañeros de escuela, y me enseñaron porque necesitaban un cuarto jugador, a pesar de que yo sólo tenía siete años. Un domingo, Lydia nos encontró a los cuatro jugando bridge. Después de observarnos un rato, se sintió ofendida y relegada porque estábamos muy absortos en el juego. De repente, me ordenó que me quitara de mi banco porque ella quería jugar. La partida estaba muy cerrada y la competencia era dura. Gregory, por mucho el mejor jugador de bridge, caballerosamente me había escogido como su pareja. Tomaba el bridge en serio y despotricaba interminablemente cuando yo escogía la carta equivocada o desperdiciaba un buen triunfo. Aunque me molestaba que me llamaran tonta e ignorante, aceptaba los insultos porque el razonamiento de Gregory siempre era lógico y sus habilidades superiores. Ahora Lydia se convirtió en la pareja de Gregory. El juego era más complicado de lo que ella se había imaginado. El cálculo matemático veloz y la evaluación de probabilidades no eran su fuerte. Para gran placer de Edgar y James, la nueva pareja comenzó a perder mano tras mano.

Incapaz de aceptar las críticas que Gregory le hacía llegar en decibeles cada vez más altos, Lydia arrojó sus cartas con un bufido y bajó las escaleras dando fuertes pisotones, jurando que nunca querría volver a jugar con Gregory. Él respondió a esto que antes que jugar con Lydia prefería que su pareja fuera yo, Franklin o hasta Susan, que tenía tres años. Esa noche durante la cena, Papá regañó a Gregory por ser irrespetuoso con su hermana mayor.

El trato especial de Lydia aumentó día con día. Uno de mis recuerdos más vívidos es el de Lydia corriendo por las escaleras la tarde de un domingo, con un bonito vestido occidental rosa y zapatos del mismo color, cantando fragmentos de alguna canción de la última película hollywoodense y haciendo resonar unas monedas en su bolsillo. Sin perder el paso, colocó con desdén el pasaje exacto para la semana frente a cada uno de mis hermanos, evitando con cuidado mi mirada, y regresó al piso de abajo. Los niños contaron sus monedas en silencio mientras la canción de Lydia se perdía en el fondo: "*You are my sunshine...*"

Entró a la antecámara; la puerta se cerró con un portazó tras ella y el silencio llenó el pasillo. Finalmente, Gregory gruñó con desprecio: —¡Presumida!

No cabía duda de que se había convertido en miembro de la élite de Niang.

En Shanghai, las cosas no eran fáciles para Tía Baba. Ya no gozaba de la posición informal pero respetada que tenía en Tianjin. Niang la había rebajado de rango, haciéndola sentir como una solterona superflua.

Tía Baba siempre fue como una madre para mí. En esa época nos volvimos más unidas. Ponía la más cuidadosa atención a todo lo que tenía que ver conmigo: mi apariencia, mi salud y mi personalidad. Más que nada, se ocupó de mi educación, probablemente por la conciencia de que la suya había sido truncada. Revisaba mis tareas todas las noches. Los días que tenía exámenes me levantaba a las cinco para que pudiera salir a la escuela con la cabeza llena de revisiones de último minuto. Mi tía estaba decidida a que en algún momento yo obtuviera un título universitario... el boleto hacia la huida, la independencia y los logros sin límite. Algunas cosas no las decía, pero yo las entendía. Estaba consciente de ser la menos querida de todos los hijos, por ser mujer y porque mi mamá había muerto al darme a luz. Nada de lo que yo hacía parecía complacer a Papá, a Niang o a mis hermanos. No obstante, nunca dejé de creer que, si me esforzaba lo suficiente, algún día Papá, Niang y todos en mi familia estarían orgullosos de mí.

Así que estudié mucho, no sólo para complacer a mi tía sino también porque éstos eran los únicos momentos en que podía perderme, olvidar mis miedos y escapar momentáneamente de esta casa tan llena de manejos siniestros y maquinaciones ocultas.

En la escuela me gané el apodo de "la genio" porque siempre sobresalía en todas las materias excepto en arte. Mis compañeras se percataban de mi vulnerabilidad y de mi necesidad de aceptación, que ocultaba detrás de mis calificaciones fastidiosamente perfectas. Deben haberse dado cuenta de que había algo patético en mí. Nunca mencionaba a mi familia. No tenía juguetes, ropa bonita ni ninguna otra cosa. No tenía dinero para gastar en dulces o excursiones. Rechazaba todas las invitaciones para visitar a alguien fuera de la escuela, y nunca invitaba a nadie a mi casa. No confiaba en nadie, e iba a la escuela todos los días llevando una terrible soledad dentro de mí.

En casa, hacía mi tarea, inventaba mis propios juegos solitarios y leía novelas de kung fu.

Debe haber sido difícil para Niang, a sus veintitrés años, reconocer la presencia de cinco hijastros frente a los amigos de Papá. Nosotros sospechábamos que negaba nuestra existencia, y que intencionalmente provocaba la impresión de que el pequeño Franklin y la bebita Susan eran los únicos hijos de Papá. Por lo tanto, nos vimos gratamente sorprendidos cuando, en una ocasión, uno de los colegas de Papá nos vino a visitar y trajo un regalo en una gran caja donde encontramos, para nuestro deleite, siete pequeños patitos. Como de costumbre, Franklin y Susan escogieron primero. Lydia, Gregory, Edgar y James escogieron después. Para cuando llegó mi turno, me quedé con el pajarito más pequeño, flacucho y débil. Tenía una cabeza diminuta, pero las plumas suaves, esponjadas y amarillas. Me enamoré de mi mascota inmediatamente, y le di el nombre de Pequeño Adorado Tesoro, o PAT para abreviar.

PAT pronto significó todo para mí. Debo haber tenido como ocho años. Llegaba corriendo de la escuela para tomar a PAT entre mis manos y llevarlo de la terraza de la azotea a la habitación que compartía con mi tía. Hacía mi tarea con PAT caminando entre las camas. Tía Baba nunca se quejó al ayudarme a lavar las plumas de PAT con champú, o al limpiar los ocasionales accidentes.

De vez en cuando, salía a buscar lombrices en el jardín para la cena de PAT. Un sábado, supongo que me acerqué demasiado a los dominios de Jackie, el feroz pastor alemán de Papá. El perro se acercó corriendo con su ladrido terrorífico y, feroz, me mostró sus dientes afilados. Traté de calmarlo acercándome a acariciar su cabeza, lo que provocó que encajara sus dientes en mi muñeca izquierda extendida. Escapé y subí corriendo a mi recámara. Cuando estaba lavándome la sangre, llegó Tía Baba. En el momento que la vi me solté a llorar.

Tía Baba me abrazó y me arrulló, secó mis lágrimas y comprendió. Jackie era la mascota favorita de *ellos*. Sería mejor no decir nada, no causar problemas, no llamar la atención. Me curó la herida con mercuriocromo, algodón y una pequeña venda. Después nos consolamos como siempre lo hacíamos, viendo todas mis boletas de calificaciones, desde el kínder hasta los años más recientes.

En aquellos registros se encontraba nuestra arma secreta, nuestro máximo plan. Algún día sería ¿una famosa escritora? ¿banquera? ¿científica? ¿doctora? De cualquier forma, una famosa "algo". Y las dos nos iríamos y pondríamos una casa para nosotras.

Mientras tanto, tenía que obtener buenas calificaciones. Tía Baba estaba orgullosa como nadie de mi éxito en la escuela. Conmovida, escudriñaba cada boleta con gran emoción:

—¡Uy! ¡Mira nada más! Diez en todas las materias y nueve en dibujo. Vamos a ser la mejor de la clase otra vez este año, estoy segura.

Me hacía creer que yo era brillante. Su orgullo por mis pequeños logros era una verdadera inspiración. Archivaba cada reporte con diligencia en una caja de seguridad y traía la llave colgada al cuello, como si mis calificaciones fueran joyas invaluables imposibles de reemplazar. Cuando las cosas marchaban mal, nos consolaba sacando y viendo las calificaciones:

—¿Ves ésta? Primer grado, seis años de edad, y ya te sacabas dieces en todo. ¡Vaya, vaya! —o bien—: Estoy segura de que nadie que vaya a ir a la universidad tendrá un historial tan perfecto; o: —Vamos a ser la banquera con más éxito que ha habido, tal como tu Tía Abuela, y vamos a trabajar juntas en nuestro propio banco.

Aquel sábado, mientras veíamos juntas las boletas de calificaciones, me olvidé del dolor en mi muñeca y fuimos felices... hasta la cena.

Era una noche cálida y húmeda de verano, y Papá decidió que deberíamos tomar el fresco en el jardín. Jackie había estado tomando clases de obediencia con un entrenador alemán, Hans Herzog. Papá quería ver cómo progresaba.

—Después de la cena —anunció Papá—, iremos todos al jardín y haremos una prueba con Jackie y uno de esos patitos que les dieron a los niños.

En ese momento mi apetito desapareció y fui presa del horror; Papá volteó a ver a mi hermano mayor y le ordenó:

—Ve y trae del corral un patito para hacer mi prueba —de inmediato supe que el patito condenado sería el mío.

Gregory subió corriendo al jardín de la azotea y bajó con PAT. Esquivó mi mirada. (Después, me dijo en privado: "El patito para el sacrificio tenía que ser el del dueño con la posición más débil. No fue nada personal, ¿de acuerdo?")

Papá puso a PAT sobre la palma de su mano y caminó hacia el jardín. Una oleada de náuseas me envolvió. PAT se veía tan frágil y tan vivo. Jackie le dio una alegre bienvenida a su amo. Era una noche hermosa. La luna estaba llena. Las estrellas brillaban. Papá se sentó en una de las sillas del jardín, con Niang, Tía Baba y Ye Ye a su lado. Los niños nos sentamos en el pasto. Empecé a temblar cuando Papá puso a PAT con delicadeza sobre el césped; sentí cómo se rompía mi corazón.

Le ordenaron a Jackie que se "sentara" a dos metros de distancia. Al principio jadeaba, hacía esfuerzos y se veía inquieto, pero se mantuvo sentado. De pronto, PAT me vio. Empezó a piar con suavidad y se dirigió hacia mí. En ese momento, Jackie se abalanzó. Con un salto poderoso, Jackie apresó la pata izquierda de PAT entre sus fuertes mandíbulas. Papá corrió hacia él, furioso por su desobediencia. Inmediatamente, Jackie soltó a mi PAT, pero el daño ya estaba hecho.

Corrí para recoger a mi mascota. Su patita estaba colgando de su cuerpo, su pequeño pie palmeado torcido en un ángulo grotesco. La desolación se apoderó de mí de una manera más intensa que nunca. Sin decir una palabra, la llevé a mi recámara, la puse con suavidad sobre mi cama, la envolví en mi mejor bufanda de la escuela y me acosté junto a ella. Nunca olvidaré esa noche al lado de PAT. Pasé por una tristeza aplastante de la cual nunca más pude hablar con nadie. Simplemente no había quién me pudiera entender, ni siquiera mi tía.

PAT no quiso comer ni beber nada, y murió temprano a la mañana siguiente. Tía Baba me dio un viejo costurero como ataúd. James y yo la enterramos juntos bajo el árbol de magnolias en plena flor. Incluso hoy en día no puedo oler la dulce fragancia de las flores de magnolia sin experimentar la misma horrible sensación de pérdida. Arreglamos un ramo de flores en una botella de leche frente a su tumba, así como un pequeño plato con unos cuantos granos de arroz, un poco de agua y las lombrices que tanto le gustaban a PAT.

Mientras estábamos parados uno al lado del otro junto a la tumba, James vio mi cara manchada por las lágrimas y murmuró con compasión:

—No va a ser así todo el tiempo. Las cosas tienen que mejorar... *¡Suan le!*

Yo estaba agradecida, pero me parecía difícil darle las gracias. En cambio, contesté:

—Es domingo y todos siguen dormidos. No sé por qué, pero en este momento parece que somos nosotros dos contra el resto del mundo.

La herida de mi muñeca sanó, pero la cicatriz permaneció como el recuerdo de una adorada amiga caída, acompañándome a todas partes, sin importar lo que hiciera.

Cuando tenía diez años, hubo dos acontecimientos en un lapso de unos cuantos días que empeoraron considerablemente mi relación con Niang. Una de mis compañeras de escuela me invitó a su fiesta de cumpleaños, que casualmente caía en un día festivo católico, fecha especial para las monjas de Sheng Xin, pero no para otras escuelas. A pesar de que sabía que tenía prohibido visitar a mis amigas en sus casas, pensé que podría evitar que me descubrieran si lo planeaba todo con mucho cuidado.

La mañana de la fiesta, me vestí con mi uniforme de la escuela y me llevé mi mochila como si fuera cualquier otro día. Tía Baba me había dado un dólar de plata que yo había guardado con cuidado. Lo puse en mi bolsillo, con la intención de comprar un regalo para mi amiga después del almuerzo. Nos vimos en casa de sus papás, que se encontraba a poca distancia de la mía, y pasamos una maravillosa mañana jugando con su enorme colección de muñecas. El mediodía llegó pronto. (Para entonces, las raciones enlatadas ya se habían acabado y mi familia me esperaba en casa para el almuerzo. Me daban dinero para el pasaje, pero sólo para el viaje de ida y vuelta del mediodía.) Les dije a mis compañeras que tenía que ir rápido a casa a hacer unos mandados, pero que regresaría en una hora. Me pidieron mi teléfono y se los di sin pensar.

Corrí a casa muy animada y me metí a mi recámara. Ahí, inesperadamente, me topé cara a cara con Niang. Qué estaba haciendo allí, nunca lo supe.

La encontré desprevenida y, al igual que yo, se sorprendió.

—¿Por qué llegas a casa tan temprano? —preguntó.

—Es que salí un poco antes —mentí, añadiendo estúpidamente—, quiero decir, de la escuela.

—¡Ven acá! —me ordenó, suspicaz. Recuerdo cómo latía mi corazón mientras me acercaba a ella. Estaba perfectamente peinada y su vestimenta era inmaculada: una pantera a punto de saltar para matar a su presa.

Buscó en mi ropa y encontró el dólar de plata que me había dado Tía Baba.

—¿De dónde salió esto? —preguntó.

Yo mentía, me retorcía y me sentía como un gusano. No iba a implicar a Tía Baba, no podía hacerlo. El interrogatorio se alargaba.

Me golpeó con fuerza. Una, dos, tres veces. El interrogatorio continuó interminablemente.

—¿De dónde te robaste esto? —no hubo respuesta.

—¿Te robaste algo de la casa y lo vendiste? —preguntó.

Estaba considerando admitir el robo con tal de que aquello terminara, cuando ambas notamos que la nueva sirvienta esperaba tímidamente en la puerta.

—Disculpe que la interrumpa 嚴太太 *Yen tai tai* (señora Yen) —dijo—. Hay una llamada telefónica para ella... —me señaló a mí.

Entonces recordé a mis amigas que me esperaban para continuar con nuestro juego. Debían haberse impacientado y decidieron llamarme. Niang corrió al teléfono en el descanso de la escalera y pude oír su voz, transformada en un tono asquerosamente dulce.

—Adeline está ocupada en este momento. Habla su mamá. ¿Me puedes decir quién habla, por favor?

Pequeña pausa...

—Le diré que la están esperando. ¿Cómo se llaman y dónde están?

Otra pausa...

—¿Pero no deberían estar en la escuela hoy?... Ya veo. ¿Cuál es la ocasión? ¡Un día festivo! ¡Qué bonito! ¿Y qué es lo que están haciendo? —entonces lo ominoso, lo inevitable—: Adeline no podrá regresar a tu casa esta tarde. Le diré que llamaste, pero ya no la sigan esperando.

Regresó y me miró con furia:

—No sólo eres una ladrona y una mentirosa, sino que también eres manipuladora. El problema es que tienes la mala sangre de tu madre. ¡No vas a ser nadie nunca! No creo que merezcas seguir durmiendo y comiendo aquí. ¡Creo que tu lugar está en un orfanato!

El mundo se me vino encima mientras Niang agregaba: —Quédate en tu habitación hasta que regrese tu papá. No comerás nada hasta que se arregle este asunto.

Asustada y miserable, me senté a solas en nuestro cuarto en el segundo piso viendo a Jackie que caminaba inquieto por el jardín: iba y venía, iba y venía. Desde la antecámara del primer piso, donde se estaba sirviendo el té de la tarde, subía el sonido de risas y de platos que chocaban. Pronto apareció Franklin en su balcón con un platón de golosinas surtidas. Vi cómo Franklin, impasible, le arrojaba a Jackie, por encima del barandal, pastel de castañas, rollitos de salchicha y emparedados; el perro estaba encantado brincando para atrapar los bocadillos entre sus poderosas mandíbulas. Recuerdo haber deseado fervientemente convertirme en Jackie, aunque sólo fuera por unas cuantas horas: tan libre, feliz y bien alimentado.

Más tarde, Papá entró a mi habitación de un humor sombrío, cargando el látigo del perro que Hans, el entrenador, le había dado la Navidad anterior. Cuando me preguntó sobre el dólar de plata no pude mentir.

Me ordenó que me acostara boca abajo sobre mi cama y me golpeó con el látigo en las nalgas y en los muslos. Mientras estaba acostada temblando de dolor y de vergüenza, vi una rata que corría por el piso, sus orejas puntiagudas alertas y su larga cola moviéndose de lado a lado. Quise gritar de terror, pero permanecí en silencio durante toda la golpiza.

Entonces, Papá enredó el látigo en su brazo y me anunció que Tía Baba era una mala influencia y que debían separarnos. Pensar en tal posibilidad me llenó de un miedo indescriptible.

Dos días después, mientras todavía estaba bajo la nube del castigo anterior, ocurrió la segunda catástrofe. Después de haber obtenido el mejor lugar de mi clase durante los últimos cuatro años, me eligieron presidenta del salón. La tarde de mi triunfo caminé a casa llena de felicidad, olvidando momentáneamente mis problemas. Un numeroso grupo de compañeras de la escuela, doce niñas quizá, comandadas por mi directora de campaña, había decidido seguirme en secreto a casa y hacerme una fiesta sorpresa para celebrar. Cinco minutos después de que entré a la casa sonó el timbre. La sirvienta abrió y se encontró con una bandada de niñas animadas y risueñas, vestidas con uniformes idénticos, todas pidiendo verme. Consciente de mi situación en la casa y de mi estado de desgracia, dudó por un momento, y después las invitó a entrar a la sala formal y subió en silencio al segundo piso.

Ya no recuerdo el nombre de la sirvienta, pero sí recuerdo nítidamente la expresión de alarma en su rostro cuando me dijo en secreto:

—Un grupo de sus amiguitas vino de la escuela para verla. Preguntan por usted.

Palidecí de consternación: —¿Niang está en casa?

—Me temo que sí. También su papá. Están en su recámara.

—¿Puedes decirles a mis amigas que no estoy en casa? —pregunté desesperadamente.

—No creo. Traté de decirles algo así cuando les abrí la puerta, pero al parecer la siguieron a casa y la vieron entrar. Quieren hacerle una fiesta sorpresa por haber ganado las elecciones como presidenta de su grupo. Sus intenciones son buenas.

—Sí, ya sé —no tenía alternativa, debía ir a saludar a mis amigas. Mientras bajaba las escaleras lentamente, podía oír en toda la casa la alegría sin reprimir de una docena de niñas de diez años.

Los siguientes minutos son un manchón en mi memoria. Mis compañeras estaban demasiado contentas y emocionadas como para darse cuenta de mi pálido rostro y mi silencio. Me rodearon, gritando sus felicitaciones, llenas de alegría y risas. El estómago se me revolvió. "Sólo tengo diez años", me dije. "Yo no les pedí que vinieran. Seguro Niang no me puede matar por esto."

En ese momento la sirvienta reapareció en la puerta: —Su mamá la quiere ver *ahora*.

Con gran determinación, me esforcé por hacer un gesto que pareciera una sonrisa.

—Discúlpenme —murmuré, y agregué, encogiendo los hombros—: Me pregunto *qué* es lo que quiere ahora.

Me escabullí al piso de arriba y me detuve frente a la puerta cerrada de su habitación, la Sagrada de Sagradas. Mi mente estaba en blanco y veía borroso al tocar a su puerta. Me esperaban. Estaban sentados lado a lado, en la pequeña alcoba que miraba hacia el jardín. A través de las inmaculadas ventanas salientes podía ver a Jackie rondando por los arbustos persiguiendo un pájaro.

En cuanto entré supe que iba a ser terrible. Cuando traté de cerrar la puerta tras de mí, Niang dijo con una dulzura grotesca:

—Deja la puerta abierta. En nuestra casa no hay secretos.

Me paré frente a mis papás. En el silencio todo lo que podíamos oír eran los gritos de alegría que subían por las escaleras.

—¿Quiénes son las vándalas que están en la sala? —exigió saber Niang en voz alta, derrochando ira.

—Son mis amigas —apreté los puños y sentí cómo se me enterraban las uñas en las palmas de las manos. Estaba decidida a no llorar.

—¿Quién las invitó?

—Nadie. Vinieron por su propia cuenta para celebrar que gané la campaña para presidenta del grupo.

—¿Esta fiesta fue tu idea?

—No, Niang. No tenía idea de que iban a venir.

—¡Ven acá! —gritó. Lenta, renuentemente, me acerqué a su silla. Me golpeó en la cara con tal fuerza que me tiró al suelo—. ¡Estás mintiendo! —continuó—. Seguro que tú lo planeaste para presumirles la casa a tus pobretonas compañeras. No pensaste que fuéramos a estar en casa.

—No, Niang, yo no lo hice —ya no podía contener las lágrimas calientes que rodaban por mis mejillas.

—Tu papá trabaja muy duro por todos ustedes. Viene a casa a tomar una siesta y no hay un momento de paz. ¡Esto es intolerable! Sabes muy bien que no tienes permiso de invitar a ninguna de tus amigas a casa. ¿Cómo te *atreves* a invitarlas a la sala?

—¡Ya te dije que yo no las invité! Mis amigas saben que no puedo ir a sus casas después de la escuela, así que probablemente decidieron venir acá. No sabían que eso está prohibido.

Me volvió a golpear, esta vez con el dorso de la mano, en la otra mejilla.

—¡Mentirosa! ¡Lo planeaste todo para presumir! ¡Vas a ver si se te vuelve a ocurrir ser así de mañosa! Ve abajo en este instante y diles a esas tipas que se vayan de nuestra casa en este momento. Y diles que no vuelvan nunca. ¡Nunca! ¡Nunca! ¡Nunca! No son bienvenidas.

Salí de su recámara y bajé a ver a mis amigas sintiendo cómo me pesaban los pies. Un silencio ominoso había reemplazado el festejo. Me limpié los ojos y la nariz escurriente con la manga de la camisa, y vi sangre. Para mi horror y vergüenza, me di cuenta de que las cachetadas de Niang me habían hecho sangrar la nariz, y de que mi cara estaba manchada con una mezcla de lágrimas y mucosidad sangrienta.

Debo haber sido algo digno de verse cuando entré a la sala para enfrentar a aquellas que habían apoyado mi campaña. Despojada de mis defensas, obviamente ni deseada ni amada por mis propios padres, no pude verlas a los ojos y ellas no podían verme a mí. Sabían que yo sabía que habían oído todo. Mis amigas no tenían idea de mi situación familiar. Para el mundo exterior, yo me esforzaba por presentar una fachada en la que era parte de una amorosa familia. Ahora el disfraz que tanto trabajo me había costado mantener había desaparecido dejando a la luz la patética realidad.

Traté de recuperar un poco la dignidad y dije, sin dirigirme a nadie en particular:

—Lo siento. Mi papá quiere dormir. Me piden que les diga que se vayan a sus casas.

Mi directora de campaña, Wu Chun-mei, una niña alta y atlética cuyo padre era un doctor educado en Estados Unidos, sacó su pañuelo y me lo dio. Este gesto de amabilidad me desconcertó y traté de sonreírle agradecida, pero por alguna razón no pude hacerlo cuando vi la amorosa compasión en sus ojos rojos. Con las lágrimas fluyendo otra vez por mi cara, les dije:

—Gracias a todas por venir. Nunca olvidaré su lealtad.

Salieron en fila, dejando sus regalos. Wu Chun-mei fue la última en irse. Al pasar por la escalera, de pronto gritó hacia arriba:

—¡Esto es injusto! ¡Son crueles y bárbaros! Se lo voy a contar a mi papá.

Recogí mis regalos y subí las escaleras. La puerta de su recámara estaba abierta de par en par. Papá me llamó y me ordenó que la cerrara. Estábamos los tres solos.

—Tu Niang y yo —empezó a decir Papá— estamos muy molestos con tu comportamiento y tu actitud. Invitaste a tus amiguitas esta tarde, ¿no es así?

Negué silenciosamente con la cabeza.

Papá vio mis brazos llenos de regalos, algunos de los cuales estaban envueltos festivamente con papel de colores y listones.

—Ponlos sobre la cama —ordenó—. Ábrelos.

Obedecí rápidamente. Vimos la abigarrada colección: una novela de kung fu, algunas historietas, un juego de ajedrez chino, paquetes de golosinas: carne seca salada, ciruelas en conserva, semillas de sandía, rebanadas de jengibre dulce, limones salados, cacahuates, una hoja de papel de caligrafía con la palabra "victoria" escrita en letras grandes e infantiles con pincel y tinta, una cuerda para saltar.

—Levanta todo y échalo al bote de basura.

Obedecí su orden apresuradamente.

—¿Por qué habrían de venir tus amigas a darte regalos? —preguntó Niang.

—Supongo que es porque ganamos las elecciones hoy. Ahora soy la presidenta del grupo. Trabajamos muy duro para...

—¡Deja de presumir! —gritó Niang—. ¡Cómo te atreves! No importa qué tan importante te sientas en la escuela, no eres nada sin tu padre. ¡Nada! ¡Nada! ¡Nada!

Papá dijo en voz baja: —Tu Niang y yo estamos especialmente molestos de que hayas tratado de poner a todas tus amigas en nuestra contra y de que hayas conspirado con ellas para que vinieran aquí a insultarnos.

—Pero yo no hice nada de eso.

—¡Deja de contradecir a tu padre! ¡Estás empezando a creerte mucho en todo! ¿Qué te crees? ¿Una especie de princesa para que todas tus compañeras vengan aquí a rendirte tributo?

—¡五妹! *¡Wu mei!* (¡quinta hija menor!) —agregó Papá con tristeza—. En verdad no nos dejas ninguna alternativa. 家醜不可外揚 *Jia chou bu ke wai yang* (la ropa sucia se lava en casa). Has violado la confianza que depositamos en ti al pedirles a tus amigas que nos insultaran.

—¿Qué van a hacer conmigo? —pregunté temerosa.

—No estamos seguros —fue la cruel respuesta de Papá—. Como no estás contenta aquí, debes ir a otro lugar.

—Pero, ¿a dónde puedo ir? —pregunté. Me veía caminando sin rumbo por las calles de Shanghai. Había visto a bebés abandonados envueltos en periódicos a los lados de la carretera y a niños harapientos buscando restos de comida en botes de basura. Algunos de los indigentes deambulaban por las calles de nuestra colonia, la elegante avenida Joffre, y se veían obligados a comer la corteza de los sicomoros que flanqueaban el bulevar. Estaba aterrorizada.

Caí de rodillas frente a ellos, esperando apaciguar a Papá y ablandar a Niang. Sin embargo, Papá dijo:

—En estos tiempos inciertos deberías estar agradecida de tener una casa a la cual regresar y un tazón de arroz frente a ti todas las noches.

—Lo estoy, Papá.

—Pídele perdón a tu Niang.

—Perdón, Niang.

—No aprecias la suerte que tienes —dijo Niang—. Vas a mudarte del cuarto de Tía Baba. En realidad no deberías hablar con ella nunca más. Es una influencia nociva. Te ha malcriado, ha alimentado tu arrogancia, y te ha enseñado a mentir y a hacer trampas dándote dinero a nuestras espaldas. Mientras tanto, encontraremos un orfanato hasta que tengas suficiente edad para trabajar y ganarte la vida por tu propia cuenta. Tu papá tiene suficiente de qué preocuparse como para molestarse con personas como tú. Eso es todo.

—Gracias, Papá. Gracias, Niang.

Aún estaba arrodillada y me levanté, mirando durante un largo instante el bote de basura antes de subir a la recámara que compartía con Tía Baba, quizá por última ocasión.

Mis ojos recayeron sobre los libros de texto que había colocado sobre mi escritorio antes de que me mandara llamar la sirvienta. Ahí hacía ensayos, trabajos de historia, matemáticas, inglés y caligrafía pendientes. Con gran determinación me puse a trabajar... y empecé a escaparme a mi mundo escolar donde las reglas eran simples, justas e inmutables y donde Niang no estaba para tratarme despóticamente.

Mi angustia disminuyó cuando comencé a escribir. Mi nariz dejó de sangrar. La cara ya no me dolía. Sólo veía las palabras negras y los números sobre las hojas de papel blanco. Los problemas eran un reto y pedían ser resueltos. Las soluciones me tranquilizaban y gratificaban. Tenía el control sobre mi propio destino. Al terminar cada tarea se satisfacía un vacío dentro de mí.

Aquella noche, después de una cena llena de presagios durante la cual ni Papá ni Niang voltearon a verme ni me dirigieron la palabra, subí derecho a mi habitación. Tía Baba estaba fuera jugando mah-jong. Había terminado mi tarea y no podía pensar en nada más que hacer. La desesperación empezó a hacerse dueña de mí. Niang estaba a punto de arrancarme de la única persona que me quería.

Pasaron las horas. No podía dormir. Me salí de la cama y me senté en la oscuridad en el último peldaño de la escalera, esperando oír los pasos de Tía Baba. Eran más de las once. Seguro llegaría a casa pronto, ¿o no? Pensé en escaparme y tomar el tren a la lejana provincia de Sichuán, en los límites del Tíbet. De mis novelas de kung fu había aprendido sobre los monasterios budistas de las famosas montañas Omei, donde los monjes rezaban y practicaban artes marciales. Tal vez alguno de ellos me tomaría como su aprendiz. Me veía a mí misma convertida en una experta en wu-shu, judo y karate, brincando sobre los techos con facilidad, vengando los males que se infligían sobre los desesperanzados...

Debo haberme quedado dormida en la oscuridad, acurrucada contra el barandal. Desperté adolorida. La luz del pasillo estaba encendida. La corpulenta figura de Edgar se erigía frente a mí. Camino al baño se había tropezado con mi cuerpo dormido. Estaba muy enojado.

—¿Qué estás haciendo aquí a medianoche? —dijo—. ¡Casi me haces caer! ¡Idiota! Siempre me estás estorbando.

Con sueño, me froté los ojos. Pensaba que la seguridad se encontraba en guardar silencio.

—¡Oye, estúpida! ¡Contéstame!

Seguí sin decir nada. Lentamente empecé a levantarme. Con saña se agachó, me tomó del brazo y lo torció con fuerza. Me mordí el labio para no llorar. Miré a Edgar desafiante, decidida a no emitir sonido alguno.

—¡Contéstame! —repitió, torciendo mi brazo con más fuerza.

En ese momento, James salió de su recámara. En silencio y con la mirada hacia delante, como si no hubiera visto ni oído, se apresuró a pasar junto a nosotros y entró al baño. Sin siquiera cerrar bien la puerta hizo lo que iba a hacer y regresó a su cama.

Edgar me empujó al piso y me pateó una y otra vez. Después de que se alejó jactancioso, corrí al baño y me encerré. Una de sus patadas había aterrizado en mi nariz, la cual ahora tenía una fuerte hemorragia. Miré mi cara golpeada y sangrienta en el espejo y empecé a llorar sin control mientras trataba de ahogar mis sollozos para no darle a Edgar el gusto de saber que me había hecho llorar; gradualmente se apoderó de mí una terrible sensación de lo injusto que era todo y me invadió una furia avasalladora. Finalmente, oí los pasos de Tía Baba. Era casi la una de la mañana.

Le bastó con verme para entenderlo todo. Mientras yo le contaba toda mi triste historia, podía ver en su expresión que tampoco le había ido bien esa noche. Estaba de un humor un tanto deprimido, lo cual generalmente seguía a una noche de pérdidas constantes en la mesa de mah-jong. Le dije que estaba planeando tomar el tren a la provincia de Sichuán y le pedí que me prestara dinero para el viaje.

—¡Qué revoltura de sensatez y tonterías! A veces olvido lo joven que eres.

Yo estaba hablando muy en serio.

—¡Confía en mí! —le dije—. No voy a desperdiciar tu dinero. Voy a aprender todo y regresaré para componer las cosas y cuidar de ti y de Ye Ye.

—¡Deja de soñar! Has estado leyendo demasiadas novelas de kung fu. Si te subes a ese tren, con seguridad te raptarían y venderían como *ya tou* (niña esclava). Ye Ye y yo nunca podríamos encontrarte. Incluso aquí, en Shanghai, en una ocasión la policía encontró treinta niños reportados como perdidos, encadenados a la pared de una fábrica de hojalata, casi muertos por el hambre y los golpes. Si sobreviven su niñez, los venden a los burdeles. 五妹 *Wu mei* (quinta hija menor), debes separar la realidad de la fantasía. Concéntrate en las cosas para las que eres buena. Obtén la mejor educación que puedas. Olvida a los maestros de kung fu, las artes marciales y todas esas tonterías.

"En cuanto a tu Niang, ve con ella y trágate tu amargura. Toca a su puerta. Ruégale por su misericordia. Dile todo lo que quiera oír. Sabes tan bien como yo lo que debes decir. ¿Qué podemos hacer? Ella tiene el dinero y el poder. Si es necesario, arrodíllate en el suelo y hazle reverencias. Pide con humildad el dinero para tu pasaje. Si haces eso, todo va a estar bien, ya verás. Ahora métete en las cobijas y duérmete. Tienes que ir a la escuela mañana."

Me metí bajo las cobijas, pero no dormí. No podía siquiera pensar en rendirme. Pronto escuché el leve ronquido de Tía Baba. Conforme avanzó la noche, me sentí más y más decidida a no ceder, sin importar la crueldad de la tortura. Sin defensa alguna y armada sólo con mi resolución, lo único que sabía era que eso tenía que hacer, con la esperanza de que Niang no tuviera un arma lo suficientemente poderosa como para aniquilarme.

CAPÍTULO 7

緣木求魚

Yuan mu qiu yu
Trepar a un árbol para buscar peces

A la edad de sesenta y cinco años, Ye Ye se encontró sin un centavo. Papá había dejado claro que Ye Ye y Baba deberían negociar con Niang para conseguir dinero. Esto era algo totalmente fuera de lo común en una sociedad en la que los suegros apenas se dignaban a dirigirle la palabra a las esposas de sus hijos, ya no digamos pedirles dinero. Además de romper con el mandato confuciano de piedad filial, Papá estaba dañando la autoestima de Ye Ye. Con suavidad pero con firmeza, Ye ye se negó, diciendo a Baba que no tenía intención de 緣木求魚 *yuan mu qiu yu* (trepar a un árbol para buscar peces).

En vez de eso, padre e hija fueron a visitar a Tía Abuela al Banco de Mujeres y Tía Baba pidió su antiguo trabajo nuevamente. En el comedor formal del departamento del sexto piso de Tía Abuela, fueron agasajados con una deliciosa cena que tenía como platillo principal las especialidades Ningpo, favoritas de Ye Ye. El menú incluía cangrejos al vapor y tallarines de pescado amarillo, bolitas de masa con aleta de tiburón y camarones frescos con chícharos, brotes tiernos de bambú y puerco al anís. A esto le siguieron tres postres muy apreciados: bolas pegajosas de arroz con pasta de ajonjolí, budín "ocho preciosos" y *mousse* de manzana silvestre. Ligeramente embriagados por los vasos de vino de arroz caliente, los hermanos empezaron a cantar juntos algunas arias de sus óperas favoritas. Desde que había escapado de Tianjin, veinte meses antes, Papá había estado escondido de los japoneses, resguardándose secretamente en el *penthouse* de Tía Abuela durante las horas de oficina. Muchas de las hazañas financieras de Papá se llevaron a cabo a través del banco de Tía Abuela, y a nombre de ella. Tía Abuela conocía mejor que nadie cuánto dinero estaba ganando Papá. Ensalzaba los logros de su sobrino ante Ye Ye y Tía Baba. Temiendo ensuciar el nombre familiar, Tía Baba no mencionó la verdadera razón detrás de su solicitud. Para proteger a su hijo de la censura pública, Ye Ye le había ordenado a Tía Baba nunca revelar la verdad.

Entre padre e hijo, el tema del dinero nunca más se discutió. Tía Baba volvió a trabajar. Los días de pago, tomaba su salario en efectivo y ponía la mitad de los billetes en el cajón del extremo superior derecho del escritorio de Ye Ye. Éste era el único dinero del que Ye Ye disponía para hacer sus modestas compras de dulces, tabaco y hierbas chinas, para ver al doctor, cortarse el pelo, comer en un restaurante o comprarles a sus nietos uno que otro juguete.

Vivían en una atmósfera de constante intranquilidad. Niang había dejado muy claro que estaban ahí a su pesar. Para mantener las apariencias, siempre les mostraba una cara sonriente, pero sentían el desprecio que había detrás de esa máscara. Lejos de disfrutar de un retiro digno y apacible, Ye Ye tenía un techo sobre su cabeza, tres comidas al día, y nada más. Papá nunca visitaba el segundo piso. Cuando Niang tenía invitados en la casa, esperaba que Tía Baba y Ye Ye permanecieran arriba en sus recámaras, al igual que los hijastros. Los sirvientes aprendieron del ama de la casa: los que eran favorecidos por Niang se volvieron cínicos e insolentes.

Para Ye Ye, la vida se hizo cada vez más solitaria. A pesar de que no tenía prohibidas las visitas de sus amigos, Niang había logrado hacerlos sentir tan incómodos detrás de un barniz de amabilidad, que poco a poco dejaron de ir del todo.

Mi abuelo pasaba su tiempo leyendo y practicando caligrafía. En una ocasión escribió el carácter 忍 *ren* (resistir). Le enseñó a Tía Baba a estudiar la palabra: "Divide 忍 *ren* (resistir) en sus dos componentes, el de arriba y el de abajo. El componente superior, 刀 *dao*, significa cuchillo, pero tiene una funda en el centro del estoque 刃 . El componente inferior, 心 *xin*, significa corazón. La combinación cuenta una historia en la palabra. A pesar de que mi hijo está hiriendo mi corazón, voy a enfundar el dolor y vivir con él. Para mí, la palabra 忍 *ren* (resistir) representa el epítome de la cultura y civilización chinas." Tía Baba vio la palabra, y notó el dolor y la furia evidentes en cada trazo del pincel. Ye Ye no mostraba su hermosa caligrafía en la pared por miedo de ofender a Niang.

Mi hermana mayor, Lydia, no sobresalía en la escuela. Con su brazo discapacitado, su porvenir no era muy prometedor. Papá y Niang temían por su futuro. Decidieron arreglar un matrimonio temprano. En su siguiente visita a Tianjin llevaron a Lydia y le presentaron a Samuel Sung.

Samuel era el hijo menor de nuestro médico familiar en Tianjin. Se había graduado en la universidad de Tianjin con un título en ingeniería. Había dado clases durante unos años y después obtuvo una maestría en la Universidad de Purdue en Indiana. En 1948, regresó de Estados Unidos y estaba buscando esposa. Tenía ya treinta y un años, tres más que Niang. Medía un metro sesenta, tenía una cabeza grande que perdía pelo a toda velocidad, pequeños ojos esquivos y cejas que apuntaban hacia arriba, lo que le daba una apariencia un tanto siniestra. Sus labios estaban inclinados en una posición extraña, como una media sonrisa perpetua. A pesar de no ser exactamente un príncipe, era amable y tenía estudios.

Recuerdo escuchar a Lydia hablar con alegría sobre su próximo matrimonio con Samuel y verla escribir su futuro nombre de casada, señora de Samuel Sung, una y otra vez en una hoja de papel, en inglés y en chino.

Muchos años más tarde, Lydia dio esta versión de los acontecimientos que condujeron a su compromiso, los cuales muestran una escenario muy diferente.

Cuando tenía diecisiete años, Papá me llamó a su recámara para que tuviéramos una larga conversación. Me dijeron que me parara frente al espejo y me viera. Al no entender a qué se referían (porque me veía al espejo todos los días y no encontraba nada fuera de lo común) me pidieron que pusiera atención a mi mano izquierda, que estaba deforme debido a la parálisis de Erb, y que yo no pensaba que fuera mi culpa.

Papá dijo: "Estás acercándote a la edad del matrimonio y hemos encontrado un muy buen hombre para ti. Es en realidad por tu propio bien para el futuro, porque ésta es una buena oportunidad, y si no te casas mientras todavía eres joven, seguramente habrá otra solterona en la familia, y no permitiremos que eso suceda. Esto es definitivo."

Las palabras fueron para mí como un relámpago y me sentí aterrorizada y miserable, sin saber qué hacer o qué pensar. Nunca había considerado casarme a los diecisiete años. Por el contrario, admiraba a algunas de mis compañeras que iban a continuar sus estudios en el extranjero. Yo hubiera podido hacer eso porque mi inglés era bueno. Nadie me habló nunca sobre el sexo o el amor. No obstante, debía hacer lo que me ordenaban, si no, me hubieran mandado a un convento para convertirme en monja por el resto de mi vida. Todavía escucho la fría voz de Niang en mis oídos: "¡No voy a mantener a otra vieja solterona en mi casa! ¿Qué esperas? Si no haces lo que se te dice te enviaremos a que permanezcas tras puertas cerradas en un convento. ¡Seremos buenos contigo si obedeces!" Esto me hizo percatarme de que yo salía sobrando y de que no me querían más ahí. Cuando me vi en el espejo, vi que en realidad no era muy agraciada y que tenía una mano que no funcionaba. A pesar de que entonces no estaba consciente de que todos los hijos tienen derechos que incluyen la educación y la elección del propio cónyuge, sentía un fuerte impulso por rebelarme contra semejante tiranía egoísta. Fui con Ye Ye y Tía Baba en busca de ayuda. Me dijeron que no había nada que pudieran hacer, ya que en primer lugar yo era la hija de Papá y en segundo ellos dependían de él para vivir.

A la edad de diecisiete años yo era ingenua y pueril, confiaba completamente en Papá, pensando que sus decisiones debían ser lo mejor para mi futuro. No fue sino hasta después, cuando todos mis hermanos se fueron a estudiar a Inglaterra, que me di cuenta de que había sido una tonta. Me sentí de lo más desdichada y deprimida por haberme sometido a su malvado plan de pasarle la carga a alguien más. Los odié por discriminarme, cuando yo había depositado toda mi confianza en Papá. En retrospectiva, creo que Papá tenía la idea feudal de la supremacía de los hombres.

Según Lydia, Niang prácticamente la forzó a casarse con Samuel, recordándole que Papá tenía siete hijos que mantener y que ella era la mayor. Ya que le iba a ser difícil conseguir trabajo con su brazo izquierdo tullido, no tenía ningún sentido gastar dinero en una educación universitaria.

—Si te casas con Samuel —le dijo Niang—, Papá te dará una dote.

Bajo esta presión, Lydia cedió.

En 1948 tuvieron una gran boda, a la que asistieron 500 invitados, todos ellos chinos. Dos populares comediantes de la radio fueron contratados como maestros de ceremonia.

Meses antes de la boda empezaron a llegar regalos a la casa, y éstos eran clasificados con cuidado. Niang se quedó con los mejores.

Les ordenaron a mis tres hermanos mayores que se rasuraran la cabeza completamente para la ocasión. Estaban vestidos con las tradicionales túnicas largas chinas. Franklin vestía un traje occidental, bien cortado y hecho a la medida, y su cabello estaba peinado y ondulado a la moda. Susan asistió con un delicado vestido de satín con encaje.

Durante la ceremonia, y varios días después de ésta, a mis hermanos, "los tres focos", sus compañeros los molestaron sin piedad. Los amigos de Papá comentaban sobre el trato desigual a cada grupo de hijos de cada una de sus esposas.

Como se lo prometieron, Lydia recibió una dote de 20,000 dólares estadounidenses, una suma gigantesca en esos días. Mi hermana y Samuel se mudaron a Tianjin inmediatamente después de la boda y vivieron con los papás de Samuel. No los volvería a ver en treinta y un años.

Cuando Japón perdió la guerra, Papá reclamó sus negocios y propiedades en Tianjin. Él y Niang viajaban a estos lugares con frecuencia. Los niños hacían sentir cada vez más su autoridad en las ausencias de nuestros padres. Los recuerdo coqueteando con unas niñas que vivían en la casa que estaba justo tras la nuestra, cruzando el callejón. Utilizaban resorteras con ligas de hule para catapultar desde la ventana trasera de su habitación "correo aéreo" envuelto alrededor de caramelos.

Gregory estaba cansado de su desayuno diario de *congee* y verduras en salmuera. Un domingo por la mañana, cuando Papá y Niang estaban fuera, entró decididamente a la cocina. Como *shao ye* (joven amo) de la casa, exigió huevos como desayuno. El cocinero se interpuso arguyendo que no había huevos suficientes. Ante esto, Gregory, que estaba decidido, buscó él mismo en la despensa y encontró dieciséis huevos que rompió deliberadamente, uno por uno, en un gran tazón. Se preparó un omelet gigante de dieciséis huevos para desayunar, disfrutando cada bocado hasta que dejó el plato vacío.

En una ocasión, mientras mis hermanos estaban en una función escolar, iba persiguiendo una pelota que se me había escapado y me metí debajo de la cama de Gregory. Allí encontré una caja destapada que tenía papelería de la escuela, un sello y tinta. James me confesó después que Gregory había resuelto sus problemas de dinero imprimiendo facturas falsas por montos pequeños en la papelería de la escuela. Gregory se había hecho amigo de un empleado de la oficina de contabilidad que le "reembolsaba" en efectivo cualquier "sobrepago". Esto le proporcionaba un flujo constante de efectivo y una vida feliz.

Mientras tanto, Ye Ye empezó a notar que de vez en cuando desaparecían billetes del cajón superior izquierdo de su escritorio, donde Tía Baba acostumbraba poner la mitad de su salario mensual. Ye Ye sospechaba que el culpable era uno de nosotros, pero no hizo un escándalo al respecto. Estaba en desacuerdo con el programa de austeridad de Papá y simpatizaba con nuestros problemas, así que guardó silencio y nunca informó sobre estas pérdidas regulares. Estaba en un predicamento incómodo, porque no aprobaba ni el robo ni las circunstancias que lo causaban.

Las cosas se definieron un día en 1948. La inflación no cesaba y el dinero chino cada vez valía menos. Por ser una empleada valiosa, Tía Baba recibía su sueldo en moneda estadounidense y dólares de plata (a los cuales se les llamaba cabezones por el perfil grabado de Yuan Shih-kai, un general de la dinastía Qing que se había autoproclamado Emperador de China durante ochenta y tres días en 1916). Como era costumbre, mi tía guardaba la mitad de su salario en el escritorio de Ye Ye.

La moneda china se depreciaba a tal velocidad que el Banco Central de Shanghai no podía imprimir el dinero tan rápido como era necesario. Pronto se empezó a cambiar un dólar estadounidense por dos millones de yuanes chinos.

Enormes paquetes de billetes cambiaban de manos durante las compras más simples.

El ladrón, que resultó ser Edgar, había tomado unos cuantos dólares estadounidenses del cajón de Ye Ye y los cambió en el mercado negro. Le dieron un costal enorme de moneda local. Ahora se encontraba en el terrible dilema de contar con tanto dinero que no tenía un lugar para esconderlo. Había demasiados billetes como para meterlos debajo del colchón. Además, los tres niños compartían una habitación.

Edgar cavó un gran agujero en el jardín y enterró todo el dinero. Creía que su secreto estaba a salvo, pero se había olvidado de Jackie, el perro de Papá.

Al día siguiente, mientras estábamos en la escuela, Jackie cavó en el pequeño pedazo de tierra con sus garras y alcanzó a olfatear las pilas de efectivo. Pronto había billetes volando por todo el jardín. Mientras tanto, las sirvientas encontraron un recibo de cambio de moneda extranjera en la bolsa de un pantalón de Edgar que estaba en la canasta de la ropa sucia.

Niang instruyó a las sirvientas para que recogieran todo el dinero y arreglaran el jardín. No se mencionó ni una sola palabra hasta que la cena se había servido y habíamos terminado de comer. Entonces, en lugar de la fruta que acostumbrábamos tomar, las sirvientas trajeron un gran platón con los paquetes de billetes sucios, un verdadero montón de moneda local.

Papá estaba tan sorprendido como todos los demás. Se enfrascó en una terrible perorata. Después de interminables amenazas y grandes estallidos de furia, Niang reveló lo que sabía desde el principio: que Edgar era el culpable. Papá continuó con otra de sus diatribas sobre la deshonestidad, la falta de confianza, la mala sangre de nuestra madre muerta y sobre el futuro al que estábamos condenados todos nosotros, especialmente Edgar, que no haría nada más que traer vergüenza al nombre de la familia Yen. Insinuó que Ye Ye y Baba nos habían consentido demasiado, al grado de que todos nosotros carecíamos de valor. Finalmente, llevó a Edgar al piso de arriba y lo azotó con el látigo de Jackie.

Los habitantes de segunda clase nos reunimos en la recámara de Ye Ye. Podíamos oír los latigazos y los sollozos de Edgar. Ye Ye, Baba, Gregory y yo nos contraíamos con cada golpe, pero James simplemente se encogía de hombros e, impasible, sugirió un partido de bridge para "pasar el rato".

Durante toda nuestra niñez, James fue el único hijastro que nunca fue castigado de forma individual. Sobrevivió separándose emocionalmente. Él y yo éramos muy unidos y compartíamos muchas confidencias, pero nunca salió en mi defensa. Una vez me dio un consejo: "No confíes en nadie. Sé fría e indiferente. Yo no lastimo a nadie. Y nadie puede lastimarme."

Franklin y Susan eran los consentidos, el hijo y la hija de la emperatriz: favorecidos y privilegiados. Para nosotros, en el segundo piso, la antecámara parecía el paraíso. Sin embargo, el paraíso resultó ser el jardín del Edén privado de Franklin.

Acostumbraba tratar mal a Susan; le quitaba sus juguetes, le jalaba el pelo, le daba cachetadas, le torcía el brazo. Niang prefería no hacer caso de esto. Cada noche entraba a la recámara para darle a Franklin un beso de buenas noches. Se sentaba en la orilla de su cama, le hacía mimos, jugaba y hablaba con él, sin siquiera reconocer la presencia de Susan. En las noches que Franklin pasaba con sus primos franceses o con sus amigos, Niang no se molestaba en visitar la antecámara para nada.

Ye Ye y Papá estuvieron muy felices cuando finalmente terminó la ocupación japonesa, después de que Estados Unidos dejó caer las bombas atómicas en 1945. Sin embargo, casi de inmediato se reinició la guerra civil entre los nacionalistas (Kuomintang) y los comunistas. Durante los siguientes tres años, vieron con creciente alarma que la balanza del poder se inclinaba hacia la izquierda. Mao Tse-tung, el líder comunista, y sus ejércitos, avanzaban con una marcha inexorable.

Los periódicos de aquellos días estaban llenos de historias sobre las atrocidades cometidas por los comunistas contra los terratenientes y comerciantes. Había informes diarios sobre las nuevas barbaridades y el salvajismo atroz. La impresión predominante, acicateada por Chiang Kai-shek (gobernante de China desde la muerte de Sun Yat Sen, en 1925) y su prensa Kuomintang, era que, si Shanghai caía en manos de los comunistas, habría derramamiento de sangre.

Para 1948 se hizo sentir un viento frío en el clima económico para los hombres de negocios como mi padre. En un esfuerzo desesperado por estabilizar la moneda, el gobierno nacionalista acababa de anunciar el surgimiento de un nuevo circulante llamado Certificado de Yuan de Oro. Esta medida fue necesaria porque la gente había perdido toda confianza en la anterior moneda de curso legal, llamada Fa Bi. La inflación desbordada había escalado al punto en el que un dólar estadounidense se cambiaba por once millones de yuanes chinos: incluso más de lo que Edgar consiguió por sus dólares robados.

Los anuncios oficiales pedían a todos los chinos que devolvieran sus viejos billetes, sus reservas personales de oro y plata, y su moneda extranjera, a más tardar el 30 de septiembre de 1948. Todo esto sería intercambiado por Certificados de Yuan de Oro, supuestamente respaldados por oro y con un valor de cuatro yuanes por cada dólar estadounidense. De inmediato hubo una fiebre del oro, y la mayoría de los depositantes privados retiraron sus metales preciosos y sus ahorros en moneda extranjera de los bancos locales. Nadie en su sano juicio creía que había oro suficiente para respaldar esos certificados. Los grandes capitalistas como mi papá mandaron sus riquezas fuera, a Hong Kong, Estados Unidos y Europa. Los que ganaban poco, como mi Tía Baba, se vieron obligados a obedecer las instrucciones del gobierno. El valor de los Certificados de Yuan de Oro caía con cada victoria comunista, hasta que se volvieron tan faltos de valor como la moneda a la cual habían reemplazado. Al obedecer las órdenes de Chiang Kai-shek, Tía Baba perdió todos sus ahorros.

Papá hacía toda clase de planes de contingencia, y era sólo cuestión de tiempo para que decidiera cuál iba a ser su jugada.

Debe haber sido el domingo inmediatamente posterior a la desastrosa visita de mis compañeras cuando Papá apareció repentinamente en la puerta de la recámara de Ye Ye. Llamó a Tía Baba y me ordenó que fuera a jugar a la terraza de la azotea. Parecía preocupado, pero trataba de mostrar un semblante de respeto a su padre y su hermana. Tía Baba reflexionó con tristeza que ésta era la primera vez que los tres habían hablado a solas desde que la familia había regresado a Shanghai cinco años antes. Durante un corto tiempo se reestableció una especie de intimidad. Papá empezó a hablar sobre la guerra civil y la posibilidad de que Shanghai fuera ocupada por los comunistas. Él y Niang habían decidido mudarse a Hong Kong. Preguntó a Ye Ye y Baba si irían con ellos.

Tía Baba se dio cuenta de que, además de dejar a sus amigos, tendría que dejar su puesto en el banco de Tía Abuela y regresar a ser la solterona que vivía de la caridad bajo el ojo crítico de Niang. Se preguntó si la vida bajo el régimen comunista podía ser peor que la vida bajo Niang. Decidió quedarse en Shanghai.

Mientras tanto, aparecieron gotas de sudor en la frente de Ye Ye y su rostro palideció de miedo. Tembloroso, aceptó la invitación de su hijo para mudarse a Hong Kong y arriesgarse juntos bajo el mando británico.

—¿No tenemos que irnos de inmediato, verdad? —preguntó—. Tal vez el viejo Chiang (Kai-shek) todavía pueda salvar la situación con la ayuda de los estadounidenses.

—Por supuesto que no tenemos que irnos de inmediato —contestó Papá—. Tenemos todavía unos cuantos meses cuando menos. Jeanne y yo planeamos ir a Tianjin la semana entrante para vender tanto como nos sea posible. Parece que Beijing y Tianjin van a caer antes que Shanghai. Convertiré todos mis fondos a dólares de Hong Kong y me los llevaré conmigo.

Papá pidió entonces a Ye Ye que le mostrara dónde tenía su dinero, haciendo énfasis en que siempre debería estar bajo llave. Disertó distraídamente sobre lo mal que estaba poner a los niños cerca de la tentación, mientras veía a mi tía y la acusaba de favorecerme sobre mis demás hermanos. Tía Baba hizo caso omiso de su opinión y agregó que le hubiera dado un dólar de plata a cualquier otro de sus hijos, si ellos también fueran los primeros de su clase. Le recordó que los niños necesitaban ser premiados si sobresalían en lo que se proponían.

Papá empezó con una letanía sobre mis deficiencias: mi baja estatura y mi poco peso; mi falta de apetito, sin duda debido a los bocadillos secretos que ella me proporcionaba entre comidas; mi arrogancia e indiferencia. Exigió que Tía Baba anotara cada fen que me había dado durante el año anterior, y se mostró escéptico cuando mi tía le insistió en que el dólar de plata era todo lo que yo había recibido. La acompañó a su recámara y le exigió que abriera la pequeña caja de golosinas que acostumbraba tener e hizo una lista de su contenido:

Ciruelas saladas en conserva:	2 paquetes
Carne seca de cerdo:	1 paquete
Carne seca de res (dulce):	1/2 paquete
Carne seca de res (picante):	2 paquetes
Cacahuates tostados:	1 bolsa de 4 onzas
Dulce de cacahuate:	1 frasco de 8 onzas
Semillas secas de melón:	1 paquete

Ye Ye y mi tía veían con asombro a Papá mientras hacía este inventario. Papá comenzó después a arengar sobre lo poco que yo valía, mi falta de moralidad, mi consumo excesivo de golosinas y mi monstruoso comportamiento. Tía Baba trató de defenderme, diciéndole que yo era tan sólo una niña pequeña que nunca conoció a su propia madre, pero Papá no hizo caso a sus protestas.

Tía Baba preguntó si Papá había asegurado el porvenir para nosotros los niños. Lydia estaba viviendo con Samuel en la casa de sus suegros en Tianjin. Papá se sentía inclinado a dejar a sus tres hijos adolescentes en sus escuelas de Shanghai hasta que se graduaran y después mandarlos a la universidad en Inglaterra. Franklin y Susan se irían a Hong Kong con nuestros padres. Hubo una corta pausa.

—Eso deja a 五妹 *wu mei* (quinta hija menor) —dijo Ye Ye—. ¿Qué piensas hacer con ella?

Papá recogió la "lista de comida" y le echó un vistazo:

—Últimamente se ha vuelto muy rebelde. Su buen desempeño en la escuela la ha hecho creerse mucho. Ustedes la han echado a perder alabándola demasiado. Hemos decidido disciplinarla.

Ye Ye se sobresaltó.

—¿Qué ha hecho ella para merecer esto? —preguntó—. Tan sólo es una pequeña que va a la escuela primaria. ¿Por qué la estás castigando?

—¡Ése es precisamente el problema! —contestó Papá—. Ustedes dos son demasiado protectores. No se trata de lo que haya hecho o dejado de hacer. Se le debe enseñar a ser obediente y modesta. Debe saber cuál es su lugar y darse cuenta de que sus opiniones y deseos no cuentan para nada. Después de todo, no es nada sin su Papá y su Niang. Hemos decidido sacarla de este nidito de permisividad. Cuando vayamos a Tianjin la semana entrante la llevaremos con nosotros. Planeamos internarla nuevamente en St. Joseph. Se va a quedar ahí por su cuenta. ¡Les prohíbo escribirle o mandarle por

correo paquetes de comida como éste! —empezó a sacudir la
lista en la cara de Tía Baba—. No se le permitirá mandar o
recibir correspondencia. Les diremos a las monjas que la
mantengan encerrada tras las rejas hasta que se gradúe.

—¡Los comunistas! ¿Qué hay de los comunistas? —preguntó Tía Baba—. Los periódicos reportan intensas luchas en
Manchuria. Cientos de miles de refugiados están llegando a
Tianjin. ¿No recuerdas haber leído sobre aquellos universitarios que huían hacia el sur? Estaban manifestándose en Tianjin por la falta de comida y abrigo cuando las tropas Kuomintang abrieron fuego sobre ellos. ¿Es seguro en este momento
mandarla a la escuela ahí?

—¡Ya basta! —gritó Papá, blandiendo la lista—. Debe
ser separada de ustedes dos.

Todavía con la lista en la mano salió rápidamente de
la habitación de Tía Baba, azotando la puerta tras él.

—¿Qué está pasando? —preguntó Tía Baba a Ye Ye
con voz temblorosa—. La niña no ha hecho nada. Se com-
porta como si quisiera destruirla. Sabe que separarla de nosotros va a 傷心 *shang xin* (lastimar su corazón). ¿Tú le encuen-
tras sentido a lo que está haciendo?

Ye Ye sabía: —Su hija no ha hecho nada malo. Pero
cada día que pasa su presencia es como una espina clavada en
sus costados: los enoja simplemente tenerla cerca. La van a in-
ternar porque quieren deshacerse de ella.

Ésos fueron tiempos inciertos. Todas las demás familias con
propiedades, lazos con el Kuomintang o incluso con una educación profesional occidental, se atormentaban sobre qué
hacer: quedarse o irse. Para los hombres de negocios estableci-
dos, con hogares, oficinas, familias, amigos y *guanxi* (contactos), la elección era particularmente difícil. Se estaba acaban-
do el tiempo. El ejército de Chiang Kai-shek perdía ciudad
tras ciudad. ¿Serían los comunistas así de malos? ¿Podía alguien estar seguro de cómo se desenvolverían las cosas bajo el

nuevo régimen? Muchos no se quedaron a averiguarlo. Todos los días salían trenes, aviones y barcos cargados de refugiados que se dirigían a Taiwán y Hong Kong.

Años después, Papá narraría el destino de un conocido que dudó al último momento. De hecho, iba camino al aeropuerto de Shanghai con su esposa y su hijo. No podía creer que él fuera un personaje tan importante como para que lo tuvieran marcado y lo persiguieran. Se detuvo en la casa de su primo. Cambiaron lugares. El primo voló con su esposa y una hija hacia una vida próspera en Nueva York. El amigo de Papá se quedó y finalmente le quitaron todo lo que poseía. Su hijo fue apresado por criticar a Jiang Qing, la mujer de Mao. Su esposa se suicidó durante la Revolución Cultural.

Papá, Niang, Franklin y Susan salieron para Hong Kong en diciembre de 1948. Tía Abuela no soportó la idea de dejar su banco. Decidió quedarse y arriesgar su suerte con los nuevos gobernantes. La partida de Ye Ye fue desconsoladora. Amaba su ciudad natal, y dudaba si la volvería a ver. Los paisajes, olores, sonidos y memorias de Shanghai eran irremplazables. Temía la vida que se le avecinaba en Hong Kong, pero sabía que debía huir. Hasta el último momento estuvo intentando hacer cambiar de parecer a Tía Baba. Ella simplemente no quiso hacerlo. Treinta años después, mi tía no podía describir sin angustia el momento en que se separaron.

Una por una las ciudades cayeron: Luoyang, Kaifeng, Jinzhou, Chanchun, Mukden. En diciembre de 1948, Beijing estaba rodeada de tropas comunistas. La ciudad estaba bajo sitio. En enero de 1949, los comunistas dieron el golpe final con su victoria en la batalla de Huai Hai. Más de 300,000 soldados del Kuomintang fueron tomados como prisioneros. El 21 de enero de 1949, Chiang Kai-shek renunció a su puesto de presidente de la República. El Ejército de Liberación Popular cruzó el río Yangtsé en abril. En menos de un mes tomaron Nanking, Soochow y Hangchow.

El Ejército Rojo entró triunfante a Shanghai el 25 de mayo de 1949. Se veía a las jóvenes y disciplinadas tropas del ELP, celosas de su deber, marchando por la calle Nanking. Ayudaban alegremente a los residentes y dueños de tiendas a quitar los costales de arena y otros impedimentos colocados por los nacionalistas. Eran corteses, y estaban bien alimentados. No hubo saqueo.

Para mi tía siguió una temporada de paz y tranquilidad sin precedente. En el lapso de unos cuantos días, el banco de Tía Abuela reabrió. Los comunistas hicieron todo lo que pudieron para mantener la ley y el orden. Las tiendas y restaurantes volvieron a sus negocios como de costumbre. La inflación finalmente se detuvo. Los Certificados de Yuan de Oro fueron convertidos en Jen Min Pi, la nueva moneda de la República Popular. Los precios de las mercancías se estabilizaron y otra vez hubo disponibilidad de bienes. Los servicios públicos, como el transporte, el correo y la limpieza de las calles, parecían mejor administrados que antes. El nuevo régimen aseguraba constantemente al pueblo mediante los periódicos y las transmisiones de radio que las propiedades y los negocios de los comerciantes, chinos y extranjeros, serían siempre protegidos, y sus religiones respetadas.

Tía Baba estaba a cargo de la casa, supervisando a mis tres hermanos, que aún iban a la escuela en Shanghai. Gastaba su nuevo salario del banco en sus propias necesidades y recolectaba el ingreso mensual proveniente de la renta de las propiedades de Papá, para mantener la casa. Hizo un recorte del personal doméstico, y se quedó con dos sirvientas y la señorita Chien. Se conmovió profundamente cuando oyó la transmisión del presidente Mao desde Beijing el primero de octubre de 1949, en la que proclamaba la fundación de la República Popular de China. Todos sus compañeros de trabajo se reunieron junto al radio para oír a Mao anunciar que "el pueblo chino se ha puesto de pie".

Los días de Tía Baba eran calmados y ordenados. Después del desayuno veía que los niños se fueran a la escuela antes de irse ella misma al trabajo. Cenaban juntos como de costumbre a las siete y media, y animaba a los niños a que llevaran a sus amigos a la casa. Todas las semanas le daba una cantidad justa a cada uno para que pudieran salir o ir a excursiones de vez en cuando. La interferencia comunista no se extendía más allá del registro obligatorio de todos los que habitaban en la casa, incluyendo a la institutriz de Franklin, la señorita Chien. Se estableció un *hu kou* (comité de residentes) con propósitos administrativos. Después, estos comités se convirtieron en herramientas del gobierno para controlar y llevar cuenta de todos los movimientos de cada habitante de Shanghai.

La señorita Chien era una mujer soltera de treinta y tantos años. Después de la partida de Franklin y Susan, no tenía una función obvia en la casa, y temía que la despidieran. Su educación había cesado a la edad de catorce años, y ahora ya no podía instruir a los niños sobre ningún tema. Trató de ganarse la aprobación de Tía Baba preparando manjares regionales de su propia ciudad natal. Cuando el clima era más frío, calentaba la cama de Tía Baba con botellas de agua y subía termos llenos de agua caliente para el baño nocturno de mi tía. Pasaba sus días leyendo los periódicos, chismeando con las dos sirvientas restantes, escribiendo cartas y tejiendo incansablemente. Tía Baba se asombraba de su aparentemente interminable provisión de lana de buena calidad, que estaba volviéndose imposible de conseguir en las tiendas del rumbo. Muchas de las mercancías importadas escaseaban conforme los occidentales se marchaban en tropel y cerraban las empresas extranjeras. Con gran generosidad, la señorita Chien les regalaba muchos de sus suéteres tejidos a mano a Tía Baba y a los niños.

Gregory se graduó de la enseñanza media en 1950. Según las instrucciones de Papá, él y Edgar fueron en tren a Tianjin, donde les hicieron unos trajes de estilo occidental a la medida con el sastre del Tío Pierre. Entonces, todavía se tenía libertad, y era fácil viajar. Salieron de Tianjin en barco hacia Hong Kong con sus nuevas ropas. Tres semanas después, los mandaron a Inglaterra a continuar sus estudios.

James permaneció en la escuela por otro año, durante el cual Tía Baba lo inundó de cariño y cuidados. Les pedía a las sirvientas que prepararan sus platillos favoritos. Él tomó caras lecciones de equitación, invitaba a sus amigos a fiestas a la casa y salía de excursión a las ciudades vecinas. Galante y agudo, fue un buen compañero para mi tía. Con frecuencia leían juntos las cartas de Ye Ye, y mi tía convenció a James de que le escribiera cada semana a Papá, y en ocasiones también a Ye Ye. Gozaba de considerable libertad en Shanghai; tanto así que cuando supo que Papá quería que se fuera a Hong Kong en 1951, estaba renuente a irse. Tía Baba pidió ayuda a Ye Ye en el caso de James, pero no tuvo éxito. Ye Ye contestó que los dos debían de haber perdido la razón. Incluso consideró poco sabio mostrar su carta a Papá.

Para cuando James partió, en julio de 1951, las restricciones para los viajes se habían vuelto más severas. Acompañado por el tío tercero Frederick (el hermano menor de nuestra difunta madre), viajaron por tren a Cantón. Se necesitaba un pase especial para cruzar la frontera de Hong Kong, mismo que no tenían. Al final, cruzaron ilegalmente en medio de la noche, en un barco que hacía agua. La suerte estuvo con ellos, y navegaron en paz hasta el puerto de Hong Kong. En Shanghai, Tía Baba se quedó sola con las dos sirvientas y la señorita Chien.

CAPÍTULO 8

一視同仁

Yi shi tong ren
Trato igual para todos

En septiembre de 1948, en el momento más intenso de la Guerra Civil, Papá y Niang me llevaron al norte, a Tianjin. El victorioso Ejército Rojo iba absorbiendo provincia tras provincia. La mayoría de la gente huía en dirección contraria.

Después del colapso del ejército del Kuomintang en Manchuria, los refugiados llegaban a razón de seiscientos diarios, trayendo con ellos peste y suciedad. La población de Tianjin creció un diez por ciento en cosa de unos meses. Los servicios públicos, que ya estaban bajo una terrible presión, simplemente no se dieron abasto. Pronto se les prohibió por la fuerza la entrada a los refugiados y se les colocó en campamentos primitivos. La disentería estaba en su apogeo.

En este marco, Niang me inscribió como interna en St. Joseph. Sólo quedaban alrededor de cien alumnas. Yo era una de las cuatro internas; las demás sólo iban durante el día. Las clases eran esporádicas, porque la asistencia era irregular. A lo largo de las siguientes semanas, el número de niñas disminuyó considerablemente. Pronto nos reunieron a todas en un solo salón de clases. Nuestras edades iban desde los siete hasta los dieciocho años. No se hablaba chino durante las horas de escuela. De hecho, mientras estuve ahí, no recibimos clases de chino. Teníamos que platicar una con otra en inglés o en francés.

Yo me sentía miserable. El chino había sido el idioma que se usaba en las clases de la escuela primaria en Shanghai. El inglés era la segunda lengua; el francés nunca me lo habían enseñado. Me sentía sola y moría por regresar con Tía Baba, James y mis amigas de Shanghai. Escribía largas cartas en las que desahogaba mi desventura y rogaba por unas cuantas palabras amables de casa. Día tras día esperaba que dijeran mi nombre cuando se distribuía la correspondencia. Nunca me llegó una sola carta. Yo no sabía de las instrucciones que habían dejado mis padres a las monjas, en las que pedían que yo no recibiera visitas, llamadas telefónicas ni correo.

Sellada en un mundo hermético tras las rejas del convento, yo no estaba consciente de que, mientras tanto, los comunistas, que ya habían tomado Manchuria, habían arrasado más allá de la Gran Muralla y se movían con resolución hacia Beijing y Tianjin. Las tropas del Kuomintang y los comunistas peleaban en batallas campales por el control del norte de China. Muchos estudiantes y sus familias huyeron a Taiwán y Hong Kong. En el convento, dejamos de asistir a clases formales. Pasábamos el tiempo leyendo libros de nuestra propia elección en inglés. Yo me sumergí en el diccionario inglés-chino. Un día, durante una conversación informal, nuestra maestra nos pidió a cada una nombrar nuestro libro favorito. Todas rieron cuando dije que el mío era el diccionario. Y, si se nos concediera un deseo, ¿qué pediríamos? Recibir una carta dirigida a mí. Sólo una carta. De quien fuera.

Más y más niñas dejaban la escuela conforme se acercaban los ejércitos comunistas. Dentro de St. Joseph ya no había fiestas de despedida. Las niñas simplemente dejaban de ir a clases. Las monjas parecían perturbadas y preocupadas. Sus superiores en Francia les aconsejaban que dejaran Tianjin y se salvaran de la persecución.

Yo pasaba todos los domingos y días festivos sola en la escuela, incluyendo la Navidad y el Año Nuevo. Todas las demás internas iban a sus casas con sus familias. Yo no tenía permiso de aceptar ninguna invitación de mis amigas. Las monjas no sabían qué hacer conmigo. Caminaba como fantasma de salón en salón, y pasaba mucho tiempo leyendo cuentos de hadas en la biblioteca. Mi recuerdo de esa Navidad es estar sentada sola en el enorme refectorio, comiendo jamón, papas y budín de ciruela, y fingiendo que nada en este mundo me preocupaba. Afuera, podía oír el dulce estribillo de "Noche de paz" perforando el aire, mientras yo esquivaba estoicamente las miradas solícitas de la amable hermana Hélène, que entraba y salía apurada mientras yo comía sola mi cena de Navidad.

El 31 de enero de 1949, las victoriosas tropas comunistas entraron a Beijing sin disparar una sola bala. Al día siguiente, Fu Tso-I, el general nacionalista, se rindió con todos sus ejércitos y sus ricas provisiones militares. Fue premiado con el puesto de ministro de Conservación del Agua de la República Popular. Casi al mismo tiempo, Tianjin fue tomada por el general comunista Lin Biao.

Mi hermana mayor, Lydia, vivió en Tianjin con su esposo Samuel y sus padres durante el tiempo que yo estuve encarcelada en el convento. Nunca me visitaron ni preguntaron por mí. En enero de 1949, cuando se fueron a Taiwán huyendo de los comunistas, me dejaron atrás sin haber establecido contacto.

Día tras día me sentaba sola en la biblioteca preguntándome qué sería de mí. Mi rutina escolar había desaparecido. Ya no había más clases y todos los días eran días "libres". Mis maestras parecían no saber cómo educar a una niña solitaria que hablaba poco inglés y francés. El estado de ánimo en el convento era de un pánico apenas controlado, aliviado tan sólo por los rituales católicos romanos.

Repentinamente, una mañana, la hermana mayor de Niang, Tía Reine, apareció en el vestíbulo de mi escuela. Yo estaba muy contenta, porque no había tenido visitas desde que había sido admitida. A pesar de que apenas nos conocíamos, lloré cuando la vi. Se preparaba para salir de Tianjin con su esposo y sus dos hijos, cuando recordó que yo estaba abandonada en St. Joseph. Por iniciativa propia y sin consultar a nadie, me sacó de la escuela.

Tianjin acababa de ser liberado. En las calles, vi soldados comunistas vestidos en acolchonados uniformes de invierno y gorras puntiagudas. Estaban quitando los costales de arena, los nidos de ametralladoras y las fortificaciones que habían colocado los nacionalistas para bloquear el paso de los vehículos y tropas enemigas. La nieve recién derretida había convertido los costales de arena en amorfas masas lodosas. En las calles había un silencio espectral. Apenas había tráfico. Recorrimos a pie la corta distancia que nos separaba de las dos casas de Papá en la calle Shandong.

Todo aquel día fue extraño y confuso para mí, y no lo fue menos el regresar a la casa en la que había almacenado muchos de mis más queridos recuerdos. Ahí me encontré con el Tío Jean Schilling (que trabajaba para las Naciones Unidas) y con sus dos hijos, Victor y Claudine. Me sentía apenada pero ellos fueron amables y me hicieron sentir a gusto. Victor, que era de mi edad, me invitó a jugar a su recámara. Hicimos aviones de papel y los volamos por toda la casa. Tía Reine, notando mi silencio nervioso, me abrazó y me dijo en secreto: "No te preocupes, habrá 一視同仁 *yi shi tond ren* (trato igual para todos)."

Durante la cena, el Tío Jean me explicó que mis padres estaban en Hong Kong y que nos reuniríamos con ellos tan pronto como fuera posible. El día anterior, los soldados comunistas habían intentado entrar y confiscar las dos casas de Papá para usarlas como centro de operaciones de mando temporal del general Lin Biao. Tío Jean izó la bandera de las Naciones Unidas para proteger la casa y evitar que la ocuparan por la fuerza.

En esa época, los parientes de Niang vivían en las casas de Papá que estaban en Tianjin. La mamá de Niang había muerto. Lao Lao, la tía china soltera, estaba viviendo con el hermano mayor de Niang, Pierre, en la casa "vieja", junto con el personal básico de la oficina. Pierre aún era el director administrativo de los negocios de Papá en Tianjin, pero pronto huyó a Marruecos. Reine y su familia vivían en la casa "nueva". Papá había enviado al hermano más joven de Niang, Jacques, a París y estaba financiando su educación en La Sorbona.

Unos cuantos días más tarde, la familia Schilling y yo abordamos un barco con dirección a Hong Kong.

Cuando China fue derrotada al finalizar la Primera Guerra del Opio en 1842, la isla de Hong Kong (香港 Puerto fragante) fue cedida a los ingleses a perpetuidad. Al concluir la Segunda Guerra del Opio (1858-60), a Gran Bretaña se le "otorgó" en calidad de posesión permanente la punta de la península de Kowloon, al sur de la calle Boundary. En 1898, Gran Bretaña hizo más demandas y consiguió un acuerdo de cesión de noventa y nueve años sobre el resto de la península de Kowloon, al norte de la calle Boundary. Esta área se conocía como los Nuevos Territorios y sería entregada de vuelta a China el 1 de julio de 1997.

Tía Reine había logrado sacar de contrabando los diamantes de Niang fuera de Tianjin. Cubrió las piedras con tela y las cosió como botones a su abrigo. Fue dramático cuando las desenvolvió. Conforme Reine —tijeras en mano— liberaba cada preciosa gema y en la mesita de centro todas brillaban con magnificencia, Niang se ponía tan contenta que su ánimo se levantaba notoriamente y mi presencia inesperada no le causó la furia inmediata que yo anticipaba.

Papá, Niang, Ye Ye, Franklin y Susan vivían en un departamento rentado del segundo piso de la calle Boundary en Kowloon, al otro lado de la calle de la Escuela de Religiosas Maryknoll. En 1949, esta colonia británica estaba muy lejos de tener el movimiento y sofisticación de Shanghai, y también carecía de la tradición y la cultura de Tianjin. Era una ciudad adormecida, ordenada, algo provincial, con calles limpias, autobuses color rojo brillante de dos pisos, tráfico armonioso y un puerto espléndido. El cantonés era la lengua predominante. El inglés sólo se hablaba en los hoteles de primera clase como el Península.

Día tras día, Niang llevaba a la familia Schilling a conocer la ciudad en su carro con chofer. A mí me dejaban con Ye Ye y la servidumbre. Niang preguntaba amablemente a Ye Ye si deseaba acompañarlos. Ye Ye siempre se negaba. A mí nunca me invitaron. Se asumía automáticamente que las excursiones no me incluían.

En secreto esto me complacía mucho. Era maravilloso estar con mi Ye Ye. Lo acompañaba en caminatas cortas. Los ojos empezaban a fallarle y yo le leía los periódicos cada mañana. Jugábamos ajedrez chino y generosamente me cambiaba un jinete (caballo) por un carruaje (torre). Los juegos eran competitivos y él parecía disfrutarlos, analizando el resultado final sin importar quién había ganado o perdido. Me contaba historias de las *Leyendas de los tres reinos*, y cuando estaba de buen humor acompañaba los relatos con fragmentos de ópera china.

Mi abuelo me enseñó la magia y el misterio ocultos en muchos de los caracteres chinos, y los ilustraba con brillantes ejemplos que me llenaban de maravilla y deleite. En una ocasión me hizo notar que las palabras 買賣 (negocio) guardaban el secreto de todas las riquezas del mundo.

—買 significa comprar, 賣 significa vender —me dijo—. Las dos palabras son idénticas, excepto por el símbolo ± (tierra o suelo) por arriba de vender. La esencia de 買賣 (negocio) es la compra-venta, y el ingrediente más importante es ± (tierra o suelo). Siempre recuerda esto.

Con frecuencia nos sentábamos en silencio, a gusto en nuestra mutua compañía, mientras Ye Ye fumaba su pipa en paz.

Durante el desayuno del domingo, Niang sugirió que fuéramos a comer al lujoso Hotel Repulse Bay, en la isla de Hong Kong. Todos se subieron al gran coche de Papá. Estaban muy apretados. Yo era la única que no iba, y los miraba solitariamente desde la banqueta, al lado de los sirvientes.

Victor habló: —No es justo, Maman —le dijo a Tía Reine en francés—. ¿Por qué Adeline nunca va a ninguna parte con nosotros?

Impaciente por irse, y sin entender el francés, Papá le preguntó a Victor en inglés: —¿Necesitas ir al baño?

Niang interrumpió en francés: —Adeline no va porque el coche está muy lleno. No cabe.

—¿Entonces por qué tampoco fue ayer ni antier, ni hace dos días? —exigió saber Victor en francés.

—¡Súbete al coche, Victor! —ordenó Tía Reine—. Estás retrasando todo. Puedes ver que hoy no hay suficiente espacio en el coche.

—No me parece justo —insistió Victor—. ¿Por qué es ella la que siempre se queda?

—Porque así es como es —exclamó Niang severamente en francés—. O vienes con nosotros ahora o te puedes quedar en casa con ella.

—En ese caso creo que le haré compañía a Adeline —Victor se bajó del Studebaker y se paró a mi lado mientras el coche se iba. Nunca he olvidado su caballerosidad.

Tío Jean y su familia pronto se marcharon a Ginebra, donde le ofrecían un puesto en las Naciones Unidas.

Papá había rentado una oficina en la calle Ice House dentro del principal sector de negocios de la isla de Hong Kong, conocido simplemente como Central. Cada mañana, el chofer lo llevaba a la terminal del transbordador Star para el viaje de siete minutos a través del puerto Victoria desde Kowloon a Hong Kong. Una vez ahí sólo tenía que caminar un poco para llegar a su oficina.

Papá se adaptó rápidamente a la vida de negocios de la colonia británica. Al principio montó una exitosa compañía de exportaciones e importaciones. Después participó en la bolsa, haciendo astutos intercambios de valores, mercancías y monedas extranjeras. Fundó una compañía de propiedades, Mazman, que más adelante sería incluida en la bolsa de valores de Hong Kong. Mazman compraba selectos pedazos de terreno en las subastas gubernamentales, donde construía unidades residenciales y edificios industriales. Obtuvo el derecho de deshacerse de la grava suelta, las piedras y la tierra cuando la calle Stubbs fue alargada y ensanchada, cruzando el corazón del exclusivo lugar Mid-levels en Hong Kong, a medio camino entre el puerto y el Peak. Creó una cantera temporal y vendió el material excavado a ansiosos constructores. Se hizo miembro de muchos de los clubes más prestigiosos de Hong Kong, y se le conocía como un exitoso empresario de Shanghai.

Papá y Niang ascendieron a un lugar prominente en el pequeño círculo occidentalizado de la alta sociedad de Hong Kong. En aquellos días, pocos hombres chinos de negocios hablaban inglés o se encontraban cómodos entre los occidentales. En contraste, Papá y Niang se sentían a sus anchas en ambos mundos.

Elegante y fotogénica, Niang no era ajena a las columnas de sociedad de los periódicos y las revistas locales. Empleaba a un famoso chef analfabeto del Hotel Park en Shanghai, que sabía de memoria todas las recetas y de quien se decía que podía preparar pollo de cien diferentes maneras. Se organizaban cenas espectaculares en casa. Las invitaciones eran muy solicitadas por la calidad de la comida y la lista de invitados cosmopolitas de Niang. Durante estas fiestas, Ye Ye y nosotros, los hijastros (cuando estábamos en casa), nunca éramos mencionados ni presentados. Se daba por entendido que debíamos permanecer escondidos en nuestras habitaciones y no avergonzar a nadie con nuestra presencia, especialmente si había occidentales.

Dos días después de la partida de la familia Schilling, Niang me ordenó que empacara mis pertenencias. Me iban a llevar a otra parte.

Recuerdo esa tarde de sábado con claridad. Papá estaba en su oficina. Susan había ido a una fiesta de cumpleaños. Ye Ye estaba tomando su siesta de la tarde. Niang, Franklin y yo nos sentamos lado a lado en el Studebaker detrás del chofer. El carro estaba saturado con el aroma del costoso perfume de Niang, que me mareaba con premonición.

Para mi asombro, el coche se detuvo frente al elegante Hotel Península. Aparentemente, Franklin quería su té de la tarde. Dentro del fresco vestíbulo del restaurante elegantemente decorado con macetas de palmeras, ventiladores vibrando desde los altos techos y muebles de ratán, me senté con cuidado en una gran silla de bambú. Una orquesta de cámara tocaba el vals "Danubio azul". Franklin quería un helado con chocolate, y Niang ordenó pequeños emparedados mientras yo examinaba nerviosamente el extenso menú. Una ola de náusea se apoderó de mí. Quería escapar al baño pero permanecí pegada a mi asiento preguntándome si Niang estaba a punto de cumplir con su amenaza de abandonarme en un orfanato. ¿Sería ésta mi última comida antes de su *coup de grâce*?

La penetrante voz de Niang interrumpió repentinamente mis sombríos pensamientos:

—¡Adeline! —decía con impaciencia—. Puedes ordenar lo que quieras. ¿Entiendes? ¡Pero apúrate, por favor!

CAPÍTULO 9

人傑地靈

Ren jie di ling
Inspirada estudiante en una tierra encantadora

El convento, escuela y orfanato del Sagrado Corazón, dirigido por hermanas de Canossa, Italia, se encontraba en la calle Caine, en la isla de Hong Kong, encaramado en los Mid-levels y con vista al mar. Ese día, un poco más tarde, tras haber salido de Kowloon y haber cruzado el puerto en transbordador, nuestro coche atravesó el Central —el denso distrito financiero donde Papá tenía su oficina— para después subir hacia la terminal de tranvías Peak. Justo antes de llegar a los Jardines Botánicos, dimos vuelta a la derecha en la Mansión del Gobernador, con sus guardias uniformados de blanco y sus frondosos jardines; avanzamos un kilómetro hacia el oeste para después detenernos enfrente de la angosta entrada al lado norte del convento. Había unas escaleras empinadas que conducían al vestíbulo del patio donde, tras una corta espera, fuimos recibidos por la madre Mary y la madre Louisa.

En 1949, el Sagrado Corazón era una de las muy pocas escuelas católicas de Hong Kong que aceptaba internas y huérfanas. Los dos grupos de estudiantes se vestían con uniformes muy distintos y no se les permitía socializar uno con otro. Las huérfanas no asistían a las clases normales sino que se les enseñaban "conocimientos prácticos" como costura, lavandería, cocina y planchado. Durante las misas se sentaban en una sección especial de la iglesia. Después de la escuela, mientras las internas jugaban, tomaban lecciones privadas de arte y música, o leían en la biblioteca, se les exigía a las huérfanas que ayudaran con el lavado de la ropa, en la cocina y en el jardín. Se esperaba que dejaran el convento a los dieciséis años y que se emplearan como meseras, sirvientas y dependientas.

Las mujeres jóvenes eran mercancía barata en China. Las hijas no deseadas eran virtualmente intercambiadas como esclavas, en ocasiones a través de intermediarios, a familias desconocidas. Una vez vendida, el destino de una niña estaba a merced de los caprichos de su comprador. No tenía papeles y no tenía derechos. Algunas con suerte eran legalmente adoptadas por sus dueños. Muchas más eran objeto de golpizas y otros abusos. La prostitución, o incluso la muerte, eran el destino de algunas niñas esclavas.

Yo no sabía cuáles eran las intenciones de Niang, pero mi futuro estaba en sus manos. Acompañada por Franklin, habló con las dos monjas en una habitación privada durante un periodo que pareció interminable. Mientras tanto, yo me quedé afuera y hojeé los folletos que describían la escuela y el orfanato. Me enteré de que la mayoría de las 1,200 estudiantes del Sagrado Corazón estaban ahí sólo durante el día, llegaban a las ocho y se iban a las tres y media. La espera fue horrible. Estuve sentada ahí llena de ansiedad, recordando las amenazas de Niang el año anterior en Shanghai...

Finalmente salieron. Para mi sorpresa, Niang sonrió y me dio unas palmaditas cariñosas en la cabeza enfrente de las monjas. Ésta fue la primera y la última vez que me tocó, aparte de los golpes, durante mi niñez.

—¡Qué suerte tienes! —exclamó—. La madre Mary ha aceptado admitirte en el internado a la mitad del año escolar.

Cuando me inscribieron había sesenta y seis internas. A lo largo de mis años ahí, nunca me sobrepuse del todo al miedo muy real de que me transfirieran a la sección de las huérfanas. En ese caso no le costaría un centavo a mi papá.

Al ser admitida como interna, se le asignaba a cada niña un número de identificación. A partir de ese momento, todas las pertenencias se sellaban con el número. Nuestro día empezaba a las cinco cuarenta y cinco. Una fuerte campana nos levantaba de la cama. La misa diaria era obligatoria. Mi amiga, Mary Suen, a quien no le gustaba levantarse temprano, solía quejarse de que era "exactamente como ser una monja, sin importar si quieres o no ser santa". La única excusa legítima para no ir a misa era una enfermedad seria, fingida o no. Durante toda la misa, la mayoría de nosotras sólo pensaba en una cosa: salir lo más pronto posible de la capilla y apresurarse hacia el comedor para tomar el desayuno. El orden en el que nos sentábamos estaba preestablecido y no se podía alterar; nos acomodaban de acuerdo con nuestra edad. Mary se sentaba inmediatamente a mi izquierda.

Le daban a cada quien un casillero en una gigantesca alacena que se exhibía prominentemente en el comedor. Cada interna guardaba en su lugar asignado las provisiones, debidamente numeradas, que le enviaban de su casa. La abundancia o escasez de nuestras reservas de comida era ampliamente visible para todas las niñas. Se trataba de un barómetro que medía el grado de cariño que tu familia mostraba por ti. Durante toda mi estancia en el Sagrado Corazón, mi casillero siempre estuvo vacío.

Los huevos tenían un significado especial. Debían ser traídos de casa y se almacenaban en el refrigerador de la cocina. Antes de entregarlos, cada interna debía pintar su número con tinta indeleble sobre el cascarón.

De desayuno nos daban a cada quien dos rebanadas de pan, un montoncito de mantequilla y una porción de mermelada. Para las afortunadas cuyos padres pagaban quince dólares extra por mes, había leche caliente a la que le podían poner de su propia reserva de chocolate en polvo. Algunas niñas tenían pasta de anchoas, paté de hígado de pollo o atún enlatado para poner sobre su pan. La madre Mary entonces sacaba una gigantesca cuba de huevos cocidos muy calientes. Los extraía uno por uno, los colocaba en hueveras individuales y leía los números mientras hacía esto. Al oír tu número, te acercabas y te llevabas tu huevo.

Esos huevos se convirtieron en símbolos de un extraño privilegio. Eran baratos y se conseguían fácilmente en los mercados, pero que la madre Mary dijera tu nombre significaba que alguien en casa te quería lo suficiente como para traerte huevos para que pudieras comer un desayuno nutritivo. Que tu familia fuera rica no significaba que automáticamente recibieras un huevo. No podías cargar los huevos a tu cuenta como la leche o las lecciones de piano. El huevo del desayuno, más que cualquier otra cosa, nos dividía en dos grupos distintos y transparentes: las queridas y las no queridas. Sobra decir que yo siempre me quedé sin huevo durante mi estancia en el Sagrado Corazón.

Después del desayuno, nos apurábamos a recoger nuestros libros del cuarto de estudio para unirnos en el patio con las no internas. Las clases empezaban a las ocho. Las lecciones eran en inglés pero hablábamos entre nosotras en cantonés. Para mi sorpresa, los meses que pasé en St. Joseph me dieron suficientes tablas para poder continuar con mis estudios.

Al mediodía, había un descanso para almorzar. Las internas éramos convocadas al comedor mediante una campana. Ahí encontrábamos un plato de espagueti con albóndigas o macarrones con queso. En los días buenos, nos servían chuletas de cerdo con arroz y verduras salteadas con puré de papa.

—¡Dizque comida occidental! —murmuraba Mary—. Mejor deberían darnos un tazón de sopa de wonton.

Las clases de la tarde eran de una y media a tres y media. El té se servía a las cuatro en el comedor. Era la única comida en la que tenías la libertad de participar o no. Ésta era la hora en la cual, las que tenían, podían presumir a las que no tenían. Además del pan, mantequilla y mermelada de siempre, salían las golosinas que les traían en las horas de visita de los domingos: chocolates, bizcochos, dulces, carne seca de res, frutas en conserva, nueces surtidas. En los cumpleaños, la festejada podía quitarse el uniforme y ponerse un bonito vestido. Adornada con delicado encaje, listones y moños, dispensaba munificencia al resto de nosotras mientras se paseaba junto a la madre Mary detrás de un enorme pastel de cumpleaños encendido con el número adecuado de velas. Cantábamos "Feliz cumpleaños". El pastel era rebanado y acomodado en un platón. La madre Mary y la festejada recorrían la habitación repartiendo el pastel a todas las internas; la del cumpleaños, a su antojo, podía servirle o negarle el pastel a quien quisiera. Tras este jueguito de discriminación, la festejada abría sus regalos mientras todas le hacíamos "ooohs" y "aaahs".

Mi costumbre era ir al té un poco más tarde, tragarme mi pan, mantequilla y mermelada lo más rápido posible, y después salir como bólido. Sabía que nunca habría una fiesta de cumpleaños para mí. En ningún momento podía retribuirle a nadie en especie o comprar un regalo. Mi amiga Mary y yo no hablábamos de estas cosas, pero con frecuencia yo encontraba algunas golosinas de ella sobre mi plato: unos cuantos dulces de coco, un paquete de ciruelas en conserva, un pedazo de fruta.

Mary no era considerada brillante en lo académico. Tenía dificultades con las matemáticas y muchas veces me pedía ayuda. Solía sentarse a mi lado mientras yo trabajaba en sus tareas y decía: "Ahora ya me parece obvio. ¿Cómo no se me ocurrió a *mí* eso?" Yo me regodeaba en su admiración y hacía un esfuerzo aún mayor.

En otros aspectos, Mary era muy madura para su edad. Cuando admitieron a Daisy Chen como interna, noté que tenía un acento de Shanghai y sentí curiosidad por su pasado. Debo haber hecho una que otra pregunta de más. Daisy se volvió vaga y evasiva en sus respuestas. Más tarde, Mary me dijo: "No hagas esas preguntas. Las niñas que como nosotras acaban aquí generalmente vienen de hogares infelices. Es mejor no preguntar. Su historia se sabrá al final de todas formas." Me di de topes por haberme mostrado insensible y grosera.

Después del té, había una hora de recreo. Éramos libres de jugar con nuestras muñecas, leer novelas, brincar la cuerda, practicar el piano, patinar, competir en softbol o tirar canastas. Yo por lo general visitaba la biblioteca.

Era una habitación grande y cuadrada, oculta en una esquina del ala de las internas. Sus estantes de piso a techo estaban llenos de libros, la mayoría en inglés. Algunos estaban en italiano o en latín. No había libros chinos.

¡Qué magia representaba para mí adentrarme en este atesorado santuario donde reinaba la palabra escrita! Las ventanas eran pequeñas. Las luces eran opacas. Debido a esto, la habitación se veía oscura y amenazante. No había bibliotecaria. Muchos de los volúmenes eran libros de consulta o revistas que no se podían sacar. El resto era un caleidoscopio de todos los temas habidos y por haber. Nos permitían sacar tantos libros como quisiéramos. La madre Louisa era la encargada, y cerraba las puertas puntualmente a las cinco. Como el té era de cuatro a cinco, generalmente yo era la única ahí. Con frecuencia me encontraba a la madre Louisa en mi camino de salida, mis brazos cargados con el más reciente montón de material de lectura. Me convertí en una figura tan familiar, que muchas veces me buscaba antes de cerrar la biblioteca.

—¿Ya salió la "estudiosa" de su guarida? —bromeaba mientras hacía sonar sus llaves—. ¿O piensa pasar la noche aquí?

Me puse ese apodo porque una vez ayudé a Mary a resolver un problema de matemáticas y la solución resultó ser mejor que la del libro de texto. Probablemente era un error de imprenta, pero la historia dio la vuelta al colegio y fue escuchada por otras internas. Muchas se acercaban a mí cuando tenían problemas con sus tareas.

Empezaron a pasar por alto mi único vestido para los domingos —que ya me quedaba demasiado corto, apretado y chico—, mis gastados zapatos con agujeros en las suelas, mi casillero vacío, e incluso llegaron a olvidar que yo nunca recibía huevos.

Los domingos eran los días designados para visitas. Entre las diez y las doce de la mañana las internas, vestidas con nuestras ropas de calle más bonitas, con el cabello peinado y los zapatos lustrados, esperábamos a nuestros padres en el vestíbulo del patio de la planta baja. Se colocaban grupos de sillas para las reuniones familiares. No interferíamos con los parientes de las otras internas.

Al principio solía involucrarme en la emoción de la visita dominical y prepararme para recibir a mi familia con igual expectación que las demás. Invariablemente no llegaba nadie. Era difícil ignorar los hirientes comentarios y las miradas de lástima domingo tras domingo. Entre todas las internas era claro que yo era la única hija verdaderamente rechazada.

Finalmente resolví la vergonzosa situación al no presentarme a estas escenas. Las mañanas de los domingos, cuando las niñas estaban acicalándose ante el espejo, tomaba un montón de libros y me metía silenciosamente al baño. Ahí permanecía hasta que oía el constante murmullo de plática y risas de mis amigas, que subían las escaleras cargadas con cosas de comer y golosinas, comparando regalos, intercambiando comida, y probándose ropa y zapatos nuevos. Ya que consideraba que todas estaban de vuelta, solía meter mis libros bajo mi uniforme y salía como si nada pasara. Con mucho tacto, nadie mencionaba mis desapariciones de los domingos por la mañana.

Frecuentemente, ya tarde en la noche, cuando todas estaban dormidas, me despertaban ataques agudos de ansiedad que me llenaban de pensamientos tristes sobre mi futuro. En invierno, cuando el clima era frío, me enterraba bajo las cobijas y leía mis libros favoritos con una lámpara de mano, para que las monjas no vieran sombras oscilando en el techo. Invariablemente, mi perturbación interna desaparecía con los problemas y tribulaciones de los personajes ficticios mientras me iba quedando dormida.

Entre abril y septiembre, el clima era opresivamente caliente y húmedo. Durante las pomposas vacaciones de verano yo era una de las muy pocas internas que permanecían en el convento; en ocasiones era la única. En medio de la noche, desarrollé una técnica que consistía en rodar por debajo de las camas vacías para salir silenciosamente del otro lado, donde las ventanas de dos hojas se abrían a un balcón con vista al puerto. Ahí me trepaba sobre la fresca balaustrada que rodeaba la terraza bajo un cielo azul oscuro repleto de estrellas, y veía a lo lejos los barcos gigantes que salpicaban la bahía. Me encantaba sentarme abrazando mis rodillas y contemplar el paisaje a mis pies, con mis sueños que flotaban kilómetros y kilómetros hasta perderse en la distancia.

En ocasiones, uno de los trasatlánticos hacía sonar sus sirenas graves señalando su partida. ¡Qué mágico era para mí oír ese sonido evocador! Mis ojos seguían con anhelo la barca que se alejaba, mientras desaparecía silenciosamente en la oscuridad. Me veía a mí misma parada en la proa del barco gigante que, deslizándose a través de las oscuras y tranquilas aguas, me llevaba en un encantador viaje a aquellas tierras fabulosas: 英國 *Ying guo* (Tierra heroica) y 美國 *Mei guo* (Tierra hermosa). Estas palabras, cuyo significado es Inglaterra y Estados Unidos, provocaban en mí visiones de universidades con edificios cubiertos por hiedra, ciudadelas del aprendizaje en forma de castillos señoriales y catedrales sagradas. Wang Bo, el poeta de la dinastía Tang, describió estos lugares como míticos, y yo en verdad ansiaba visitarlos y ser transformada en una 人傑地靈 *ren jie di ling* (inspirada estudiante en una tierra encantadora).

Desde ese momento, siempre que oigo la solitaria sirena de un faro en la noche, siento una vez más la intensidad de aquellas horas nocturnas; el sonido me hechiza como la voz de un oráculo a través de un océano de tiempo, llamándome hacia una tierra de sueños.

CAPÍTULO 10

度日如年

Du ri ru nian
Cada día es como un año

Las largas túnicas de Ye Ye, sus chaquetas bordadas y su cuero cabelludo rasurado parecían aún más anticuados en Hong Kong que en Shanghai. Permaneció como un estricto budista. No hablaba inglés ni cantonés, y se sentía totalmente ajeno en esta ciudad sureña. No tenía amigos, y casi no podía comunicarse con las sirvientas. Sus únicos placeres eran sus alimentos diarios, su puro después de la cena, y escribir y recibir cartas de Tía Baba. De sus nietos restantes, Franklin era insolente y Susan era demasiado joven para interesarle. Así que se concentró más y más en James y en mí. En las tres ocasiones en que me permitieron ir a casa (dos en el Año Nuevo chino y una para recuperarme de neumonía), me pusieron un catre en la recámara que Ye Ye compartía con James, la cual tenía dos camas individuales.

Para poder hacer pequeñas compras, como puros y estampillas, Ye Ye debía pedirle dinero a Papá. Recuerdo a Ye Ye con apariencia vieja y triste, leyendo su periódico matutino en silencio en la sala.

En sus últimos años, Ye Ye se enfermó de diabetes. Era un gran aficionado a los dulces, así que fue una enorme pena para él verse privado de uno de sus pocos placeres. Papá le administraba diariamente sus inyecciones de insulina. De vez en cuando, Ye Ye se daba gusto comiéndose un ocasional chocolate o un bizcocho. Niang siempre se enteraba de estas infracciones. Cuando Papá llegaba a casa, invariablemente había una sesión de gritos. Ye Ye terminaba reducido a un viejo agazapado y encogido, y confesaba que sí, sí se había comido el chocolate. Sí, sí sabía que estaba prohibido y que era malo para su salud. No, no deseaba morir. Esto solía terminar de forma humillante, con Papá administrándole la inyección de insulina.

Papá decidió cambiar la dieta de Ye Ye. Le quitó el vino de arroz, el puerco asado, el pez amarillo frito en salsa agridulce, los vegetales salados y el queso de soya fermentado. Por recomendación de cierto doctor inglés, a Ye Ye le daban un solo plato de comida. Cada alimento era cuidadosamente pesado por las sirvientas. Había algunas zanahorias, un pedazo de pescado hervido, una pila de papas cocidas y un pequeño montículo de arroz al vapor. Le ponían enfrente la misma comida tres veces al día, siete días a la semana. Ya no comía con nosotros. Sus alimentos se servían puntualmente a las ocho, al mediodía y a las seis. No se le permitía comer nada entre comidas.

Cuando Ye Ye protestó, le dijeron que ésas eran las "órdenes del doctor". Durante mis raras visitas a casa recuerdo que me sentaba con él mientras comía. Era doloroso ver su angustia mientras se tragaba su monótona dieta, obviamente odiando cada bocado.

Papá probablemente creía que estas privaciones eran lo mejor para Ye Ye. De otra forma, ¿cómo pudo haber tolerado la deseperación de Ye Ye, notoria hasta en su misma postura al sentarse ante estas horribles comidas? Lydia me contó años después que Ye Ye se rebeló y exigió mudarse y vivir por su cuenta. Un día anunció que tenía la intención de volverse a casar y que deseaba consultar a una casamentera. Se negaron categóricamente. Ye Ye no pudo hacer nada. Lo embargó una profunda depresión. Escribió a Tía Baba que quería regresar a Shanghai y pasar sus últimos años con ella (a pesar de que sabía que esto era imposible debido a su pasado capitalista); que su vida era tan infeliz en Hong Kong que ya no veía otra salida más que el suicidio. Tía Baba le enseñó estas cartas a Lydia antes de que fueran destruidas por los guardias rojos durante la Revolución Cultural.

En el verano de 1951 contraje neumonía y me internaron en el hospital. A James, que recientemente había salido de Shanghai, se le quedó en la memoria cómo Ye Ye se preocupó extremadamente al oír la noticia y decidió visitarme. Niang iba a usar el coche para su juego semanal de bridge. Le dijo a mi abuelo que no fuera porque era inconveniente y fútil ya que yo estaba siendo tratada por "los mejores doctores que el dinero podía comprar". No obstante, en esta ocasión Ye Ye insistió. Le pidió a James que lo acompañara porque no estaba familiarizado con los caminos, los autobuses y el transbordador de Kowloon a Hong Kong.

Ye Ye se puso su mejor túnica china. Empezó a llover. No podía usar sus cómodos zapatos de Shanghai con suela de tela. No podía localizar sus mocasines de suela de piel. Finalmente, después de mucho buscar, Franklin los encontró. Aparentemente habían estado en el clóset del pasillo todo el tiempo, a pesar de que tanto James como Ye Ye los habían buscado ahí. Partieron bajo la fuerte lluvia, con James sosteniendo el paraguas y Ye Ye apoyado con fuerza sobre su brazo. El pavimento estaba mojado y resbaloso. Cuando salían, Franklin dijo:

—Niang te especificó que no fueras. No me eches la culpa si te resbalas y te caes en la lluvia.

Ye Ye se cayó y se dio un fuerte golpe, incluso antes de que dieran vuelta en la esquina de la calle Boundary y la calle Waterloo para tomar el autobús. Tuvieron que desistir del viaje. Ye Ye se resbalaba y se patinaba con cada paso. Mientras se acercaban al departamento, Ye Ye pudo ver a Franklin saltando y gesticulando en el balcón bajo la lluvia mientras gritaba con risa y emoción:

—¿Ya ves? ¡Te dije que te ibas a caer! ¡Tenía razón! ¡Tenía razón! Niang te dijo que no fueras. Te dijo que no fueras.

Ye Ye me contó todo esto cuando me dieron de alta del hospital y me permitieron convalecer unos cuantos días en casa... silencioso, triste, disculpándose por no haberme visitado durante mi enfermedad.

—Lo que era de asustarse —relataba Ye Ye—, fue la completa ausencia de piedad filial en el comportamiento de Franklin. Cuando me caí, se me salió el mocasín. Lo recogí de la cuneta y noté que la suela estaba grasosa. Cuando regresé a casa, examiné mis zapatos. Las suelas estaban cubiertas por una blancuzca sustancia grasosa que olía como a pasta de dientes Darkie.

(Ésta era una conocida marca de pasta de dientes hecha en Hong Kong. Los dueños de la compañía vivían en el piso de abajo de nosotros en los departamentos de la calle Boundary. Nos surtían generosamente con muchas muestras). Ye Ye era demasiado bondadoso como para acusar a Franklin directamente. Podía sentir mi tristeza y mi furia.

—Tienes toda tu vida por delante. Sé lista. Estudia mucho y sé independiente. Me temo que tus oportunidades de obtener una dote son pocas —yo asentí—. No termines casada a la fuerza como Lydia. Debes depender de ti misma. No importa lo que la gente te robe, nunca podrán quitarte tu conocimiento. El mundo está cambiando. Debes hacer tu propia vida fuera de esta casa.

Hacia fines de 1951, Papá mudó a su familia a una escondida villa en la calle Stubbs, en los Mid-levels de la isla de Hong Kong. La calle Stubbs era una carretera principal con carros que pasaban a velocidades vertiginosas. No había tiendas en el rumbo, y caminar era peligroso. Se necesitaba un coche para hacer la compra más simple. Las cartas de Ye Ye a Tía Baba se hicieron más y más desesperanzadas.

"Todos nos aferramos tenazmente a la vida —escribió Ye Ye—, pero hay destinos peores que la muerte: la soledad, el aburrimiento, el insomnio, el dolor físico. He trabajado duro toda mi vida y ahorrado cada centavo. Ahora me pregunto para qué hice todo eso. La agonía y el temor a morir seguramente son peores que la muerte misma. La ausencia de respeto a mi alrededor. La nula esperanza. En esta casa donde no cuento para nada, 度日如年 *du ri ru nian* (cada día es como un año). ¿En verdad podría ser peor la muerte? Dime hija, ¿qué me queda por esperar en el futuro?"

Ye Ye murió el 27 de marzo de 1952 por complicaciones de la diabetes. Los últimos tres meses de su vida escribió a Tía Baba principalmente sobre el pasado: aquellos festines con diez platillos diferentes que su padre preparaba personalmente para el Año Nuevo chino en su casa de té situada en la vieja ciudad amurallada de Nantao; los paseos a caballo en su niñez al lado de Tía Abuela cuando gran parte de Shanghai era todavía rural; la vista de sus sampanes mientras navegaban a lo largo del río Huangpu; los muchos días felices que pasó con Abuela cuando Tía Baba y Papá eran pequeños. Se disculpó por no haber arreglado un matrimonio adecuado para Tía Baba. "Si fallé, fallé porque me importaba demasiado —escribió—. De alguna forma, nadie nunca fue lo suficientemente bueno para ti. Sentía que necesitabas a alguien especial que te cuidara. Tal vez no exista tal persona, excepto en mi mente."

Cuando Ye Ye murió, Papá estaba demasiado ocupado para avisarle personalmente a Tía Baba. En vez de eso, ella recibió la noticia de segunda mano, en una carta escrita por uno de los empleados de Papá.

CAPÍTULO 11

自 出 機 杼

Zi chu ji zhu
Ideas originales en composición literaria

Mi enfermedad se presentó durante las vacaciones de verano de 1951. La mayoría de las niñas se había ido a casa. Empecé a toser sangre, mi temperatura subió a 40 grados y tenía dificultad para respirar. Después de dos días me internaron en el hospital. Al principio, los doctores pensaron que iba a morir. Informaron a mi familia.

Me sentía sola y asustada. Nadie de casa se paró por el hospital. Mary, mi mejor amiga del internado, fue mi única visitante. Su papá tenía una concubina. Mary vivía con su mamá en una casa aparte a poca distancia del hospital. Me dijo que no tenía nada mejor que hacer. Yo estaba profundamente agradecida de que se hubiera tomado la molestia, sin importar la razón. Conforme mejoró mi condición me traía algunas golosinas: dulces mangos frescos, cacahuates tostados, helado Dairy Farm, pérsimos secos. Jugamos cartas, dibujamos, nos entretuvimos con revistas de crucigramas y acertijos, y compartimos la comida que traía. La fiebre cedió. La tos disminuyó.

Un día, a la hora del almuerzo, mientras Mary había ido a casa a comer, Papá apareció de pronto. Entró bruscamente a mi habitación, sin anunciarse, impecablemente vestido con un traje azul oscuro. Se paró junto a mi cama con apariencia nerviosa.

—¿Cómo te sientes? —preguntó. Yo quería tranquilizarlo—.

—Me siento muy bien, Papá. Estoy mucho mejor.

—La combinación de placer, miedo y sorpresa hicieron que no pudiera hablar, y no se me ocurría nada más que decir.

Aparentemente a él tampoco. Me observó durante unos cuantos minutos hasta que nuestro mutuo silencio se hizo incómodo. Me tocó distraídamente la frente para medir mi temperatura, dijo entre dientes "Cuídate" y se fue.

Una enfermera y Mary entraron en ese momento.

—¿Quién era *ése*? —preguntó la enfermera.

Yo contesté con orgullo: —Ése era mi papá.

Me vio con sorpresa.

—Pensábamos que eras huérfana.

—Casi una huérfana, pero no del todo —volteé a ver a Mary preguntándome si había dicho demasiado.

—Yo también —le dijo Mary a la enfermera—. Yo estoy en la misma categoría general.

—De hecho —añadí con frescura—, puede encontrar alrededor de cincuenta de nosotras en la misma categoría general en el Sagrado Corazón.

—Pero sólo entre las internas —agregó Mary, y nos reímos histéricamente. La enfermera se fue. En ese momento me sentí muy cercana a mi compañera de escuela. De repente me di cuenta de que aquí estaba, anhelando una visita de mi familia día tras día. Sin embargo, cuando mi papá finalmente vino, no teníamos nada que decirnos el uno al otro. ¿Por qué entonces había de forzar a mis padres a quererme cuando había amigos tan leales?

Mary y yo empezamos a hacer planes para escaparnos de Hong Kong y vivir en los dormitorios de las universidades en algún lugar lejano: Londres, Tokio o París.

Cuando regresé a la escuela después de una semana de descanso en casa, yo era la única interna porque las vacaciones aún no habían terminado. No había nadie con quién hablar y nada que hacer. Pasé mucho tiempo en la biblioteca, hojeando libros y revistas. En una de estas publicaciones me topé con un anuncio sobre un concurso de escritura de obras teatrales, abierto a todos los niños angloparlantes entre diez y diecinueve años de edad. Enterrada en aquella biblioteca y con tiempo de sobra en mis manos, me puse a trabajar. Mi obra se llamó *Lo que las langostas se llevaron*. Trataba sobre la desvastación que esos insectos hacían en África. El tiempo pasó rápidamente y sentí un poco de tristeza cuando completé la obra. Mandé mi participación y pronto me olvidé de todo aquello. La escuela volvió a empezar y las niñas regresaron.

Un lunes, meses después, estaba jugando basquetbol durante el descanso del almuerzo cuando la hermana Valentine (apodada "Cara de caballo") interrumpió nuestro juego y me dijo que el chofer de mi familia me estaba esperando. Ye Ye había muerto y lo iban a enterrar ese día.

Me condujeron directamente al templo budista vestida con mi uniforme escolar, y al llegar vi la fotografía de Ye Ye colocada sobre su ataúd. Empecé a llorar y no podía contener las lágrimas a pesar de que me daba cuenta de que nadie más lloraba. Papá y Niang, James, Franklin y Susan estaban sentados con caras de palo frente a las sirvientas, el cocinero y el chofer. No había más dolientes.

Lloré toda la ceremonia, inundada de una tremenda sensación de pérdida. Mientras salía del templo, todavía lloriqueaba, sin darme cuenta de que mis lágrimas irritaban a Niang cada vez más.

—¿Por qué estás llorando *tú?* —me dijo repentinamente en secreto con tono enojado.

Llena de desdicha, volteé a verla con mis hinchados ojos rojos y la nariz escurriendo, en espera del comentario cortante.

Y llegó. Volteó a ver a Papá: —Creo que Adeline se está poniendo cada vez más fea conforme se hace más grande y más alta. ¡Mírala nada más!

Regresamos a la casa después del funeral y Niang me llamó a la sala. Tenía un elegante traje negro y sus largas uñas estaban pintadas de un rojo intenso. El poderoso aroma de su perfume me hacía sentirme mareada. Me miró en mi andrajoso uniforme escolar, el cabello lacio, sin permanente, y las uñas cortas y mordidas. Yo me sentía pequeña, fea y sin valor.

—Siéntate, Adeline —me dijo en inglés—. ¿Quieres un poco de jugo de naranja?

—No. No, gracias.

—Me di cuenta de que estabas llorando justo ahora en el funeral —dijo—. Estás creciendo. En verdad deberías invertir un poco de tiempo en arreglarte. Tienes que verte presentable. Nadie quiere una esposa fea.

Asentí, diciéndome que no me había llamado para decirme eso. Cerré los puños y esperé.

—Tu papá —interrumpió— tiene siete hijos que mantener. Gracias a Dios que Lydia ya se aseguró con su matrimonio. Sin embargo, todavía quedan seis. No es demasiado pronto para empezar a pensar en tu futuro. ¿Qué planes tienes?

Pensando en mi boleta de calificaciones repleta de dieces, eché un vistazo a la amenazante presencia frente a mí. Sabía que si pudiera, iba a encargarse de que yo nunca tuviera un futuro.

Paralizada por el terror, viéndome los pies, dije entre dientes algo acerca de tener la esperanza de ingresar a la universidad como mis hermanos, de preferencia en Inglaterra.

—Tu papá —interrumpió— no tiene una reserva interminable de dinero. Hemos decidido que debes aprender taquigrafía y mecanografía, y encontrar un empleo.

Cuando Ye Ye murió yo tenía catorce años. James se iba a ir a Londres a continuar sus estudios ese mismo verano.

Mis maestras me habían dicho que las mejores universidades estaban en Europa y en Estados Unidos. En mi escuela escribí carta tras carta a Niang y Papá rogándoles que me dejaran ir a Londres con James, e incluía en estas cartas mis boletas de calificaciones llenas de recomendaciones, premios y reconocimientos. No hubo respuesta. Consideré seriamente la opción de huir y reunirme con Tía Baba en Shanghai para continuar mi educación. Estaba decidida a ir a la universidad.

Sería un mes después, en una tarde de sábado, cuando la madre Valentino vino otra vez por mí con la noticia de que el coche de la familia me estaba esperando. Me pregunté quién habría muerto esta vez. El chofer me aseguró que todos disfrutaban de buena salud. Entonces me pregunté qué había hecho mal. Mi corazón albergó temor todo el camino a casa.

Finalmente, mi suerte había cambiado. No lo sabía, pero había sido nombrada la ganadora del primer premio del concurso de escritura de obras teatrales al que había entrado siete meses antes. El comité de revisión escribió al departamento de educación de Hong Kong, que a su vez se lo comunicó a la prensa. Se anunció con gran prominencia y se publicó en primera plana. Mi nombre, edad y escuela fueron mencionados, así como el hecho de que la competencia estaba abierta a estudiantes de todo el mundo angloparlante. Papá estaba subiendo en el elevador a su oficina la mañana de ese sábado cuando un conocido le tocó el hombro y le enseñó el artículo.

—¿Es tu pariente la ganadora, Adeline Jun-ling Yen? —preguntó—. Tienen el mismo apellido poco común.

Papá, muy entusiasmado y sin caber en sí de orgullo, leyó y releyó el artículo. Esa tarde mandó por mí.

Al llegar a casa me dijeron que fuera inmediatamente a la Sagrada de Sagradas. Niang había salido y Papá estaba solo. Pude notar su buen humor. Me enseñó el artículo en el periódico. ¡No lo podía creer! ¡De verdad había ganado! Papá quería hablar conmigo sobre mi futuro.

Mi corazón empezó a latir con violencia: —Papá, por favor déjame ir a Inglaterra a estudiar. Por favor déjame ir a la universidad.

—Bueno, me parece que en verdad tienes potencial —contestó—, y podrías incluso poseer 自出機杼 *zi chu ji zhu* (ideas originales en composición literaria). Cuéntame sobre tus planes de estudiar una carrera. ¿Qué materias te gustaría estudiar?

Permanecí en silencio durante un largo rato. No tenía idea de lo que quería estudiar. Ir a Inglaterra era todo lo que soñaba. Era como ir al cielo. ¿Importa lo que hagas después de entrar al cielo?

Papá estaba esperando una respuesta. Ruborizada de emoción por mi reciente triunfo, dije valientemente: —Creo que estudiaré literatura. Me convertiré en una escritora.

—¡Escritora! —se burló—. ¿Qué clase de escritora? ¿Y en qué idioma vas a escribir? Tu chino es muy elemental. En cuanto al inglés, ¿no crees que los ingleses pueden escribir mejor que tú?

Rápidamente dije que estaba de acuerdo. Siguió uno de esos incómodos silencios.

—Lo he estado pensando —anunció Papá—. Te diré cuál es la mejor profesión para ti.

Me sentí aliviada. Haría cualquier cosa que él dijera.

—Irás a Inglaterra con James para estudiar medicina. Después de que te gradúes te especializarás en obstetricia, tal como la mejor amiga de Tía Abuela, la doctora Mary Ting. Las mujeres tienen hijos y alguien tiene que traerlos al mundo. Las pacientes mujeres prefieren médicos mujeres.

Esa noche me permitieron permanecer en casa. James y yo platicamos hasta muy entrada la noche. Estábamos llenos de planes. El futuro parecía no tener límites. Entonces me empecé a preocupar. ¿Y si el mundo inglés nos discriminara? ¿Y qué tal eso de comer comida inglesa todos los días? ¿Seríamos los únicos chinos en nuestras escuelas inglesas y se nos consideraría extraños o peculiares? A medianoche estábamos buscando el diccionario, y James decía que los ingleses nos llamarían "extraños" si les agradábamos y "peculiares" si les desagradábamos, cuando en eso se abrió la puerta y entró Niang.

Papá y Niang habían salido a una cena. Niang vestía un traje de noche negro con lentejuelas, lucía en su cuello luminosos diamantes, y la joyería correspondiente en dedos y orejas. Sus largas uñas estaban pintadas de negro. No se veía complacida.

—¿Qué están haciendo, gastando electricidad y riéndose a estas horas de la noche? —exigió—. Es suficientemente malo que no hagan otra cosa que comer y dormir durante el día. ¡Es intolerable que sigan desperdiciando el dinero de su padre y jugando hasta altas horas de la noche! —con eso apagó nuestra luz y salió de la habitación azotando la puerta tras ella.

Nos metimos de vuelta a nuestras camas en silencio. Traté de consolar a James.

—Al menos, no nos prohibió ir a Inglaterra —le dije.

—No importa qué tan mal estén las cosas en Inglaterra —declaró James—, no importa cuánto nos discriminen, no importan los nombres que nos pongan, sólo acuérdate, ¡peor que esto no puede ser!

CAPÍTULO 12

同床異夢

Tong chuang yi meng
Misma cama, diferentes sueños

En enero de 1949, Lydia escapó de Tianjin hacia Taiwán con su esposo Samuel y sus padres. El padre de Samuel, nuestro médico familiar en Tianjin, pronto estableció otro consultorio médico en Taipei. Inició un amorío con una mujer más joven y descaradamente la estableció como su concubina. La situación se volvió intolerable para la madre de Samuel. Tras una amarga discusión, lo dejó y regresó a Tianjin en 1950.

En los años cuarenta, Taiwán era una isla semitropical con una economía basada en la agricultura y la pesca. Casi no había ninguna industria. Los empleos eran escasos, y las condiciones de vida primitivas. Samuel no tuvo éxito en obtener un empleo adecuado. Después del nacimiento de una hija, decidieron seguir a la madre de Samuel y regresar a Tianjin.

Papá trató de disuadirlos de regresar a la China continental. Repetidas veces les advirtió sobre las penurias y la tiranía bajo el régimen comunista.

Unos cuantos meses después de su regreso en 1950, Samuel fue arrestado y acusado de ser contrarrevolucionario. El tío de Samuel había sido una figura política bien conocida del gobierno del Kuomintang, miembro prominente de la "clase explotadora". A pesar de que su tío se había pasado al lado de los comunistas en 1949, consideraban que el historial de Samuel estaba contaminado y pensaban que su pasado debía ser investigado. Durante su encarcelamiento, Lydia y su hija, Tai-ling, vivieron con la madre de Samuel. Las dos mujeres no se llevaban bien.

Cuando Samuel fue liberado seis meses después, su madre les informó que debían buscar alojamiento en otra parte. Los esposos recordaron las dos casas de Papá en la calle Shandong. De las dos casas, una estaba ocupada por los empleados de Papá y la otra por la tía de Niang, Lao Lao. Lydia y su familia decidieron mudarse con ella.

Cuando Niang se enteró de que estaban viviendo ahí se puso furiosa, y le dijo a Papá que les escribiera y amenazara con lanzarlos si no se mudaban inmediatamente. Samuel y Lydia contraatacaron. Le advirtieron a Papá que habían encontrado pruebas de que su personal había hecho negocios ilegales con moneda extranjera y metales preciosos a lo largo de los últimos años de la década de los cuarenta e incluso después de la liberación. Si Papá intentaba lanzarlos, lo denunciarían a él y a sus empleados ante las autoridades. Entonces exigieron y recibieron una suma de dinero. Permanecieron en la casa de Papá, pero él nunca los perdonó.

Para Lydia, las privaciones de los años bajo el comunismo se exacerbaban por este alejamiento de la familia. Se volvió más y más amargada, culpando a su esposo de toda su mala fortuna. Empezó a aborrecerlo y, a pesar de que continuaron ocupando la misma cama, ciertamente no compartían los mismos sueños: 同床異夢 *tong chuang yi meng* (misma cama, diferentes sueños).

Después, tras nuestra partida a Inglaterra, Franklin dominó la casa. Niang le cumplía todos sus caprichos y le daba grandes cantidades de dinero para sus gastos, mientras que Susan no recibía ni un centavo.

Un día, cuando Franklin tenía trece años, venía en camino de regreso de una fiesta de cumpleaños cuando el chofer pasó junto a un campo de fresas frescas. Franklin vio un puesto con grandes torres de cajas de la fruta recién cortada. Detuvo el coche y compró dos cajas grandes. En el largo camino a casa se comió todas y cada una de las fresas.

Unos cuantos días después, le empezó a doler la garganta y le dio fiebre. Papá estaba en el trabajo y Niang en un compromiso social. Se puso sus patines y salió bajo el caliente sol de la tarde. Media hora después entró a la casa desplomándose y quejándose de un fuerte dolor de cabeza. Le pidió a Susan que le trajera un vaso de agua y se echó en su cama. Cuando Susan le trajo el agua, le dio un trago, se quejó de que el agua no estaba suficientemente fría y le aventó el vaso. Susan lo recogió y salió de la habitación.

Tres horas más tarde, cuando Niang regresó, Franklin estaba delirando y hacía ruidos extraños con la parte trasera de su garganta. Lo llevaron en ambulancia al Hospital Queen Mary y lo internaron. Consultaron al profesor McFadden (Lo Mac o Viejo Mac para sus estudiantes). Para entonces, Franklin no podía deglutir. Pedía agua continuamente pero cuando se la trataba de tomar, le salía por la nariz. Lo Mac llevó a mis padres afuera y les dio el diagnóstico. Franklin había contraído polio bulbar: una variedad extremadamente peligrosa que afectaba el tallo cerebral. Probablemente había contraído el virus al comer esas fresas sin lavar. Los agricultores chinos fertilizaban sus tierras con abono humano, un método conocido de transmisión del virus de la polio. Lo Mac dijo que no había ningún tratamiento específico para la enfermedad, sólo medidas de apoyo. Hicieron un agujero en su tráquea y le pusieron un respirador. Su condición sufría altibajos. Papá lo visitaba todos los días. Niang prácticamente vivía en su cuarto de hospital. Susan permaneció en casa para evitar el contagio. Gradualmente, Franklin pareció mejorar.

John Keswick, el poderoso hombre de negocios de Jardine Matheson, organizó una fiesta que era *el* evento social de la temporada. Niang tenía muchas ganas de ir y consultó a Lo Mac. El médico le dijo que su vida social no debía detenerse por la enfermedad de Franklin. Además, la condición de su hijo parecía ser estable.

Era una ocasión de gran gala. Niang no paraba de bailar, ataviada con un vestido de seda verde y aretes de jade, cuando la llamaron urgentemente al teléfono. Era el profesor McFadden. Sonaba cansado y angustiado. Le dijo que se sentía obligado por el honor a darle las malas noticias él mismo. Franklin repentinamente había empeorado y había muerto.

Niang nunca superó su muerte. Si era capaz de sentir algún amor, éste pereció con su hijo. Después, no lo dedicó a Papá ni a su única hija restante.

Papá también estaba devastado por la pérdida de su hijo favorito. Se ensimismó en el trabajo y no se quejó, a pesar de que cada vez era más obvio que estaba más contento en la oficina que en la casa.

Susan se estaba convirtiendo en una cautivadora belleza, alta y esbelta, con espeso cabello negro, ojos con largas pestañas y dientes blancos como la nieve. Era obstinada, extrovertida e inteligente. Papá la adoraba. A Niang no le gustaba el placer que experimentaban al estar juntos. Se sentía suplantada por su propia hija.

Papá y Niang empezaron a distanciarse. Cada vez que tenían una discusión, Niang se deprimía y se rehusaba a salir de la cama. Papá tenía que dormir en el cuarto de huéspedes. Regresaba de su oficina y trataba de halagar y apaciguar a Niang, que en una ocasión permaneció en su cama continuamente durante dos meses.

Papá empezó a llevar a Susan a todas partes con él, obviamente orgulloso de su hermosa hija. Su estrecha relación exasperaba cada vez más a Niang.

CAPÍTULO 13

¿有何不可?

¿You he bu ke?
¿Hay algo imposible?

En agosto de 1952, James y yo navegamos juntos a Inglaterra en el gigantesco trasatlántico P & O *SS Canton*. Apenas podía creer en mi suerte al recordar aquellas incontables noches en el balcón de mi internado soñando con ese viaje. Durante todo el mes que duró la travesía, me sentí llena de felicidad.

Finalmente estábamos en un viaje maravilloso de descubrimiento e independencia. Nuestra vida brillaba con esperanza. James me citó la bien conocida copla ¿山高水長、有何不可? *shan gao shui chang / ¿you he bu ke?* (Las montañas son altas y los ríos largos / ¿Hay algo imposible?) Hicimos amistad con un pequeño grupo de estudiantes chinos a bordo. Nos apodaron Hansel y Gretel porque éramos inseparables.

Tras anclar en Southampton, un agente empleado por el servicio de viajes de Papá fue por nosotros y nos transfirió a un tren con destino a Londres. Yo había estudiado fotografías de Londres en la biblioteca de mi escuela, pero no estaba preparada para la triste desolación de la ciudad capital de Inglaterra, todavía con las cicatrices dejadas por los estragos de la Segunda Guerra Mundial. Había cráteres de bombas en renombrados lugares de la ciudad.

En Londres vimos a Gregory y Edgar, y nos pusieron al tanto de sus noticias. Al principio Gregory se había sentido miserable. Era el único chino en su escuela, y odiaba el horrible clima y la comida insípida. Tenía la impresión de que le servían carnero todos los días, repulsivo y fétido. Cuando se enteró de que sus compañeros judíos comían frijoles al horno o huevo cada vez que se servía jamón o tocino como desayuno, elaboró un plan y fue a hablar con el director.

—Señor, me preguntaba sobre este concepto de la tolerancia religiosa en Inglaterra. ¿Se aplica a todas las religiones?

—¡Naturalmente! En nuestro país no discriminamos.

—Me parece admirable, señor. Me gustaría que tuviéramos tolerancia religiosa en China. Desafortunadamente, sólo tenemos una bárbara intolerancia. No quiero causar inconvenientes al personal de la cocina, pero va en contra de mi religión comer ciertos alimentos.

—¡Pero muchacho! Tenemos que rectificar esta situación. ¿Cuáles son estos alimentos?

—Bueno, el principal es el carnero, en cualquier forma o presentación.

—Siento mucho oír esto. Permítame notificar a la cocina de inmediato. ¿Y qué es lo que su religión le permite comer cuando se sirva carnero a los demás muchachos?

—Para no molestar mucho al personal de la cocina, huevos con tocino estarían bien, señor.

—Claro, claro. Por cierto, ¿cuál es el nombre de su religión?

Gregory tenía la respuesta planeada: "Es una secta extraña y remota que viene de una región entre el Tíbet y Mongolia." Pronunció unas palabras chinas entre dientes que querían decir "Asociación de Comedores Anticarnero". Como Somerset Maugham, Gregory creía que, para comer bien en Inglaterra, tenía que consumir tres desayunos al día.

Gregory y Edgar descubrieron que sus respectivas escuelas ofrecían pocos cursos de ciencias, y después de un año se inscribieron en una universidad tutorial de Londres para recibir un repaso intensivo de estudios. Cuando llegamos, estaban viviendo en departamentos de una sola habitación en Earl's Court. A la larga, Gregory ingresó al Imperial College para estudiar ingeniería mecánica, y Edgar se convirtió en mi compañero en la escuela de medicina.

En la universidad, el interés principal de Gregory era el bridge. Se volvió capitán del equipo. Llegó el día en que decidió que preferiría por mucho dedicar el resto de su vida al bridge que a la ingeniería. Escribió una carta de seis páginas a nuestros papás pidiéndoles permiso para dejar sus estudios por el bridge. Estaba convencido de que estaría mucho más contento como jugador profesional de bridge que como ingeniero. Después de todo, ¿acaso la meta principal no era la búsqueda de la felicidad?

La respuesta de Papá llegó en un telegrama corto pero conciso: "¿Por qué no mejor te conviertes en padrote?"

Gregory se quedó en la escuela hasta graduarse.

Papá me había inscrito en la sección laica de un internado católico en Oxford que se llamaba Rye St. Anthony. Durante el viaje de un mes en el *SS Canton*, me hice amiga de una estadounidense viuda de un misionero metodista. Insistió en que visitara a su cuñada inglesa que se había retirado a Oxford después de vivir en Shanghai por muchos años. A su debido tiempo, telefoneé a Lady Ternan y, tras platicar sobre su cuñada, me invitó a tomar el té.

Lady Ternan también era viuda y vivía sola en una imponente finca eduardiana. Me recibió una sirvienta uniformada, y al parecer yo era la única invitada. El té estaba servido.

—¿Deseaah ustehd más té y pahstel? —preguntó con exagerado acento británico.

Al principio, pensé que estaba bromeando. En el teléfono había hablado en inglés normal. Del otro lado de la mesa mis facciones chinas deben haber disparado un viejo y remoto reflejo condicionado. Tenía unas ganas salvajes de reírme. Para darle por su lado le contesté con mi propio acento británico exagerado, que inventé en ese instante. Conforme conversaba con ella me empecé a percatar de que para Lady Ternan este dialecto me ponía en "mi lugar". Al hablar con su acento, reafirmaba su propia superioridad, estableciendo con cada vocal redondeada y consonante corta que no éramos iguales. Sobra decir que nunca nos volvimos a ver.

A pesar de que a mis padres les habían recomendado a Rye St. Anthony como una escuela muy propia para niñas y con una alta reputación académica, en realidad era una escuela de refinamiento para señoritas. No se ofrecían cursos de ciencias. En lugar de física, química y biología, aprendíamos apreciación musical, baile y equitación. Me cambié a la escuela de Nuestra Señora de Sión en Notting Hill Gate, tomé cursos tutoriales durante las vacaciones de verano y completé los requerimientos de entrada para la escuela de medicina. A los diecisiete años, me admitieron en el University College de Bloomsbury, donde también estaba inscrito mi hermano Edgar.

De mis tres hermanos mayores, Edgar era el menos agraciado físicamente. Tenía una cara cuadrada y frente prominente acentuada por su incipiente calvicie. Sus ojos eran pequeños y estaban muy juntos. Sus labios finos y siempre apretados le daban un aire de terca determinación.

Edgar no tenía el encanto de Gregory ni era tan guapo e inteligente como James. Estaba atrapado a la mitad, y no era el favorito de nadie. Cuando éramos niños, yo, el miembro más insignificante, era quien le proporcionaba una salida a su frustración. Le irritaba presenciar el orgullo de Papá ante mis éxitos académicos. Inicialmente, estaba un año más adelante que yo en la escuela de medicina. Sin embargo, falló en su primer intento del segundo examen para obtener la licenciatura en medicina, y acabamos tomando algunas clases juntos. Lo tomó como un insulto personal. Gradualmente, su resentimiento se convirtió en un odio patológico.

En la universidad, se rehusaba a admitir que éramos hermanos, o siquiera que fuésemos parientes. A nuestros compañeros les decía que no me conocía. Papá y Niang estaban muy conscientes de nuestro mutuo antagonismo, aunque ninguno hizo ningún esfuerzo por enmendar nuestras diferencias. Por el contrario, Niang parecía estar complacida por nuestra recíproca animosidad, y atizaba nuestras rivalidades. Era deliberadamente amable conmigo cuando quería lastimar a Edgar, lo cual introducía una cuña cada vez más profunda entre nosotros.

En los años cincuenta el prejuicio racial era muy evidente en Inglaterra. Los estudiantes chinos eran pocos y estaban muy separados, y había una capa de renuencia entre mis compañeros ingleses y yo. La mayoría de ellos nunca había estado cerca de una china. Algunos se sentían incómodos a mi alrededor. Unos cuantos mostraban un desprecio apenas disfrazado. Otros eran complacientes para hacer alarde de su aceptación liberal. Se hacían referencias condescendientes respecto a China, a Shanghai o a los palillos, siempre sobre un tema que realzara las patentes diferencias. La suposición subyacente era la superioridad de la cultura occidental.

Me di cuenta de que no todas las palabras inglesas tienen el significado que aparentan. En un contexto social, las palabras como "exótico" o "interesante" ocultaban matices más sutiles de discriminación. "Exótico" quería decir "probablemente considerado como decorativo en China pero en verdad muy extraño, y ciertamente no de mi gusto". "Interesante" quería decir "déjame prestarte mi valiosa atención por el momento, mientras mis ojos pasean por los alrededores con la esperanza de encontrar a alguien que valga la pena".

En las actividades escolares se hacía alarde del liberalismo y la magnanimidad británicos, y mis profesores me señalaban para mostrar que incluso aceptaban estudiantes asiáticas en la escuela de medicina. Mientras se congratulaban a sí mismos me dejaban a mí parada ahí como un trofeo, con una inmutable sonrisa de amabilidad en mi rostro, lo apropiado para la situación.

Las mujeres que estudiaban medicina formaban menos del 20 por ciento de la clase. Éramos por mucho un grupo estudioso y serio. Los hombres resentían "que nos matáramos" estudiando y que obtuviéramos buenas calificaciones. Nos llamaban MLPs (malditas levantadoras de promedios). Algunos pronunciaban abiertamente que *todas* las estudiantes de medicina eran feas. Otros proclamaban que estábamos "robando" caprichosamente a los hombres calificados su entrada a la escuela de medicina, y que aquéllas con becas y subvenciones estaban "gastando" los fondos educativos subsidiados por el gobierno.

A veces era difícil ignorar los estigmas raciales y sexuales con los que me topaba en el camino. No faltaba la ocasión en que estuviera sentada almorzando sola en la cafetería de la universidad mientras mis compañeros se agrupaban alrededor, en las mesas vecinas. En una ocasión que reuní suficiente valor para unirme a ellos y llevé mi charola a su mesa, un muchacho llegó y tomó el último asiento. Con cierta timidez, fui por un banco que estaba cerca. Un silencio sepulcral cayó a mi alrededor. Todos se atragantaron con su comida a una velocidad récord y se dirigieron a la salida. Me encontré sola, rodeada de platos sucios y sillas vacías.

Mi compañera de disección, Joan Katz, y yo acostumbrábamos ir al laboratorio de anatomía algunos fines de semana para trabajar en el cuerpo de un hombre de 81 años de edad que nos habían asignado. Lo apodamos Rupert. Parece ser que nuestro esfuerzo extra provocó el descontento entre nuestros compañeros. Un sábado por la mañana bajamos con entusiasmo al oscuro y tétrico taller para empezar nuestra disección. Detrás de las pesadas puertas, la habitación estaba completamente oscura y tenía un fuerte olor a formaldehído. Joan acercó la mano al cordón para encender la luz y dio un grito que me heló la sangre. La luz se encendió. Hubo una histérica risa estridente de un grupo de muchachos que estaban escondidos en la oscuridad. Le habían cortado el pene a Rupert y lo habían colgado del cable de la luz. Algunas cámaras hicieron clic y atraparon a Joan con la mano levantada agarrando un pene y con una expresión incrédula en su cara. Tras el incidente, los muchachos circularon la fotografía entre ellos durante muchos días, con la leyenda: "Premiada con honores como la primera de su clase en anatomía humana."

A pesar de estos problemas, fue un periodo maravilloso de mi vida. Se me estaba abriendo todo el mundo de la ciencia. No podía esperar a entrar a clases cada mañana. Fisiología, biofísica, farmacología y bioquímica eran como las piezas de un rompecabezas gigante que representaba el misterio de la vida. Los experimentos me recordaban intrincados juegos de ajedrez. Mi oponente era lo "desconocido", a punto de ser desenmascarado. En el camino encontraba emocionantes pistas.

En consecuencia, estudiaba duro y hacía mi mejor esfuerzo. Soñaba con regresar a Hong Kong con los más altos honores académicos y labrarme un nombre en la ciudad de mi padre para que estuviera orgulloso de mí.

Muchos de mis amigos no chinos de la escuela de medicina eran judíos. Me trataban como una de sus iguales, me invitaban a sus casas y nunca hacían comentarios estereotipados. Platicábamos sobre nuestros estudios, jugábamos ajedrez y comíamos en restaurantes chinos. Me sentía como si mi verdadera vida finalmente hubiera comenzado. Nunca sufrí los accesos de depresión que en ocasiones afectaban a mis compañeros. Me llamaban Poliana, pero no me importaba. ¿Cómo podían comprender la exaltación que sentía porque al fin estaba lejos de la amenazante sombra de Niang?

Me quedé en Campbell Hall, un albergue a dos cuadras de la universidad. La Unión de Estudiantes Chinos estaba cerca, en Gordon Square. La Unión de Estudiantes de la Universidad de Londres estaba del otro lado de la calle. Más tarde, se fundó la Casa de Hong Kong en Lancaster Gate, aproximadamente a cinco kilómetros de distancia. Papá me enviaba un estipendio anual de quinientas libras, cien libras menos que a mis hermanos porque yo era mujer. Se esperaba que nosotros mismos administráramos el dinero, el cual debía durar todo el año. Mi vida giraba alrededor de la escuela de medicina y los grupos estudiantiles. Me uní al equipo de tenis de mesa y jugué ajedrez para mi universidad. James había sido admitido en la Universidad de Cambridge para estudiar ingeniería civil. Lo visitaba con frecuencia los domingos. Pasábamos tardes agradables tomando café y platicando en sus habitaciones medievales del Trinity College, intoxicados con nuestra recién encontrada libertad. Me emocionaba caminar por las calles empedradas detrás de mi alto y guapo hermano, vestido con su ondulante túnica negra de la universidad y su bufanda de Cambridge, mientras alrededor de nosotros sonaban las campanas de las iglesias para vísperas.

El caparazón que me protegía de las heridas del prejuicio y la injusticia también servía como refugio secreto en el que me podía esconder. Me permitió formar y desarrollar una amistad que hubiera asombrado a todos mis contemporáneos y alarmado a algunos de ellos si lo hubieran sabido.

Karl Decker era uno de mis profesores. Para mis ojos de diecisiete años era el hombre ideal: inteligente, sensible, alto y guapo. Era apasionado de su trabajo, pasaba largas horas en el laboratorio. Era un alemán de treinta y cuatro años que tartamudeaba un poco y tenía un pronunciado acento. Yo estaba asignada a su grupo tutorial, y la primera vez que me fijé en Karl fue debido a su seriedad. Solía escribir largas columnas de correcciones en los márgenes de mis ensayos, y yo estaba conmovida por las molestias que se tomaba ante mis esfuerzos. A veces me daba cuenta de que había borrado sus anotaciones y que después había vuelto a escribir penosamente con su meticulosa letra.

Empezó a hacer comentarios sobre mi ropa y mi aspecto. "Ésa es una bonita blusa", decía cuando yo entraba a su clase. Y a mí repentinamente se me atoraba la lengua y me volvía tímida.

Durante meses me rehusé a admitir, incluso a mí misma, que el doctor Decker me admiraba. Me parecía difícil creer que este brillante científico pudiera estar seriamente interesado en una estudiante china adolescente recién salida de una escuela religiosa.

Pasaba horas discutiendo sus experimentos conmigo, mostrándome laboriosamente todos los artículos importantes relacionados con su área. Los días fríos me enseñó a calentar café sobre un mechero de Bunsen en su laboratorio y nos lo tomábamos después en altos vasos de precipitados.

Más que nada, me escribía. Esas notas garabateadas en los márgenes de mis ensayos fueron reemplazadas por largas páginas de autorrevelación. Leí sobre la muerte de su madre cuando tenía diez años, el nuevo matrimonio de su padre estricto y autócrata, las tristes y fragmentadas memorias de su emocionalmente perturbada adolescencia. Escribió sobre una enfermedad misteriosa llamada esquizofrenia que lo afectaba desde que era un joven estudiante de medicina en Praga; de las sombrías voces, de las extrañas convicciones, de los aterradores tormentos.

Cándida e inexperta, estas extraordinarias revelaciones me halagaban y me conmovían; me empecé a involucrar sin darme cuenta de que pisaba un terreno peligroso. Él estaba lleno de dudas, miedos y restricciones, pero, para mí, proyectaba un aire de refinamiento sensible con un toque de amable melancolía que cautivaba mi imaginación. Parte de su

encanto, sin duda, se originaba en mi profundamente enraiza-
da veneración china por el aprendizaje, la edad y la sabiduría.

Sus cartas empezaron a adquirir un papel central en
nuestra vida emocional. Escribía sobre poesía, música y filo-
sofía; sus pensamientos, estados de ánimo y miedos; su soledad y su necesidad de mí. Bajo todo esto estaba el aislamiento
de su desolada existencia cotidiana y el tabú de un incipiente
amor interracial entre maestro y alumna.

Karl era autosuficiente y egocéntrico. No tenía amigos.
Vivía para su trabajo, y rutinariamente tenía jornadas de catorce horas en su laboratorio, incluyendo los sábados y algunos
domingos. Tomaba todos sus alimentos en la cafetería de la
universidad, casi sin saber o importarle qué era lo que comía.

La suya era una vida rigurosa, ascética, libre de indul-
gencias y de cualquier cosa superflua. Rara vez salíamos a alguna parte juntos. Ninguno de los dos quería ser visto en público. Las parejas de raza mixta todavía eran raras en aquellos
días. Además, éramos una pareja incongruente. Para el mundo exterior no parecía que fuéramos el uno para el otro.

Él no quería que sus colegas supieran que estaba viendo a una de sus estudiantes, y menos una muchacha china.
Además yo no quería que mis amigos chinos se enteraran, en
caso de que el chisme llegara a oídos de mi familia.

Debido a esto nuestras reuniones eran intensamente
privadas. El laboratorio de Karl en la universidad se convirtió
en nuestro refugio. Era uno de los pocos lugares donde los ojos
inquisidores no nos observaban y donde nos sentíamos completamente seguros.

Inexperta y socialmente incompetente, encontraba
extraño ver a mi admirado profesor —un hombre del doble
de mi edad— tan cohibido e inseguro frente a mí. Cuando
estábamos solos su modo vacilante, su tímido tartamudeo y
su intenso anhelo desbarataban mis defensas.

Uno de mis amigos chinos, Yu Chun-yee, un pianista
de Singapur, iba a dar un recital en el Wigmore Hall. Karl

sabía que yo quería apoyar sus esfuerzos y compró once boletos en la taquilla, separados en dos grupos, uno de ocho y otro de tres. Me dio ocho boletos para que pudiera invitar a mis amigos chinos. Él fue al concierto con su compañero del posdoctorado y con la esposa del compañero. Ellos tres se sentaron por su cuenta siete filas detrás de nosotros. Ninguno de mis amigos chinos supo que Karl había organizado esto, pero a lo largo del concierto sentí su presencia detrás de mí.

Era una situación imposible, y sin embargo seguía y seguía. Éramos tan diferentes, pero compartíamos una inmensa afinidad. Yo me sentía atraída y repelida por la dedicación fanática con la que atacaba su trabajo, al punto de excluir todo lo demás. Me dijo que necesitaba llenar su tiempo con la ciencia para vencer a los demonios.

En ocasiones, su inestabilidad emocional me confundía y me asustaba.

—Todo es tan triste y difícil —decía, añadiendo al ver mi semblante perplejo—, por supuesto que no deberías estar pasando tiempo conmigo. ¡Tú! ¡Tú que estás tan llena de vida y esperanza!

Nunca se separó de sus experimentos el tiempo suficiente como para entender los valores culturales chinos que moldeaban mi personalidad. Nunca entendió lo que él consideraba mi obsesión con la comida: llamaba a mi incesante búsqueda por el "restaurante chino perfecto del rumbo", una empresa sin esperanza en busca del Santo Grial. No podía apreciar la gran importancia de compartir la comida en las celebraciones chinas. Más que nada, no podía comprender mi negación persistente a consumir nuestra relación. Además de mi juventud y mi educación católica, estaba embebida en la creencia confuciana de que, para una mujer, la pérdida de la virginidad fuera del matrimonio era un destino peor que la muerte.

En una ocasión, para su cumpleaños, pasé toda una semana preparando una cena especial; planeé e hice compras en busca de los mejores ingredientes de la temporada, compré flores y frutas frescas, limpié su polvoso y casi vacío departamento. Se comió la cena de seis platillos sin hacer ningún comentario en cuarenta y cinco minutos: sopa de brócoli fresco, guisado de ganso con poro, coliflor salteada con jengibre, pollo al curry, chícharos con champiñones y arroz al vapor. No dejaba de voltear a ver su reloj, ansioso por regresar a algún experimento en su laboratorio. Después de que salió corriendo, lavé los platos diciéndome que había sido un esfuerzo inútil.

En raras ocasiones, después de que terminaban los experimentos de Karl, cuando sus tubos de ensayo estaban lavados y secos, sus ranas habían sido alimentadas y yo había terminado mi tarea, nos sentábamos en los bancos del laboratorio y hablábamos hasta muy tarde en la noche. Eran momentos en los que alcanzábamos una profunda intimidad y entendimiento mutuo que era todo lo que cualquiera hubiera deseado se diera entre un hombre y una mujer.

Karl insistía en que él no era bueno para mí y que debería permitirme ser cortejada por los muchachos que conocía en la Unión de Estudiantes Chinos. Para acabar de complicar mi confusión emocional, estas salidas con frecuencia eran precedidas o seguidas por una larga carta de Karl, llena de angustia y arrepentimientos, cartas que me desgarraban.

Mis amigos chinos eran una importante parte de mi vida. Con ellos podía bajar mis defensas y ser yo misma. Necesitaba hablar mi propio idioma y relajarme con personas que pudieran reírse de las mismas cosas. De vez en cuando hacíamos bromas ligeras sobre algunas de las costumbres de nuestro país anfitrión. Había estudiantes chinos no sólo de China y Hong Kong, sino también de Singapur, Malasia, Indonesia, Mauricio y otros lugares, lo cual brindaba una dimensión internacional a nuestro minúsculo mundo chino.

Los abuelos o padres de muchos de estos estudiantes chinos surasiáticos habían emigrado de las provincias costeras chinas de Fujian o Guandong, debido a las penurias que sufrían en casa. A pesar de que mi amigo de Singapur, Yu Chun-yee, nunca había puesto un pie en China, había leído las mismas novelas chinas, adoraba los platillos con muchas especias de Sichuán, y tenía muchos de los mismos valores culturales. En muchas formas era más chino que un chino.

Tres de mis compañeras internas de Hong Kong también asistían a la Universidad de Londres. Todas quedamos bajo la influencia de C. S. Tang, presidente de la Unión de Estudiantes Chinos.

C. S. era originario de Shanghai. Su familia estaba en el negocio de los barcos. Era muy guapo y estaba estudiando para obtener su doctorado en el Imperial College. C. S. tenía tendencias izquierdistas. A diferencia del resto de nosotros, albergaba toda la intención de regresar a casa para servir a la gente de la China continental. Era como nuestro hermano mayor.

Los fines de semana, C. S. organizaba excursiones de remo en el Serpentine en Hyde Park, o salidas a patinar en hielo en Queensway. Convocaba a bailes y cenas informales con platillos llenos de chiles y ajo. Rentaba películas chinas que mostraban a los combatientes comunistas que luchaban por la libertad y que siempre derrotaban a los corruptos oficiales y terratenientes del Kuomintang. Nos sentíamos muy progresistas e idealistas viéndolas, y soñábamos con regresar algún día a China para contribuir con nuestras habilidades a la gloria de nuestra madre patria.

C. S. no sentía sino desprecio por los estudiantes chinos que salían con occidentales.

—¡Traidor! —murmuraba en voz baja—. ¡Asociándose con el enemigo!

En una ocasión, en un restaurante chino cerca de Leicester Square, nuestro grupo ordenó la especialidad de la casa, pato a la Pekín, con cebollitas, salsa de ciruela y tortillas de harina. El mesero nos dijo que el último pato ya estaba en el horno a punto de ser servido a un hombre blanco con su muchacha china, los cuales estaban sentados a un par de mesas de distancia. C. S. puso un brazo alrededor de los hombros del mesero, un cantonés diminuto de Hong Kong llamado Pequeño Chang, y le dijo que por muchos años China, nuestro gran país, había sido amedrentada por los bárbaros. Repitió la historia sobre el cartel en el parque de Shanghai que prohibía la entrada a los perros y a los chinos.

—Aquí ves a un bárbaro llevándose el último pato para compartirlo con la bonita muchacha china. ¡Simplemente no puedes permitir que esto suceda! Los bárbaros no conocen la comida china. No distinguen a un pato vivo de un pollo vivo, mucho menos cuando el pájaro está muerto y asado. ¿Por qué no le das alguna otra cosa sabrosa, le pones salsa de ciruela y le dices que es pato a la Pekín? No será difícil engañar a un bárbaro.

Así que comí el pato junto con los demás, pero me sentí incómoda con el ataque de C. S. al "bárbaro". Hacia el final de la comida balbuceé:

—Cuando hablas de engañar a los bárbaros, ¿no es una especie de racismo invertido?

C. S. inclinó la cabeza hacia un lado y pensó. Se pasó los dedos por su espeso cabello brillante con el gesto de un niño. Me llamó por mi nombre chino.

—Jun-ling, haces las preguntas más difíciles. ¿Cómo voy a contestar eso sin sonar como un idiota? Supongo que en las vidas de todos hay prioridades. Las mías son, en orden de importancia: mi país, mi líder el presidente Mao, mi familia, padres, hermanos y amigos chinos. Mi profesor, compañeros y otros amigos bárbaros. Por último, todos los demás. No puedo evitar sentir hermandad hacia mi propia gente, como nuestro mesero el Pequeño Chang. Aparentemente el Pequeño Chang siente lo mismo por todos nosotros.

Durante aquel periodo en Inglaterra, más o menos entre 1955 y 1963, la mayoría de nosotros estaba orgullosa de la forma en la que China se había levantado ante los ojos del mundo. Sin embargo, no compartíamos iguales esperanzas para el futuro de nuestra nación. Algunos querían que China resplandeciera con una brillante sociedad capitalista como la de Estados Unidos. Otros esperaban ver las políticas revolucionarias del colectivismo y socialismo de Mao hacerse aún más firmes. Pocos eran tan radicales como C. S., con sus panfletos y películas propagandísticas que mostraban niños regordetes de mejillas rosadas, trabajadores felices, nuevas fábricas gigantescas, y cifras de producción increíbles y en perpetuo crecimiento: toda China movilizada. Creo que la mayoría de nosotros, en algún momento dado, nos vimos como un grupo de hábiles graduados universitarios entrenados en las últimas disciplinas de la tecnología occidental, soñando con regresar a casa para servir a nuestra madre patria y corregir todas las injusticias del pasado.

En el laboratorio, traté de transmitirle a Karl el orgullo y el júbilo de mi vida en la Unión de Estudiantes Chinos. Karl desalentaba mi excesivo fervor.

—Ya pasé por estas tonterías patrióticas en mi propio país durante la Segunda Guerra Mundial. Créeme, la realidad no es así. Resulta que todos en China ahora son unos ángeles porque Mao Tse-tung ha liberado el país. Nadie se preocupa por sí mismo de la noche a la mañana. Ya no hay envidia, odio o malicia. ¡Sólo bondad, amor y justicia universal! ¿En verdad crees eso, tontita?

CAPÍTULO 14

一琴一鶴

Yi qin yi he
Un laúd, una grulla

H. H. Tien era un estudiante de posgrado en matemáticas aplicadas en el Imperial College. Era de estatura media, delgado, usaba unos gruesos lentes y, aunque no se le consideraba guapo, tenía calidez y encanto. Quizás demasiado amable y generoso, H. H. era un líder natural y parecía personificar todo lo más prometedor para el futuro de China. Lo admirábamos, no por su lógica o sus persuasivos argumentos, sino por el magnetismo de su personalidad. Su adinerado padre banquero se había casado por amor y había despreciado amantes o concubinas, lo cual era poco usual entre los hombres chinos. En los años treinta, el señor Tien había sido miembro activo de la Asociación Pro Boicot Antijaponés y peleó contra Japón al lado del heroico Ejército de Ruta Diecinueve en defensa de Shanghai antes de unirse al clandestino Partido Comunista. Aplaudió la liberación de Shanghai en 1949, y escribió una carta de ocho páginas a su hijo H. H. a Londres, en la que predicaba sobre el nacimiento de una nueva China. Sin embargo, para protegerse contra las posibles pérdidas, pragmáticamente abrió otro banco en Hong Kong y se mudó ahí en 1951.

Una noche, poco después del levantamiento húngaro de 1956, salí con H. H. a un concierto en el Albert Hall. Esa misma semana, Karl se había perturbado por unos reportes en la radio de la BBC, según los cuales Rusia había mandado tropas a Budapest. H. H. y yo tuvimos una acalorada discusión en la que yo repetí muchas de las dudas de Karl. H. H. describió las acciones de Rusia como el abrazo protector de un hermano mayor para prevenir el caos dentro de una rama de la misma familia política.

—¿Cómo puedes estar tan seguro de que China se convertirá en un gran país? —discutí yo—. Si había tanta avaricia y corrupción bajo el régimen de Chiang Kai-shek, ¿por qué había de alterar un mero cambio de gobierno la naturaleza de todo chino?

Habíamos llegado al edificio donde yo vivía en Tavistock Square. Renuentes a dar por terminada la noche, dimos vueltas y vueltas al Campbell Hall. De repente, H. H. se rió.

—¿Sabes cómo llaman a Chiang Kai-shek? —preguntó en inglés—: *Cash my cheque*, Chiang Kai-shek.

Regresó al dialecto de Shanghai en el que usualmente conversábamos.

—En serio, si el liderazgo es corrupto e inepto, esas características permean a las masas. Bajo el comunismo, China está entrando a una nueva era de reforma radical. Mao y sus generales dieron grandes pasos y han introducido a China en el escenario mundial. En vez de hacer reverencias budistas al general MacArthur, forzaron a Estados Unidos a un cese al fuego en Corea. Como dice el presidente Mao: "El pueblo chino se ha puesto de pie."

Bajo las pálidas luces de la calle, sus ojos brillaban con fervor y esperanza. ¡Cómo lo admiraba! Empezó a llover. Levanté el cuello de mi abrigo contra las ráfagas de frío. H. H. se quitó su cálida bufanda de la universidad y la envolvió alrededor de mi cuello. Me sentía tan segura y cómoda al estar acompañada por él. Le había confiado en dosis pequeñas partes de mi dolorosa niñez, información que rara vez expresaba.

—Soy casi ocho años mayor que tú —decía H. H.—.
A veces desearía que fueras más grande. Hay tantas cosas que
quiero decirte. Tuviste una vida muy difícil con tu madrastra.
Necesitas a alguien como yo para que te defienda y te cuide
por el resto de tu vida.

—Ya tengo que regresar —le dije, repentinamente
turbada y confundida—. Mi hermano Gregory dice que un
muchacho y una muchacha que se juntan es como subirse a
un camión. Acabas en uno en particular porque el número
apropiado se acerca en el momento apropiado. He estado
pensando en eso desde entonces.

Abrí la puerta de entrada y le devolví su bufanda a
H. H. Lo vi esquivar los charcos. Antes de que diera la vuelta
en la esquina se despidió a señas y gritó:

—Dime una cosa, ¿soy el número correcto? ¿Estás lista
para subirte al camión?

Después desapareció.

El pasillo estaba oscuro y cálido. En el camino hacia
arriba vi que había una carta en mi buzón. Era de Karl.

Querida Adeline:

Sería bueno, tal vez más que eso, que pudiéramos ver-
nos después de tu tutorial del miércoles. No obstante,
estoy de acuerdo contigo en que no debemos arries-
garnos a echar las cosas a perder. Naturalmente, por
tu juventud, tus preocupaciones comparadas con las
mías son más sustanciales: las que tienen que ver con
tus padres, las calificaciones, las apariencias, tus amigos chinos, tu futuro y China (que ahora es La Gran
Cosa). Yo me he dedicado sólo a tratar de identificar
otro problema biofísico, y estoy intentando resolver-
lo. Por supuesto que no habrá recompensas, tal vez ni
siquiera un artículo cuando acabe; y sin embargo la
empresa me parece tan importante. ¿Podría conservar

mi posición en la universidad si se supiera sobre mis sentimientos hacia ti? Sería maravilloso tenerte permanentemente en mi equipo, pero eso es bastante inalcanzable, y tú tan sólo tienes dieciocho años.

Así que no espero verte a solas pronto. Sin embargo, si sientes que hay una posibilidad, recuerda que puedo arreglármelas para verte el miércoles casi a cualquier hora. Tal vez nos podamos decir algo significativo el uno al otro. O puede ser que tan sólo estemos contentos juntos como lo estuvimos los últimos meses, a veces...

No te dejes seducir por la retórica. El comunismo es atractivo para los hombres y mujeres que sueñan con una utopía. No va a funcionar. El conflicto, la envidia y la malicia siempre estarán en el corazón de los hombres, sin importar qué gobierno esté al mando. Es lo razonable. No caigas en la tentación de adoptar una religión particular porque da la casualidad de que te gusta el sacerdote.

¡Mi pequeñita! ¡Mi *femme fatale!* He escrito poco de lo que quería decir. El pensar en ti me llena de emociones perturbadoras y dudo en transcribirlas. Que baste con decirte que has borrado una tristeza de mi corazón, de la que me dio mucho gusto deshacerme. A pesar de que sé que probablemente debo hacerme a un lado, por favor recuerda que donde quiera que vayas, siempre estaré esperándote aquí en mi laboratorio, en todo momento.

Karl

¡Oh, la melodía de sus palabras me derretía! Nunca más volví a salir con H. H.

En las décadas de los cincuenta y sesenta la Guerra Fría estaba en su cúspide. En 1961 las autoridades de migración les habían pedido a algunos de mis contemporáneos más idealistas que dejaran Gran Bretaña, debido a que eran considerados "indeseables". Kim Philby había sido revelado recientemente como el tercer hombre detrás de Burgess y McClean: un círculo de espías ingleses originado durante sus años como estudiantes en la Universidad de Cambridge en los treinta. Las autoridades británicas hicieron la acusación de que Beijing estaba infiltrando agentes secretos en los círculos de estudiantes chinos en Londres, convirtiéndonos en comunistas noveles.

C. S. se casó con una muchacha chino-singapurense. Se la llevó de regreso a Shanghai, y después dio clases y fue investigador en la Academia de Ciencias de Beijing. Sufrieron mucho durante la Revolución Cultural. Para cuando los volví a ver a él y a su esposa en 1980, C. S. había perdido su cabello y su patriotismo. Ya no hablaba de reconstruir China, y me preguntó si lo podía ayudar a obtener una beca de investigación posdoctoral en Estados Unidos. Lo que más le preocupaba eran los planes para la educación de sus hijos y las perspectivas de un lugar agradable para retirarse con su esposa. Nunca se quejó sobre su decisión de regresar a China. Siguió siendo cálido, generoso, honesto y amable.

Otros fueron menos afortunados. H. H. tenía treinta y tres años, y todavía era soltero cuando le pidieron que se marchara. Regresó a la China continental en 1962, sin hacer caso a los consejos de sus padres. Pasaron los meses. Nadie oyó jamás de él. Algunos de nosotros le escribimos a la dirección que nos había dado antes de partir. Nunca hubo respuesta. Simplemente había desaparecido en las entrañas de China, tragado entre 800 millones de chinos.

Su "desaparición" nos preocupaba y confundía. Sabíamos que algo estaba profundamente mal, y sospechábamos que las cosas no habían funcionado para él. En lo que a mí respecta, su silencio destruyó todas mis fantasías sobre la gloriosa madre patria, y no volví a considerar seriamente regresar a trabajar en mi país natal.

Años más tarde, oímos que H. H. había sido perseguido y encerrado en prisión durante la Revolución Cultural. Sus carceleros no podían creer que un joven científico con tantos logros y tan alta educación pudiera renunciar a su adinerada familia en Hong Kong, a su cómodo estilo de vida en Occidente y a su prometedora carrera sólo para servir a su país. Insistieron en que tenía un motivo ulterior y lo instaron a que confesara. H. H. se rehusó y se suicidó en 1967; dejó una nota con cuatro palabras chinas: 一琴一鶴 *yi qin yi he* (un laúd, una grulla) lo cual quería decir que era incorruptible y recto hasta la muerte. Tenía treinta y ocho años.

Otros que fueron expulsados de Gran Bretaña en la purga de estudiantes chinos izquierdistas tuvieron destinos diferentes. S. T. Sun (Pequeño Sun), un graduado de arquitectura, era el enamorado de Rachel Yu, una de las compañeras de mis días en el internado del Sagrado Corazón. Cuando al Pequeño Sun se le "pidió que se fuera", la relación con Rachel era seria. Regresó a un Hong Kong que se encontraba en medio de un agitado apogeo de la industria de la construcción, la cual duró más de treinta años y continúa a la fecha. Pronto inició su propia compañía de arquitectura, y rápidamente se vio involucrado en el milagro económico que transformó a Hong Kong del somnoliento puerto a la orilla de China, en la metrópolis vertical que es hoy en día. Todos los pensamientos de la madre patria se borraron con la llegada de los cheques de seis cifras. Lejos de Londres y de Rachel, regresó con su novia de la niñez. Después, toda su familia se nacionalizó canadiense y ahora viaja entre Hong Kong y Vancouver.

Los años pasaron. Fui a muchas bodas, lo cual me hacía sentir cada vez más vacía y desamparada. Aquellos de mis amigos que no estaban casados todavía parecían estar a punto de hacerlo, mientras yo forcejeaba con una relación que no me conducía a ninguna parte. A pesar de que había tenido éxito en mantener secreto mi lazo emocional con Karl, en términos generales había terminado perdiendo, ya que no podía entablar una relación simultánea con nadie más. La neurosis básica de nuestra relación se alimentaba de sí misma. Aunque creíamos que nuestros sentimientos mutuos eran irremplazables, Karl también estaba convencido de que sería desastroso que nos casáramos. Insistía en alentarme a que saliera con muchachos chinos de mi edad. Una noche, mientras estaba en un cine oscuro sentada entre él y un posible pretendiente, Karl repentinamente se acercó a mí y me acarició la mano.

Después de mi graduación e internado, pasé dos años estudiando para obtener un posgrado en Edimburgo, tal vez en un intento por alejarme de Karl. Aprobé mis exámenes en medicina interna, y me convertí en MURM (Miembro de la Universidad Real de Médicos) en Londres y en Edimburgo. En esa triste, húmeda, fría y airosa ciudad, finalmente acepté que tenía que irme de Inglaterra. Había tratado muchas veces de librarme de este embrollo imposible. Ninguno de los conflictos se resolvería nunca. Hacia el final, en uno de los extraños días en que Karl había estado particularmente cariñoso, me dijo que era tan feliz que deseaba morir. Después agregó con tristeza: "No somos en absoluto el uno para el otro. Es más fácil morir por ti que vivir contigo."

La separación, cuando llegó, fue tormentosamente difícil. De cierta forma, nunca la superé. Karl fue mi maestro, mi mentor, mi primer amor, mi gran padre sustituto. Sin embargo, no importa cómo lo racionalizara, me había rechazado y la relación había sido un fracaso. En un momento de arrasante angustia, destruí todas sus cartas.

Poco después, en 1963, partí de Inglaterra con destino a Hong Kong.

Mi tía abuela también era conocida como *Gong Gong* (tío abuelo), debido al respeto que inspiraba por ser presidenta del Banco de Mujeres de Shanghai, el cual fundó en 1924. A los tres años de edad se opuso a que sus pies fueran vendados. Asistió a una escuela de misioneros fundada por metodistas estadounidenses y hablaba inglés con fluidez. Su banco de Nanjing Lu No. 480 todavía opera en Shanghai.

Mis hermanos y hermanas. Atrás, de izquierda a derecha: Gregory, James, Edgar. Adelante, de izquierda a derecha: Lydia con la pequeña media hermana Susan y Adeline. Esta foto fue tomada en Tianjin en 1942, antes de la muerte de nuestra abuela. Todos estábamos vestidos a la moda, con ropa occidental y cortes de pelo modernos.

Los prósperos días de Tianjin le proporcionaron oportunidades económicas a Ye Ye, mi abuelo, a la derecha; a su hijo, mi padre, a la izquierda; y a K. C. Li, al centro. K. C. fue uno de los primeros chinos en graduarse de la London School of Economics, y fue fundador de Hwa Chong Hong, una exitosa empresa de importaciones y exportaciones. Tanto mi abuelo como mi padre trabajaron para él.

Mis hermanos y hermanas, unos años después. Atrás, de izquierda a derecha: James, Edgar, Gregory y Lydia. Adelante, de izquierda a derecha: Susan, Franklin, Adeline y el perro Jackie. Esta foto fue tomada en 1946, más o menos en la época en que recibimos un patito como mascota.

Mi madrastra, Niang ("Mamá"), y mi papá con Ye Ye (al centro) en la década de los cuarenta. Ye Ye era un budista devoto. Siempre se rasuraba la cabeza, usaba una gorra en invierno y vestía túnicas chinas.

Niang, Franklin y mi padre a principios de la década de los cuarenta. Mi medio hermano Franklin era su hijo favorito. Niang le compraba la ropa en las mejores tiendas para niños de la avenida Joffre. Le mandaba cortar el pelo con los estilos más modernos y con los peluqueros de niños más famosos.

Ye Ye y mi pequeña media hermana, Susan. Esta foto fue tomada poco después de que llegaron a Shanghai desde Tianjin en octubre de 1943.

Jeanne Prosperi tenía diecisiete años cuando conoció a mi padre recién viudo. Llamamos a nuestra madrastra Niang ("Madre") después de que se casó con Papá. Hija de padre francés y madre china, era una mujer sorprendentemente hermosa. Aunque hablaba inglés, francés y mandarín con fluidez, así como el dialecto de Shanghai, nunca aprendió a leer ni a escribir chino, ni a hablar cantonés.

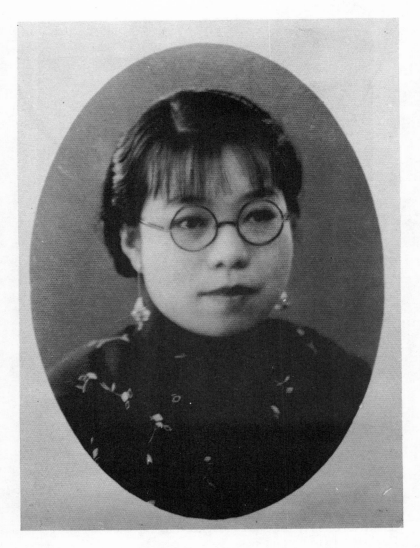

Tía Baba nunca cesó de prodigarme su atención cuando yo era niña, alabando mis logros en la escuela, revisando mis tareas y compartiendo su transporte conmigo. Nunca se casó y dependió económicamente de mi padre y de mi madrastra durante toda su vida. Era amable, paciente y sabia. Yo la quería mucho.

Mis dos medios hermanos, Franklin y Susan, con su niñera/institutriz, la señorita Chien. Nuestra familia tenía dos sistemas: nosotros los hijastros éramos ciudadanos de segunda clase; Franklin y Susan recibieron trato preferencial desde su nacimiento.

Franklin junto a Jackie, la adorada mascota de mi padre. Papá contrató a un entrenador alemán que enseñó a Jackie a obedecer sólo a Papá, Niang y Franklin. Yo le tenía mucho miedo, Jackie siempre me ladraba.

Niang y mi papá disfrutando de su holgado estilo de vida. En los cuarenta y cincuenta eran una pareja atractiva y glamorosa, que destacaba en los círculos sociales de Shanghai y Hong Kong.

CAPÍTULO 15

釜中游魚

Fu zhong you yu
Pez que nada en un caldero

Unas semanas antes de dejar Londres, le escribí al profesor McFadden, Lo Mac, a la escuela de medicina de Hong Kong. Aceptó mi solicitud para el puesto de catedrática asistente en su departamento, me felicitó por mis estudios avanzados, mencionó el salario y añadió que contaría con alojamiento. Fue, por lo tanto, con una mezcla de confianza y arrepentimiento, que volé a Hong Kong en noviembre de 1963.

Gregory y James fueron por mí al aeropuerto de Kai Tak en el Mercedes de mi padre conducido por un chofer. Ambos llevaban un año trabajando para Papá. James regresó primero, tras terminar sus estudios en Cambridge. Su salario era tan bajo que sólo le alcanzaba para vivir en la YMCA. La vida se le hizo más sencilla cuando Gregory regresó de Montreal, donde obtuvo un grado de maestría en la Universidad McGill. Papá le pagaba a cada uno un salario mensual de 2,000 dólares de Hong Kong, equivalentes a 250 dólares estadounidenses. Juntos pudieron rentar un diminuto departamento en el piso superior de un club nocturno de la calle Nathan en Kowloon.

Hong Kong ya no era la adormecida ciudad que yo había dejado once años atrás. Aunque pasaban de las nueve de la noche, las calles angostas, estrechas y alumbradas por luces de neón rebosaban de peatones y tráfico. Había un gran número de edificios nuevos, algunos a medio construir y cubiertos con andamiajes de bambú. Coloridos letreros eléctricos brillaban intermitentemente con sus anuncios. La vitalidad era tangible.

—Éste no es el Hong Kong que yo dejé —les dije a mis hermanos, llena de asombro—. ¡Esto es la reencarnación de Shanghai!

—Sólo que más grande, mejor y más moderno —respondió James—. Kowloon y Hong Kong son como una larga calle Nanking.

—Me da gusto que hayas regresado —dijo Gregory cálidamente—. Aquí estás en el lugar y momento adecuados. La ciudad está por levantar el vuelo. Nuestro astuto Viejo está haciendo una verdadera fortuna.

—¿Sigue Papá en el negocio de importaciones y exportaciones?

—¡Importaciones y exportaciones! —resopló Gregory, incrédulo ante mi ignorancia—. ¿No has oído hablar de la Guerra de Corea? ¿No sabías que los aliados establecieron un bloqueo económico a China cuando Mao Tse-tung apoyó a Corea del Norte? Los mercados de Papá se le cerraron de la noche a la mañana. Este inconveniente lo impulsó a diversificarse hacia la manufactura y la industria ligera. Fundó tres fábricas de flores de plástico, guantes de piel y cerámica, y ahora se hace llamar industrial.

Me contaron que la fábrica de cerámica de Papá era especialmente lucrativa; producía utensilios de cocina de brillantes colores, artículos para acampar y una variedad de vajillas irrompibles. Recientemente, el gobierno nigeriano se había acercado a Papá para que construyera una sucursal de la fábrica en Port Harcourt. Las condiciones del trato eran extremadamente favorables: la parte nigeriana proporcionaba el subsidio, los incentivos tributarios y el terreno barato. Mis dos hermanos estaban involucrados en el proyecto.

Habíamos llegado al transbordador vehicular Yaumati, en ese entonces el único medio de transporte entre Kowloon y Hong Kong. Tras abordar, los tres nos bajamos del coche y nos quedamos junto al barandal durante la travesía. Frente a nosotros estaba la isla de Hong Kong, brillando como una joya, con miles de luces que centelleaban en la oscuridad. Mis dos hermanos estaban vestidos con trajes oscuros, camisas blancas y corbatas conservadoras. Ambos se veían como si fueran a asistir a una junta de negocios.

Mientras Gregory miraba con desprecio mi anticuado vestido de Marks & Spencer que me quedaba un poco grande, comentó:

—Si decides establecerte y practicar medicina en Hong Kong, deberías prestarle más atención a tu ropa. La gente en Hong Kong está muy al pendiente de la moda. Lo que vistes no es suficientemente bueno.

—Nunca he sido una belleza —tartamudeé, a la defensiva—. Además, acabo de bajarme del avión.

—Yo digo que se ve bien —dijo James galantemente con una cálida sonrisa, mientras ponía su brazo alrededor de mis hombros—. No conozco a nadie que pueda verse como un ejemplo de la moda después de haber estado metido en un avión durante horas y horas.

—¿Cómo es el nuevo departamento? —pregunté, cambiando de tema. Después de la muerte de Franklin en 1953, Papá se convenció de que el *feng shui* (viento y agua, o geomancia) de la villa en la calle Stubbs era nefasto. Entonces recordó que Ye Ye había muerto en 1952, mientras vivían en esa misma casa. Cancelaron su contrato de arrendamiento y alquilaron un departamento en el Peak.

—Es una unidad bonita, de lujo, con dos recámaras —contestó Gregory—. Llevan diez años viviendo ahí.

—En el 115 de la calle Plunkett, el Peak —dije—. ¿Aún hay discriminación contra los chinos que viven en el Peak?

—Durante el siglo diecinueve, no se les permitía a los chinos vivir ahí. Creo que eso terminó en 1904.

Gregory continuó explicando que ahora gobernaba el dinero, y que los chinos podíamos vivir en cualquier parte siempre y cuando tuviéramos con qué. Sin embargo, todavía había una cantidad desproporcionadamente mayor de blancos que vivían en la zona del Peak. Agregó que Papá había adquirido recientemente un nuevo departamento en los Mid-levels, en un lugar llamado Mansiones Magnolia, con vista al puerto. Tenía cuatro recámaras, y Papá había mencionado que habría suficiente espacio para que yo me quedara.

—¡Qué amable de su parte! —exclamé, irradiando felicidad.

—¡No te emociones antes de tiempo! —dijo James con gravedad—. La Vieja objetó. Se la pasó diciendo que el departamento no es lo bastante grande. Yo creo que por el momento la idea del Viejo está descartada.

Mientras tanto, nuestro coche subía por las empinadas y sinuosas calles hacia la punta de la isla de Hong Kong, donde la vista era espectacular, y el aire fresco y libre de esmog. Me empezaron a doler los oídos por la altura y sentía el estómago revuelto por la fatiga y las sinuosas curvas. Mientras esperábamos el elevador en el vestíbulo de pisos de mármol y granito, me sentí inmersa en la típica angustia que me sobrecogía siempre que estaba por enfrentar a mis padres. A pesar de haber estado en Inglaterra por once años y de ya ser médico, en ese momento me sentí igual que la adolescente que se había ido en 1952.

Me saludaron formalmente con sonrisas y apretones de mano. Papá se veía como siempre, pero la grácil figura de Niang se había vuelto más gruesa y sus facciones más toscas. Su departamento estaba amueblado de forma elegante pero impersonal, con rígidas sillas chinas antiguas, sillones al estilo occidental con protectores para los respaldos y los brazos, y un tapete de Tianjin. Abajo había una vista panorámica de la ciudad de Hong Kong y del puerto Victoria.

Nos sentamos algo tensos alrededor de una mesa de palo de rosa y comimos tallarines servidos por una sirvienta que no reconocí. Por alguna razón, la conversación fue en inglés. Nunca me volvieron a hablar en chino después de mi regreso de Londres. Eso enfatizaba mi sensación de exclusión, como si yo fuera una empleada que tenía que justificar el salario. Les dije que el profesor McFadden me había ofrecido un puesto como catedrática asistente en su Departamento de Medicina Interna.

—He estado pensando sobre eso —comenzó Papá, lenta y deliberadamente, como si hubiera ensayado el discurso—. Ésa no es una buena decisión. En vez de eso, deberías considerar la obstetricia y la ginecología. ¿Recuerdas a la doctora Mary Ting, que los trajo al mundo a todos ustedes? Ella es una de las mejores médicos que conozco. La medicina interna no es un buen campo para una mujer. Los doctores varones no te van a enviar pacientes.

Me había olvidado por completo de que Papá ya había trazado mi carrera once años antes de mi partida a Inglaterra. Me quedé sin habla. Ésta era una decisión seria que tenía que ver con mi futuro pero, a los ojos de Papá, esa decisión le pertenecía a él, no a mí. Agregó que la profesora Daphne Chun, amiga suya en el Departamento de Ginecología y Obstetricia de la Universidad de Hong Kong, estaba dispuesta a contratarme como interna especial. El salario que Papá mencionó era insultantemente bajo. El trabajo sólo me lo ofrecían porque yo era su hija. La profesora Chun había "quedado muy bien con él".

Yo sabía que era un *fait accompli*. Papá quedaría mal si yo no aceptaba su "favor". De todas formas traté de protestar, recordándole que yo ya había terminado mi práctica como interna dos años antes en Londres. La oferta del profesor McFadden del puesto de catedrática asistente significaba que yo tendría una posición de gran importancia, poco común para una joven doctora de veintiséis años. Papá no hizo el menor caso a mis explicaciones.

—¿Por qué no intentas en el trabajo que ofrece la profesora Chun? Si no te gusta, siempre puedes cambiarte. No te arrepentirás. Además, todavía no te comprometes con el doctor McFadden, ¿o sí? Así que no tienes ninguna obligación con él.

—Estoy pensando en tu bienestar —continuó—. ¿Te guiaría tu padre por el camino equivocado? Recuerda, todavía eres muy joven, estás recién salida de la universidad. Si tomas ahora la decisión equivocada, de aquí a diez años te vas a arrepentir. Para entonces será demasiado tarde —me recordó el caso de Lydia y Samuel, que trece años antes insistieron en regresar a Tianjin en contra de su bien intencionado consejo—. Mira nada más el embrollo en el que están ahora. Es totalmente por su culpa. ¡Van a pudrirse ahí por el resto de sus vidas! —decía esto con deleite, sonaba casi contento de que sus profecías de fatalidad se hubieran cumplido con creces.

Conforme lo escuchaba, mi previa resolución se fue desintegrando. Todo lo que yo sabía era que deseaba sobre todas las cosas complacer a mi padre. ¡Lo deseaba tanto! Para ganarme su aceptación. Para ser querida. Para que me dijera, sólo una vez en la vida: "¡Bien hecho Adeline! ¡Estamos orgullosos de ti!"

Obviamente significaba mucho para él que yo trabajara con su amiga. Al rechazar la oferta del profesor McFadden (con todo y el alojamiento), cambiándola por la promesa de un puesto de interna con la doctora Chun, yo estaba haciendo que Papá quedara muy bien. Seguro que eso me daría a sus ojos unos cuantos puntos de niña exploradora, ¿o no?

Una vez más me traicioné a mí misma y me sometí a los deseos de Papá. Para cuando nos retiramos, yo prácticamente les estaba dando las gracias por todas las molestias que se habían tomado por mí.

Cuatro días después de mi regreso a Hong Kong, Niang me dijo que empacara mis cosas. Papá se había ido a jugar golf con un socio.

Era una brillante y soleada tarde de domingo cuando Ah Mo, el chofer, nos llevó a Niang y a mí al hospital de la doctora Chun, el Hospital Tsan Yuk. El lugar parecía abandonado. Nos quedamos paradas torpemente en el pasillo de la entrada y hablamos con la ocupada operadora de los teléfonos del hospital, quien manejaba el conmutador y actuaba también como recepcionista. Tiempo después, entendió que yo era la nueva interna que venía de la Universidad de Londres y a quien la profesora Chun había contratado para que empezara a trabajar el lunes. Nos dijo que como la profesora Chun no estaba, y tampoco había ningún otro médico responsable para enseñarnos el hospital, debíamos regresar el lunes por la mañana.

Sin embargo a Niang nada la iba a detener. Le ordenó que llamara al interno de guardia. Cuando apareció una joven doctora, Niang le exigió, en inglés, que se me mostraran mis habitaciones. A pesar de que yo era una mujer ya adulta y con título de médico, Niang hizo caso omiso de mi presencia, como si todavía fuese una niña. Le informaron que no había habitaciones para los internos.

—¿Dónde duermes tú entonces? —preguntó Niang imperativamente, mientras yo me encogía de la vergüenza.

—Duermo en la sala de guardia —contestó la interna, la doctora Chow, mirándome de reojo y después volteando rápidamente en otra dirección, como si detectara mi incomodidad.

—¿Cuántas camas hay en ese lugar y cuántas están ocupadas? —persistió Niang.

—Hay cuatro camas y dos están ocupadas hoy. Una por mí y la otra por el interno de pediatría de guardia.

—Ya veo —dijo Niang, maquinando en su cabeza—. Así que hay dos camas sin ocupar en esa habitación.

—Sí, pero sólo estarán sin ocupar hasta mañana, cuando se defina el horario semanal de la nueva rotación de guardias.

—Con eso nos basta —dijo Niang con su sonrisa más encantadora—. ¿Nos podría llevar por favor a la sala de guardia?

Su tono era autoritario y su presencia imponente. Cuando la doctora Chow dudó ante esta petición poco común, Niang retorció el anillo de diamantes de seis quilates que traía en el dedo. La vistosa joya brilló con los rayos del sol y envió un claro mensaje de dinero y poder. Después Niang agregó: —La profesora Chun es muy buena amiga mía.

La doctora Chow, para entonces totalmente intimidada, nos mostró obedientemente el camino seguida por Niang, por mí y por Ah Mo, que traía mis dos maletas con todas mis pertenencias. Entramos en una habitación grande y casi vacía que tenía cuatro catres, uno en cada esquina. No había armarios. Los únicos muebles eran una pequeña mesa de noche junto a cada catre sobre la cual había un teléfono. Las ropas de calle de los médicos de guardia estaban colgadas de ganchos en las paredes junto a sus puestos.

Niang se acercó a la ventana de vidrios sucios y sin cortinas. Se asomó y ahí, bajo nosotros, estaba el puerto Victoria en todo su esplendor. El sol brillaba, el aire estaba despejado, el mar azul resplandecía y los barcos eran coloridos. Le ordenó a Ah Mo que pusiera mis maletas junto a una de las camas desocupadas. Volteó a verme y sonrió.

—¡Ay, Adeline! —exclamó—. ¡Qué maravillosa vista hay desde tu recámara! ¡Cuánta suerte tienes!

Mientras la veía, atónita por el desaliento y la pena, añadió: —Desafortunadamente, Papá y yo estaremos ocupados toda la próxima semana. Pero tal vez podamos cenar juntos el próximo domingo. Llámame el jueves para confirmar, ¿sí? —sin más, se dirigió a Ah Mo—. ¡Lléveme a casa de la señora Nin ahora mismo! —ordenó—. Ya se me hizo tarde para tomar el té.

Ah Mo se apresuró tras Niang, seguido por la doctora Chow, que murmuraba algo sobre tener que ir a ver a un paciente. Me dejaron sola.

Me paré ante la sucia ventana y estuve mirando la "maravillosa vista" durante un largo rato. Todo mi ser estaba arrasado por la soledad y ese sentimiento familiar de rechazo total. Me pregunté por qué me había molestado en regresar a casa.

A principios de la década de los sesenta Hong Kong era un lugar extraordinario. Posado sobre la cúspide de un reluciente destino, había reemplazado a Shanghai como la puerta de acceso a Occidente. Todo estaba en constante cambio. La vida giraba alrededor de los pasaportes y el dinero. La gente entraba y salía de la ciudad.

Noventa y nueve por ciento de la población era china. La mayoría de ellos venían de la provincia vecina de Guangdong (Cantón). Después de 1949, una gran cantidad de gente llegó de Shanghai y otras partes de China. Conforme pasó el tiempo, se volvió cada vez más peligroso llegar a Hong Kong a través del estrecho de agua que lo separa del continente. Más adelante, el ejército británico erigió un alambrado de acero de cuarenta kilómetros a lo largo de la frontera china, patrullado por pelotones de gurkhas (mercenarios nepaleses) y perros, para mantener fuera a aquellos que deseaban entrar ilegalmente a la sobrepoblada colonia. Quienes lograban cruzar eran impulsados por una feroz determinación por tener una vida mejor para ellos y para sus hijos.

Encontré ciudadanos de todo tipo que trabajaban turnos de catorce y dieciséis horas por sueldos miserables: conductores de taxis, peinadores, meseros, enfermeros, operadores de teléfono. Comparado con Londres, todo era barato excepto las casas. En este periodo Hong Kong desarrolló su reputación como el emporio de los remates y la meca de las compras de todo el mundo. El talento y el oportunismo eran las piedras angulares de la economía. Hong Kong se volvió un nuevo mundo feliz para los desposeídos de China.

Abundaban las historias de trabajadores asalariados comunes y corrientes, algunos incluso analfabetos, que al persistir en el trabajo duro y en el ahorro de cada centavo, lograron comprar un pequeño departamento e incluso mandar a sus hijos a estudiar al extranjero. Las sirvientas y choferes empezaron a invertir en bienes raíces y a especular en el mercado de valores de Hong Kong.

Mi trabajo en el Hospital Tsan Yuk me exigía mucho físicamente, pero no era ningún reto intelectual. No se hizo investigación médica de ningún tipo mientras yo estuve ahí. La discriminación sexual era flagrante y generalizada. Los médicos varones ganaban 25 por ciento más que las doctoras del mismo rango, a pesar de que hacíamos trabajos idénticos y atendíamos el mismo número de emergencias.

Yo no era para nada popular. Mis compañeros internos estaban irritados de que yo estuviera permanentemente instalada en la sala de guardia. Finalmente me asignaron una habitación privada del hospital por la cual pagaba una renta muy elevada. La administradora me felicitó por la buena suerte que había tenido en conseguir alojamiento. La profesora Chun le había dicho que mi familia era inmensamente rica y que yo, por mi parte, también tenía dinero.

No había ningún lugar para ir en las noches ni los fines de semana. Comía casi todos mis alimentos en el hospital. Gastaba la mayor parte de mi magro salario en la renta, comida, libros y (en un esfuerzo desorientado por conseguir su afecto) en caros regalos para mis padres, como cajas de plata y suéteres de lana fina.

Mis colegas se ofendían porque yo no era cantonesa y porque mi título era de Londres, no de Hong Kong. Mis dos diplomas avanzados de medicina interna no tenían cabida en el Departamento de Ginecología y Obstetricia. Mi pronunciación del inglés era considerada poco china, diferente, ininteligible e irritante. Me apodaron Loy Lu Foh, "mercancía importada".

Cuando finalmente contacté al profesor McFadden, confirmó la oferta del puesto de catedrático asistente en el Departamento de Medicina Interna con alojamiento gratis. Estuve muy tentada a aceptar pero simplemente no podía dejar que Papá quedara mal. Más adelante supe que existía una considerable rivalidad interdepartamental, y que mi preferencia por la oferta del internado de la profesora Chun sobre el puesto de catedrático asistente que el profesor Mc-Fadden me ofrecía significaba poco para la doctora, particularmente considerando que yo ya tenía mi MURM de Londres y Edimburgo. Había otra razón para no aceptar: para entonces yo ya sabía que tenía que salir de Hong Kong y hacer mi vida en otro lugar. El puesto con el profesor McFadden hubiera sido permanente. Fue más que generoso conmigo ya que dejó abierta la oferta de trabajo por un año.

Cada domingo en la noche se esperaba que cenáramos en el nuevo departamento de Papá y Niang en los Midlevels. Esas cenas eran un verdadero suplicio. Teníamos que estar en guardia todo el tiempo. Niang parecía saberlo todo, especialmente las cosas que no queríamos que supiera: la cuenta de banco crónicamente sobregirada de Gregory, y sus abundantes infracciones de tránsito por todo Kowloon y Hong Kong ("dignas de publicarse en el *Libro de récords de Guinness*" según Papá); el consumo de whisky de James; mis intentos por rentar un departamento más grande para mí y mis hermanos de manera que pudiéramos tener algo que se asemejara a una vida familiar; la correspondencia de Susan con un amigo estadounidense.

Acabé detestando los puntos de vista que mis padres expresaban en aquellas cenas de los domingos, durante las cuales yo invariablemente permanecía en silencio, como un

釜中游鱼 *fu zhong you yu* (pez que nada en un caldero), desbordando frustración y descontento.

Mis padres constantemente censuraban y condenaban a los cantoneses de Hong Kong por su avaricia, su flagrante materialismo y su ostentosa vulgaridad. Sin embargo, yo no podía evitar percibir su propia obsesión por el dinero. Sus prejuicios eran amplios y católicos. Además de los cantoneses, criticaban a los judíos, los indios y los japoneses. En cuanto a sus potenciales socios nigerianos, Niang los consideraba infrahumanos e indignos incluso de su desprecio.

Ya por 1963, toda una generación de jóvenes chinos bilingües formaba parte de la fuerza laboral de Hong Kong. Para entonces algunas de las personas más acaudaladas de Hong Kong ya eran inconcebiblemente ricas. Sus hijos e hijas regresaban de las mejores universidades de Inglaterra y Estados Unidos, siempre ataviados en trajes oscuros de diseñador fabricados en Londres y París, incluso en el apogeo del verano. Hablaban un inglés perfecto. Los hijos varones en ocasiones traían del brazo *fan gui nui* (mujeres demonio extranjeras). Los mejores y más elitistas clubes en Hong Kong ya no excluían a los miembros chinos. La nueva división no era definida por la raza sino por el dinero. En este nuevo Hong Kong de los sesenta, había bastantes millonarios cantoneses que eran mucho más ricos que Papá y Niang. Como mis padres estaban convencidos de su innata superioridad sobre los cantoneses, esta situación les era difícil de digerir. Su única estrategia era ignorar a los cantoneses tachándolos de maleducados, aunque interiormente envidiaban a aquellos que ascendían con tanta rapidez en esta nueva sociedad. Con una ironía exquisita, Niang ocasionalmente se lamentaba de los matrimonios interraciales y predecía que sus descendientes "no serían ni peces ni aves".

CAPÍTULO 16

匹 馬 單 鎗

Pi ma dan qiang
Un caballo, lanza solitaria

Después de siete meses en mi internado, un estudiante de medicina chino-estadounidense de veinticinco años llegó al hospital. Martin Ching venía de la escuela de medicina de la Universidad de Nueva York e iba a estar de intercambio durante el mes de julio. Era el hijo único de una pareja de clase trabajadora que habían emigrado de Guangdong a Estados Unidos en la década de los treinta. Su diligente padre trabajaba en una lavandería y su madre era mesera; tenían todas las esperanzas puestas en Martin. Ahorraron cada centavo para enviarlo a la escuela de medicina y comprar una casa en Queens de manera que Martin pudiera vivir fuera del ghetto del Barrio Chino de Nueva York cuando entrara a la universidad. Vivían en el piso superior de su negocio y Martin les rentaba habitaciones a otros estudiantes para poder pagar la hipoteca. Era un buen muchacho, estudioso y responsable.

Un par de veces Martin y yo nos quedamos platicando en la noche después del trabajo. Ambos estábamos de ociosos y no teníamos ningún lugar a dónde ir. Él apenas podía hablar cantonés. A los doctores y enfermeras se les dificultaba traducirle todo al inglés cuando estaba cerca. Además, Martin era "sólo" un estudiante de medicina.

—Nunca me había enfrentado a tanta discriminación como la que he encontrado ahora en Hong Kong —me dijo Martin—. La gente aquí se mantiene a distancia. Son cautelosos y me desdeñan porque parezco chino pero no puedo hablar ni escribir el idioma con facilidad. Creen que soy tonto.

En el verano de 1964 el clima fue horrible. Parecía que las lluvias nunca iban a cesar. Un día el servicio meteorológico emitió una advertencia de tifón. Todos los empleados excepto los que estuvieran de guardia en urgencias debían permanecer en casa. Se cancelaron las clínicas electivas. Martin y yo permanecimos en el hospital porque no teníamos nigún otro lugar a dónde ir.

Afuera la lluvia caía en cascadas continuas, azotada por un feroz viento que arremolinaba las azules aguas del mar convirtiéndolas en furiosas y encrespadas olas blancas. Se suspendieron los servicios del transbordador Star: no habría transporte entre Hong Kong y Kowloon hasta nuevo aviso. El tránsito desapareció de las calles. Estábamos abandonados dentro del Hospital Tsan Yuk, rodeados por los rayos y los truenos, las lluvias torrenciales y las ráfagas del tifón. Por todo Hong Kong se instalaron contraventanas de madera para proteger las ventanas de vidrio. Los menos solventes pegaron largas tiras de papel engomado a lo largo de las ventanas para protegerse del viento. Era como si la ciudad estuviera bajo sitio ante las fuerzas elementales de la naturaleza.

Martin y yo nos sentamos en un extremo de la larga y rectangular mesa de conferencias de la biblioteca, y contemplamos la furia de la tormenta. La violencia del aguacero creó ahí dentro un enclave de comodidad y seguridad.

—Aquí estás desperdiciando tu tiempo y tu talento, —me dijo Martin—. Encima de que este trabajo lo puedes hacer hasta con los ojos cerrados, tienes todavía que soportar el horario y además levantarte en las noches. ¿Por qué no vas con el profesor McFadden y aceptas el trabajo que te ofreció?

—¡No puedo ir con Lo Mac! —respondí—. Tengo que irme de Hong Kong.

—Regresa a Londres, entonces. Si cuentas con dos MURM, fácilmente podrás conseguir un puesto académico.

—No, no, Londres no es una opción. ¡No pienso regresar ahí! —me acordé de Karl y sentí un espasmo de dolor. Nunca podría regresar a *eso*—. Además, no llegaría a ninguna parte. La suerte está en mi contra: mujer, y además china; el racismo y el sexismo son muy evidentes en Inglaterra.

—¡Qué novedad! —dijo Martin irónicamente—. El racismo y el sexismo existen en todas partes, incluso en Estados Unidos.

—¿Cómo fue en realidad crecer en Estados Unidos?

—¿Quieres decir cómo fue en realidad crecer en un país de hombres blancos teniendo una cara asiática?

Me contó sobre su escuela en el Barrio Chino de Nueva York y cómo sólo se sentía identificado con los habitantes blancos de Estados Unidos. Odiaba la escuela china porque no deseaba ser diferente a sus condiscípulos blancos. Gradualmente empezó a darse cuenta de que aunque él se percibía como estadounidense, para sus compañeros blancos siempre sería un extranjero, un chino. Martin se sentía atrapado entre dos mundos. Estaba convencido de que el prejuicio era una característica inherente a la naturaleza humana, presente en toda sociedad e incluso en su propio hogar. Cuando se relacionó con una joven antillana sus padres protestaron enérgicamente, llamándola *see yu gui nui* (mujer demonio extranjera color salsa de soya). Finalmente concluyó que, comparado con cualquier otro lugar, Estados Unidos era todavía el más tolerante e ilustrado de todos. Se consideraba afortunado de haber nacido en Estados Unidos.

Martin obtuvo un título en historia en la Universidad de Columbia antes de ingresar a la escuela de medicina. Él dividía a la migración china en tres diferentes oleadas. Antes de la Guerra del Opio, el egreso consistía en artesanos y comerciantes que se mudaron de las provincias costeras del sur a países vecinos como Tailandia, Vietnam, Malasia y Filipinas. Durante más o menos setenta años después de la Guerra del Opio, los campesinos sin educación (los miserables y los pobres) entraron en torrentes a Estados Unidos con la esperanza de una vida mejor, hasta que las leyes excluyentes redujeron sus números. Después de la Segunda Guerra Mundial, los acaudalados empresarios chinos procedentes de Taiwán y Hong Kong empezaron a enviar a sus hijos a estudiar en universidades extranjeras, particularmente en Estados Unidos. Las recientes reformas migratorias de ese país facilitaban la nueva ola de "migración intelectual". Con frecuencia estos estudiantes terminaban quedándose en Estados Unidos para nunca volver a sus hogares.

—En este momento tengo a dos inquilinos de Taiwán que me están rentando habitaciones —continuó Martin—. Ninguno de ellos piensa regresar. Uno es residente de patología y el otro es ingeniero. Como no estás contenta en Hong Kong, ¿por qué no vienes a Estados Unidos? Un título de la Universidad de Londres tiene buena aceptación en Nueva York. Ahora que lo pienso, un par de profesores de mi facultad de la Universidad de Nueva York son graduados de escuelas inglesas.

De pronto se abrió un nuevo panorama ante mí. ¡Estados Unidos! ¡美國 *Mei guo* (Tierra hermosa)! Me paré frente a la ventana y miré la devastación de la tormenta que rugía afuera, casi esperando ver un arcoiris en el horizonte.

—Gracias por tu generosidad. Me has alegrado más de lo que te puedes imaginar. Tus palabras me han llenado de optimismo. Vaya, ¡todo es posible!

—Escucha, voy a regresar a Nueva York la semana entrante. Te ayudaré a encontrar trabajo. No te pongas tan nerviosa. No vas a tener ningún problema.

Cuando Martin se fue de Tsan Yuk ya eran finales del mes de julio. Mi contrato con la profesora Chun terminaría en tres meses. Desesperada por salirme de Hong Kong, envié solicitudes a todos los hospitales que Martin sugirió. La mayoría de las respuestas daban como fecha de inicio el primero de julio del año siguiente. Sin embargo, el Hospital Presbiteriano de Filadelfia me aceptó para que empezara de inmediato mi residencia en obstetricia. Más adelante me enteré de que estaban ansiosos por contratarme ya que los puestos de residencia no estaban cubiertos y corrían el riesgo de que les cancelaran por completo su programa de entrenamiento. En ese momento había escasez de médicos en Estados Unidos.

Acepté de inmediato el trabajo que me ofrecían. El sueldo era de 450 dólares estadounidenses al mes, más la pensión y el alojamiento. Sólo había un problema. Yo no tenía suficiente dinero para comprar el boleto de avión de Hong Kong a Filadelfia. Me pregunté si Papá y Niang considerarían hacerme un préstamo.

Durante la cena del domingo reuní el valor suficiente para anunciar que había decidido emigrar a Estados Unidos. Recibieron la noticia con un silencio absoluto. Papá sabía que yo no estaba contenta en Tsan Yuk. También estaba consciente de que la oferta del profesor McFadden en el Departamento de Medicina Interna seguía en pie. Mi plan de Estados Unidos era nuevo para ellos.

Toqué el tema de mi falta de recursos y me pregunté en voz alta si los bancos me darían un préstamo para comprar el boleto de avión. Niang dijo:

—Bueno, Adeline, no lo sabrás hasta que hagas la solicitud ¿no crees? Y si el banco te niega el préstamo, pues qué mal.

Con esa clase de respuesta entendí que mis posibilidades de conseguir un préstamo de ellos eran nulas.

Esa noche me fui antes porque tenía una cirugía al día siguiente temprano. Cerca de la medianoche, Gregory llamó:

—Hablaron sobre ti después de que te fuiste.

Sentí el pesar en mi corazón: —¿Qué dijeron?

—Dijeron que habían hecho todo lo posible por ayudarte en Hong Kong. Como eso no te basta, en adelante tendrás que valerte por ti misma. A partir de ahora no les importa a dónde vayas: Londres, Nueva York, Tokio, Filadelfia, les da igual. Pero no creas que vas a conseguir que te den un boleto gratis, porque no será así.

Permanecimos en silencio durante un rato.

—Bueno, gracias Gregory —dije finalmente—. Ya me las ingeniaré.

No pude dormir después de la llamada de Gregory. Empecé a llorar y pensé en lo malos que eran al no querer cubrir siquiera el costo de un boleto de avión a Filadelfia, cuando la cantidad no significaba nada para ellos. Que no expresaran ninguna pena porque me fuera de Hong Kong. Que no dijeran unas cuantas palabras amables como: "Te vamos a extrañar" o "Escríbenos con frecuencia, ¿sí?" Mi inminente partida no les preocupaba más que por la posible carga de un boleto de avión.

Me levanté de la cama, me puse mi bata y me fui a la biblioteca del hospital. La encontré desierta. Me dije: "Compadecerte a ti misma y llorar no te va a conseguir un boleto de avión."

Me senté y le escribí una larga carta a la secretaria del Departamento de Educación Médica del Hospital Presbiteriano de Filadelfia.

Le confesé a aquella extraña mi triste historia. Yo era soltera, mujer y china. Toda mi vida había soñado con iniciar una consulta en Hong Kong, cerca de mi padre. Cuando finalmente regresé a casa después de once años, no encontré más que desencanto. Había decidido emigrar a Estados Unidos y había aceptado una oferta de trabajo del Hospital Presbiteriano.

Después le expliqué que no tenía dinero para el boleto de avión y que me preguntaba si podrían prestarme la suma necesaria, que se iría deduciendo de mis ingresos futuros. "No conozco su origen o su historia —escribí—, pero quizás alguna vez alguien le extendió la mano para ayudarla a alcanzar su sueño americano. Le pido humildemente que ahora haga esto por mí."

El Hospital Presbiteriano no me falló. En dos semanas llegó la respuesta. Al parecer lo que yo solicitaba no era raro. Tenían una política en el hospital mediante la cual le adelantaban los gastos de viaje a los médicos extranjeros que habían aprobado el ECFMG, un examen especial para los médicos extranjeros graduados. El costo del boleto de avión más los intereses se deducían mensualmente del sueldo. Me enviaron una forma estandarizada para que la firmara.

También recibí una nota escrita a mano de la secretaria del Departamento de Educación Médica: "Su carta me conmovió. Sólo quiero que sepa que nuestra casa siempre estará abierta para usted si necesita ayuda cuando llegue a Filadelfia."

Éste fue mi primer contacto con una estadounidense desconocida. Fue más amable conmigo que mis propios padres.

Me fui de Hong Kong poco después. Gregory y James fueron a despedirme al aeropuerto. Niang había ido a su acostumbrado partido de bridge. Mientras Gregory estacionaba el coche, James silenciosamente puso un billete nuevo de veinte dólares en mi bolsa de mano. Su gesto me conmovió hasta las lágrimas, porque yo sabía que era una cantidad demasiado grande para él.

Media hora antes de que despegara el avión, Papá llegó apresuradamente a decirme adiós. Nos reunimos en la entrada de la sala de abordar y cuando llegó el momento nos dimos la mano. Yo quería decirle a Papá que había hecho mi mejor esfuerzo por complacerlo pero no me salieron las palabras. Después de una dolorosa pausa, Papá finalmente dijo:

—Bueno, ahora sí sólo cuentas contigo misma. 匹馬單鎗 *Pi ma dan qiang* (Un caballo, lanza solitaria, que quería decir que ahora me enfrascaba sola en un combate contra la vida.). Veamos qué es lo que puedes lograr.

CAPÍTULO 17

嫁鷄隨鷄

Jia ji shui ji
Cásate con un pollo, sigue al pollo

Martin fue a recogerme al aeropuerto. Para ahorrar algo de dinero había comprado el boleto más barato, lo que resultó en un viaje de casi cuarenta y ocho horas. En el avión había estado demasiado nerviosa para dormir, y ahora eso era lo único que deseaba mientras Martin conducía desde el aeropuerto La Guardia hacia Queens, iluminado por los faros del tráfico que se apresuraba en dirección contraria. Mis párpados se cerraban mientras él hablaba animadamente sobre presentarme a sus amigos, ir al boliche o incluso a bailar. Pronto me quedé profundamente dormida.

Me tuvo que sacudir para que despertara al momento de llegar a su casa de tres pisos con terraza, situada en un rumbo silencioso y suburbano. Dentro de la sala apenas iluminada, vi somnolientamente que los sillones de vinil y la mesa de centro de plástico estaban limpios y ordenados. De la cocina adyacente salía una luz, y se oía que alguien estaba moviendo ollas y sartenes.

Martin me revolvió el cabello después de meter en la casa mis dos maletas.

—¡Bienvenida a Estados Unidos, dormilona! —exclamó alegremente—. Aquí es donde me la paso. ¿Qué te parece el lugar?

Alguien tosió detrás de nosotros. Volteé y vi a un joven alto y agraciado que llevaba un corte de cabello estilo militar. Aun con el cansancio pude percatarme de que era sorprendentemente guapo. Se acercó con la mano derecha extendida:

—Hola, yo soy Byron Bai-lun Soon. Vivo aquí en casa de Martin —hablaba con un fuerte acento del norte de China.

Martin me abrazó posesivamente mientras me presentaba. Como por instinto, me alejé y, cansada, me senté en el sillón.

—Ahora que ya llegaste sana y salva —dijo Martin—, vamos los tres a tomar una cerveza y después te invito a cenar.

—Yo no voy —contestó Byron—, las muchachas chinas no beben cerveza. Lo que ella necesita en una noche como ésta es un buen tazón de agua hirviendo. Después, un gran plato de tallarines con mucha salsa picante de carne. Lo estoy preparando en este momento.

—¡Agua caliente! —exclamó Martin arrugando la nariz—. No es una viejecita del Barrio Chino como mi madre. Lo que necesita es una buena cerveza helada. No quiere tallarines. Te acabo de decir que vamos a salir a cenar.

Poco después tenía un tazón de agua caliente y una cerveza helada frente a mí, y daba sorbos alternadamente a cada una de mis bebidas.

A pesar de que la idea de Byron sobre los tallarines y una almohada suave después me atraían más, Martin me llevó a un restaurante japonés local. Mientras yo me comía por pura inercia unos cuantos bocados de témpura de camarones, Martin hablaba con entusiasmo sobre Nueva York. Para entonces yo estaba prácticamente sonámbula. Finalmente Martin entendió la indirecta y regresamos a su casa, donde me mostró mi habitación. Como zombi, quedamos en que estuviera lista a las nueve de la mañana para visitar la escuela de medicina, donde debía hacer sus importantes rondas sabatinas.

A la mañana siguiente no desperté ni con la alarma de mi reloj, ni con el escándalo que Martin hizo tocando a mi

puerta. Cuando, a la una de la tarde, abrí los ojos sobresaltada, una luz brillante entraba por las cortinas. Sabía que había
decepcionado a Martin. Me vestí apresuradamente y fui a
parar al piso de abajo. En la sala encontré a Byron solo, leyendo en silencio un libro de texto de ingeniería.

—Me estaba preguntando cuándo bajarías —dijo
Byron con una sonrisa. Estaba vestido con una camisa blanca
nueva y un suéter azul cobalto. A la luz del día se veía aún
más deslumbrante. Ahora que estábamos solos, habló conmigo en un mandarín fluido, obviamente más cómodo con su
lengua nativa. Con timidez, me entregó una nota que Martin
había dejado sobre la mesita de la sala. En un tono levemente
recriminatorio, Martin había escrito: "Traté sin éxito de des-
pertarte. Casi me rompo la mano y no logré nada. ¡Debes estar
verdaderamente exhausta! Regreso más o menos a las cinco y
media. Nos vemos. ¡Vamos al boliche hoy en la noche!"

—Me da gusto que te hayas quedado dormida —anunció Byron—. Ahora te tendré sólo para mí por unas cuantas
horas. ¿Quieres que almorcemos? Todo está listo.

Nos sentamos a la mesa de la cocina y comimos tallarines con una salsa picante de carne que Byron había preparado.
Byron había nacido en 1938 en la provincia de Hunan, donde
su padre era un general del ejército del Kuomintang. Después
de la toma de poder por parte de los comunistas, sus padres se
separaron. Su madre permaneció en China con una hermana
menor mientras que su padre escapó a Hong Kong con Byron
y Arnold, su hermano mayor. Los dos niños terminaron la enseñanza media en Hong Kong antes de entrar a la Universidad
de Taiwán. Después de graduarse, ambos viajaron a Estados
Unidos para realizar sus estudios de posgrado. Arnold se casó
con su novia de la universidad y estaba estudiando para obtener un doctorado en matemáticas de la Universidad de Pensilvania. Byron tenía un empleo nocturno en una empresa de ingeniería y estaba estudiando para obtener su maestría en el
Instituto Politécnico de Brooklyn. Ya tenía su credencial de re-

sidente permanente, y quería volverse ciudadano estadounidense. Llevaba nueve meses rentándole una habitación a Martin.

—Pensé en ti toda la noche —confesó Byron—. Cuando leí la nota de Martin, decidí no ir a clases. ¡Hoy es mi día de suerte! Mi día contigo bajo el sol. ¡Solos! —sus ojos se empañaron de lágrimas. Tomó mi mano—: Nunca me había sentido así con nadie. Dime, ¿crees que tenga esperanzas?

Yo estaba asombrada. Parpadeé y él seguía ahí: el guapo héroe de todas las novelas de kung fu jurando su devoción. No retiré mi mano y, conforme avanzó la tarde, me sentí cada vez más cautivada por él. Finalmente se puso de pie para irse. Mientras me acariciaba el cabello con ternura, dijo:

—Éste ha sido el día más feliz de mi vida. Quiero hacer una predicción. Antes de que termine 1964 vas a ser mi esposa.

Aquella noche, encontré sobre mi almohada una carta de Byron escrita en chino. Era corta pero con frases muy hermosas, salpicada con citas de la poesía T'ang que le había dicho que adoraba. En la parte trasera del sobre apunté la hora a la que planeaba partir y lo metí por debajo de su puerta tal como él me había dicho.

En la mañana los tres juntos tomamos un taxi a la estación de Pensilvania; Martin y Byron competían abiertamente por mi atención. Martin se exasperaba cada vez más. Yo estaba halagada, pero la situación era incómoda y sentí un gran alivio cuando finalmente partió mi tren a Filadelfia.

Me casé con Byron en el Ayuntamiento de la ciudad de Nueva York sólo seis semanas después de mi llegada a Estados Unidos y antes de que finalizara 1964, tal como él lo había predicho. Martin le pidió a Byron que desocupara la habitación de inmediato porque sus padres no le permitían rentar las habitaciones a parejas casadas. Ninguno de nosotros volvió a ver o a hablar con Martin. Después de la ceremonia, en un raro momento de reflexión calculé que el tiempo que Byron y yo habíamos estado juntos a solas se reducía a menos de diez horas.

A Papá y a Niang les envié un telegrama informándoles sobre mi matrimonio. Un mes después recibí una carta de felicitación con un cheque por 600 dólares como regalo de bodas.

Me expliqué mi decisión diciéndome que la mayoría de los matrimonios arreglados en China hubieran empezado de la misma manera. Después de todo, en cualquier matrimonio uno siempre se la juega y vivir con quien sea necesariamente implica sacrificios diarios.

Mi contrato con el Hospital Presbiteriano era de siete meses, y terminaba en junio de 1965. Para poder hacer el recorrido y ver a Byron los fines de semana, me endeudé aún más y compré un Volkswagen de segunda mano.

Dos semanas después de la boda, mientras estaba lavando su ropa, encontré en uno de los bolsillos de su pantalón una carta del banco Chase Manhattan en la que cancelaban su cuenta porque estaba sobregirada.

Cuando le hablé por teléfono a la empresa de ingeniería donde decía que trabajaba, me informaron que sólo iba ocasionalmente y que era un empleado de medio tiempo. Después entró una llamada de alguien que hablaba con un tosco acento cantonés. Por lo que entendí del mensaje de la persona que llamó, la ocupación principal de Byron era de mesero en un restaurante chino.

Algo alarmada, decidí confrontarlo. Habíamos ido a ver la película *Mi bella dama* en Queens. Mientras esperábamos a que empezara la película le dije sobre lo lastimada que me sentía al descubrir que no había sido del todo honesto.

—No hay nada que discutir —dijo con severidad—. Además, me casé contigo ¿no? ¿Qué más quieres?

—Quiero entenderte, así como espero que tú trates de entenderme.

—No tengo ganas de hablar ahora. Quiero ver la película y pasar un buen rato.

—¿Podemos hablar después de la película?

—¡No! Quiero que entiendas que cuando digo que no, quiero decir que no. No hay nada más qué discutir.

—¿Qué es esto, una dictadura? ¿Somos marido y mujer o amo y esclava? ¿Por qué no podemos hablar las cosas de una forma calmada y lógica?

—嫁鷄隨鷄、嫁狗隨狗 *Jia ji shui ji, jia gou shui gou* (Cásate con un pollo, sigue al pollo; cásate con un perro, sigue al perro.)

—¡Qué estupidez! —exclamé, añadiendo sarcásticamente—: ¿Eso es lo que has absorbido de tus extensas lecturas de los grandes clásicos chinos? No me digas que tu pasión por la poesía T'ang se reduce a este profundo fragmento de sabiduría.

En la luz tenue pude sentir su creciente ira. Se levantó sin decir palabra y salió de la sala.

En su apuro había dejado su abrigo de invierno y sus guantes en el asiento. Empecé a preocuparme pensando en que vagaba por las congeladas calles de Nueva York vestido sólo con un suéter y unos delgados pantalones de poliéster. Me culpé a mí misma por esos comentarios cortantes. Me decepcionaba haber descubierto que las lecturas de mi esposo se limitaban a los periódicos y a los libros de texto de ingeniería. Sin embargo, él había fingido amor por la poesía T'ang sólo por el deseo de impresionar a la muchacha que amaba.

La película seguía y seguía. No me atrevía a irme por miedo a que regresara y no me encontrara ahí. Cuando terminó, salí con todos los demás con la esperanza de que estuviera aguardándome en el vestíbulo.

No estaba. La nieve se amontonaba alrededor de calles poco familiares. Pedí un taxi y regresé a su departamento, del cual no tenía llave. Eran más de las once. Byron aún no llegaba. Me acurruqué en la puerta como una pordiosera, aterrorizada de que algún borracho me viera y me atacara en la oscuridad.

"Cásate con un pollo, sigue al pollo; cásate con un perro, sigue al perro." Tal vez debería darle por su lado y representar el papel de la esposa china sumisa. La alternativa era un rompimiento completo, el divorcio. Deseché esa idea. Nunca podría admitir mi fracaso ante Papá y Niang. Decidí salvar mi matrimonio, costara lo que costara.

Byron finalmente regresó como a las dos de la mañana, hosco y displicente. Había ido al restaurante chino donde trabajaba, y después de ordenar una gran comida había ayudado con el trabajo hasta la hora de cerrar. Se metió directo al baño sin decir palabra mientras yo preparaba unos tallarines en la cocina. Cuando la comida estuvo lista, la puse en dos tazones y lo llamé. Estaba profundamente dormido y se veía angelical. Me comí sola los dos tazones.

A la mañana siguiente, Byron se comportó como si nada hubiera sucedido. Con gran alegría me mostró una carta de su abogado de inmigración en la que decía que sus posibilidades de obtener una credencial de residente permanente eran "altamente probables". Se había olvidado de que en nuestro primer encuentro me había dicho que ya tenía la credencial. Me mordí la lengua y no dije nada. Nos sentamos a tomar café, a comer donas y a leer la edición dominical del *New York Times*. Él buscaba un puesto permanente como ingeniero en alguna compañía grande del suroeste. En la plana posterior del periódico nos encontramos un anuncio que ocupaba toda la página: "¡Ingenieros! ¡Vengan al glorioso sur de California donde el sol brilla todos los días! ¡Vengan a trabajar para la Compañía de Aviación Douglas en Long Beach! Los necesitamos."

En algún lugar de mi mente recordé aquella maravillosa fotografía de Clark Gable, autografiada y enviada desde Hollywood a una de mis compañeras de escuela en Shanghai años antes. ¡Cómo la habíamos envidiado!

Éstas fueron las razones que finalmente nos llevaron al sur de California: un anuncio en el *New York Times* y la magia de Clark Gable.

Aviación Douglas contrató a Byron por 800 dólares al mes. Para obtener una licencia médica en California tuve que hacer un examen especial y trabajar como interna en un hospital californiano reconocido. Así empecé mi tercer trabajo de interna el primero de julio de 1965, en el Hospital St. Mary en Long Beach.

La paga era de sólo 300 dólares al mes, pero me dejaron usar una pequeña casa independiente que estaba junto al hospital. A pesar de su atractivo aspecto y buen físico, seguía sintiendo hacia Byron una profunda indiferencia. Emocionalmente siguió siendo un extraño. Cada vez que me tocaba yo me petrificaba.

Al mismo tiempo, mi frialdad me hacía sentir una gran culpa. Me había casado con él por las razones más prácticas: compañía, hijos, seguridad emocional y aceptación social. Ingenuamente creía que si hacía un esfuerzo el amor llegaría. Nunca llegó.

Byron y yo mantuvimos nuestra distancia. Así quería él que fuera nuestro matrimonio. Las conversaciones con el corazón en la mano lo ponían muy incómodo. Con frecuencia citaba el proverbio chino: 夫妻相敬如賓 *fu qi xiang jing ru bin* (marido y mujer deben respetarse el uno al otro como honorables visitas). Con esto quería decir que yo debía abstenerme de cualquier crítica, comentario negativo o *tête-à-tête* íntimo. Yo evitaba cualquier tema controversial y trataba de portarme alegre. No había diálogo y, por lo tanto, no había intimidad.

La televisión era su constante compañera. La encendía en el instante en que entraba a la casa y se sentaba frente a ella hora tras hora, cambiando los canales compulsivamente después de unos cuantos minutos. La dejaba de mala gana cuando lo llamaba para cenar y regresaba corriendo mientras yo lavaba los platos. Comíamos en silencio. Byron leía *Los Angeles Times* y yo mis libros. En la noche nos acostábamos uno al lado del otro como dos desconocidos que se ven obligados a compartir la misma cama.

No obstante, para octubre de 1965 estaba embarazada. Byron parecía complacido ante la expectativa de convertirse en padre. Con un bebé en camino, mis opciones profesionales se limitaron a la anestesiología, especialidad disponible en el hospital. La práctica de la anestesia ha sido descrita como horas de aburrimiento interrumpidas por momentos de pánico: se duerme a los pacientes y quedan inconscientes, suspendidos entre la vida y la muerte. Se trataba de una gran responsabilidad, pero las cuotas eran proporcionalmente altas. Presenté mi solicitud y me aceptaron para la residencia de anestesiología en el Hospital General de Orange County, Universidad de California, en Irvine.

El bebé iba a nacer a principios de junio. Byron y yo juntamos nuestros ingresos, pagamos nuestras deudas y nos preparamos para mudarnos de la casita. Pagamos el enganche de una casa nueva en Fountain Valley, a 16 kilómetros de distancia.

Ambos estábamos muy contentos con la compra de la casa. Satisfacía nuestra necesidad de echar raíces en Estados Unidos. La noche en que firmamos el contrato preparé una cena para celebrar. Relajados por la comida empezamos a hablar sobre la situación de nuestras visas. Byron había recibido su credencial y ya era residente permanente, pero yo todavía tenía una visa temporal de "estudiante de intercambio".

—Deberías consultar a un abogado de inmigración y cambiar tu estatus lo antes posible —me dijo Byron—. Si hubieras empezado el trámite cuando nos conocimos ya tendrías tu credencial de residente permanente.

—Cuando nos conocimos tú todavía tenías visa de estudiante —le dije sin pensar.

Su rostro se oscureció: —¿Me estás llamando mentiroso? Si no me hubiera casado contigo, nunca hubieras podido obtener la credencial.

—Primero lo primero. Te consta que tú no tenías tu credencial cuando nos conocimos en la casa de Martin Ching —insistí.

Repentinamente se enfureció. Se puso de pie y empezó a gritar: —Si deseas en secreto a Martin, ¿por qué no te vas y lo buscas en Nueva York?

Para mi alivio, en ese momento sonó el teléfono. El operador del hospital no podía localizar al interno de guardia. ¿Podía ir yo inmediatamente para ayudar con dos pacientes que acababan de ser internados tras un accidente automovilístico? Dije algo sobre ser requerida para una emergencia y salí rápidamente de la casa.

Regresé cuatro horas después. Para entonces estaba exhausta. Mi enorme panza de embarazada colgaba como un costal de piedras bajo lo que alguna vez había sido mi cintura. Mis tobillos estaban tan hinchados que me costó trabajo quitarme los zapatos antes de encender la luz. El espectáculo que me esperaba era una increíble escena de caos. En su ira, Byron había sacado todos los cajones de los muebles y había esparcido su contenido en el suelo a la mitad de la sala. Distribuidos al azar aquí y allá estaban la ropa, las sábanas, utensilios de cocina, libros, ropa de baño y comida. En la cocina, los platos sucios se hallaban esparcidos por la mesa y el lavadero. Byron no estaba por ninguna parte.

Tras despejar la cocina, me calenté una taza de té. Después empecé a arreglar el desorden de la sala, colocando todo mecánicamente en el lugar adecuado. "Ante un desastre —me dije—, todos se sienten mejor con la acción positiva. Pudo haber sido peor. Al menos no quemó la casa."

Hacia las seis de la mañana, cuando la limpieza estaba a medio terminar, una llave dio la vuelta en la cerradura y Byron entró. Yo estaba de rodillas. Algo en mi abyecta postura debe haberle llegado hondo, porque no me molestó para nada. Entró a la recámara, empacó una pequeña maleta y salió apresuradamente sin decir nada.

Estuvo fuera por cinco días. Yo creí que mi matrimonio había terminado. El bebé iba a nacer en dos semanas. Mi rutina de trabajo se convirtió en mi refugio, creando una ilusión de orden y normalidad. Era un alivio sentirme necesitada por mis pacientes, a pesar de que mi mundo privado se estaba desmoronando.

Repentinamente volvió. Un día regresé a casa del hospital cerca de las seis de la tarde para encontrarlo viendo televisión y cambiando los canales como si nunca se hubiera marchado. Preparé la cena y comimos en silencio mientras él hojeaba *Los Angeles Times*.

Los dolores de parto empezaron a las siete de la mañana del 8 de junio de 1966. La actitud de Byron fue esmerada y aprensiva. Me llevó al hospital, se tomó el día libre y se sentó a mi lado en la sala de parto. Nuestro hijo, Roger, nació esa noche, hermoso y sano.

Yo prodigaba toda mi ternura a nuestro adorable bebé. Regresaba a casa del trabajo para bañarlo y alimentarlo. Me sentía increíblemente afortunada de poder darle todo el amor que a mí me habían negado durante mi infancia.

A pesar de que el matrimonio era una gran farsa, hacia el exterior dábamos la apariencia de ser una bonita y estable familia chino-estadounidense.

CAPÍTULO 18

種瓜得瓜

Zhong gua de gua
Si plantas melones, melones cosecharás

El South Coast Plaza, un centro comercial ultramoderno de la región, acababa de abrir sus puertas en Costa Mesa, como a 24 kilómetros de distancia. Byron y yo estábamos ansiosos por conocerlo. Salimos juntos muy temprano el primero de enero de 1967 para comprarle un traje nuevo a Byron. En China es tradición estrenar ropa el primero de enero para simbolizar un nuevo comienzo. Byron había invitado a cuatro de sus amigos de la Universidad de Taiwán con sus esposas a cenar con nosotros esa misma noche.

Era una mañana preciosa, soleada, con brisa y sin esmog. Mientras viajábamos hacia el sur en el recién construido tramo de la autopista a San Diego, podíamos ver las montañas cubiertas de nieve como si estuvieran grabadas sobre un cielo sin nubes. El aire olía a limpio y a fresco. Una alegre tonada empezó a escucharse en el radio. Ambos estábamos de un humor excelente cuando Byron entró al enorme estacionamiento, cerró el coche y me dio las llaves para que las guardara en mi bolsa. Se veía deslumbrante con su grueso suéter de lana sobre la camisa. Entramos al departamento de caballeros de Sears Roebuck. Mientras Byron seleccionaba su traje, entré al departamento de bebés para escoger un juguete.

Cuando regresé vi a un vendedor ayudándole a Byron a ponerse un saco.

—Debería quitarse ese grueso suéter antes de probarse los sacos —le estaba diciendo el vendedor—. Éste es el cuarto que se ha probado. No es de su talla. Las mangas le quedan muy largas sencillamente porque la prenda es demasiado grande para usted.

Byron se veía al espejo y se ajustaba las mangas. Sin hacer caso al vendedor volteó hacia mí:

—¿Qué te parece el color? ¿Qué opinas?

El vendedor buscó mi apoyo:

—Mire señora, aquí hasta el cuello le queda colgando. Éste es talla 44. En realidad él es talla 40. A lo mucho 42.

Sin pensar, le dije a Byron: —Creo que su punto de vista es válido. ¿Por qué no te quitas el suéter como él dice y te pruebas uno talla 40?

Me vio con furia. Entonces, sin decir una palabra, se quitó el saco, se dio la vuelta abruptamente y salió del lugar.

Yo me quedé ahí haciendo el ridículo. Después fui al coche y lo esperé durante dos horas. Le hablé por teléfono a la señora Hsu, la nana de Roger, pero me dijo que Byron no había regresado. Era casi la una. Conduje a casa.

La señora Hsu me ayudó a decorar la casa y a preparar algunos platillos. Dieron las tres y no había señales de Byron. Me empecé a preocupar de que no apareciera. Apenas sabía los nombres de sus amigos de Taiwán, ya no digamos de sus esposas. ¿Qué iba a hacer cuando todos llegaran y no estuviera Byron? Finalmente no pude aguantar más. Llamé a sus invitados uno por uno, les dije que Byron se había intoxicado con algo que había comido y cancelé la cena.

Debo haber estado dormida en la sala cuando oí la llave de Byron girar la cerradura de la entrada. Había caminado a casa desde el centro comercial. Le tomó tres horas y media.

—¿Dónde están mis invitados? —preguntó, echando un vistazo a la comida que habíamos preparado y puesto en la mesa de la cocina. Vi mi reloj. Eran más de las seis.

—Como no sabía si ibas a venir a casa o no —contesté adormilada, frotándome los ojos con sueño—, cancelé la cena.

—¿Quién te dio permiso de hacer eso? ¡Son *mis* invitados! ¡Era *mi* cena! —dijo en una explosión de ira.

No contesté por temor a provocarlo más. Me levanté del sillón y entré al baño.

Al minuto siguiente escuché el fuerte golpe de la puerta de la recámara abriéndose a la fuerza, oí cómo se rompían los muebles y el aterrador grito de mi bebé. Entré al cuarto del niño y vi a Byron parado con las manos en la cintura frente al pequeño de seis meses que gritaba en su cuna desplomada. Me sentí poseída por una furia asesina. Levanté a mi hijo que lloraba, entré a nuestra recámara y cerré la puerta con llave.

Acto seguido, oí un escándalo tremendo proveniente de la cocina. Después escuché cómo Byron azotaba la puerta principal y se iba. Mi bebé no dejaba de llorar. Lo examiné cuidadosamente y noté aliviada que no estaba seriamente lastimado. En la cocina, encontré a la señora Hsu examinando alarmada los platos rotos, y la cena esparcida y embarrada por todas partes. Byron sencillamente había levantado la mesa llena de platos por una de las esquinas y había tirado todo por la borda.

La señora Hsu era una viuda educada originaria de Beijing y en ese entonces tendría como setenta años. Yo me había encariñado con ella y estaba muy avergonzada de que hubiera presenciado una escena tan horrible.

Limpiamos el tiradero en silencio. Después nos comimos los tallarines "larga vida" que habíamos preparado para recibir el año nuevo.

—En China hay muchos hombres como su esposo —dijo la señora Hsu—. En los viejos tiempos, los hombres habitualmente maltrataban a sus esposas. Ahora él está haciendo lo mismo con usted. Mientras más lo tolere, más salvaje se volverá. Si no se tiene otro arroz que comer, entonces debe tragarse esa amargura pero, en su caso, usted tiene su profesión.

Byron no regresó en una semana. Cuando volvió, puso su cheque con todo su salario sobre la mesa después de la cena como una oferta de paz. Yo me sentí conmovida pero no pude olvidar el odio que sentía.

Como no estaba dispuesta a enfrentarlo, le escribí una nota: "Por el momento por favor duerme en la recámara de invitados en el piso de arriba. Voy a dejarte tu cheque sobre la mesa. Entenderé perfectamente si prefieres gastar tu dinero por separado."

Cuando Byron entendió que esta vez yo no optaría por una reconciliación, se tornó más agresivo. Para mi vergüenza, con frecuencia expresaba su frustración con violencia física hacia mí y hacia nuestro bebé. Yo sufría culpa y humillación cada vez que les mentía a mis colegas sobre mis ojos amoratados y mi cara golpeada, renuente a ventilar mis problemas domésticos en público. Aguanté sus golpes porque no podía soportar la vergüenza de un divorcio y el subsecuente deshonor para a mi familia.

Trabajé más duro que nunca, tomando un turno en la sala de urgencias cada vez que surgía la oportunidad. Byron y yo dejamos de tener vida social juntos. Los fines de semana él cenaba con sus compañeros de la Universidad de Taiwán y con colegas del trabajo, mientras yo llevaba a mi bebé y a la señora Hsu a parques de diversiones y a restaurantes chinos. Después de que la señora Hsu se retiró, tuve la enorme suerte de encontrar a una viuda caucásica de cincuenta y tantos años, Ginger Morris, para que fuera la nueva nana de Roger. Ginger llegó con nosotros en 1968 y se quedó conmigo once años.

Completé mi residencia hacia finales de junio de 1968; para entonces ya tenía mi credencial de residente permanente. Abundaban los trabajos. Ofreciéndome como suplente de mis compañeros y como voluntaria para atender llamadas extra en las noches y los fines de semana, pronto me hice de una consulta muy próspera. Tan sólo mis ingresos del mes de julio fueron equivalentes a mi salario como residente de todo el año. Byron y yo llevábamos vidas separadas pero teníamos una cuenta mancomunada. Se estaba acumulando un saldo sustancial.

Hacia fines de 1968, Byron decidió comprar un restaurante chino en Costa Mesa. Un día llegó a casa temprano y me extendió unos papeles para que los firmara; estaba de lo más encantador.

—Probablemente no sabes esto —me dijo—, pero yo solía trabajar como esclavo en varios restaurantes chinos de Nueva York. Ahora que puedo comprar uno, quiero administrarlo como se debe—. Yo me encogí de hombros y firmé los papeles.

Después de que abrió el restaurante, noté que Byron estaba agotando rápidamente nuestra cuenta mancomunada para mantener su nuevo negocio. Contrató a un joven, Lee Ming, como administrador. Cada día, después del trabajo, Byron iba directamente a su restaurante, comía todos sus alimentos ahí y llegaba a casa después de las once. Los fines de semana estaba particularmente ocupado y se iba desde las diez de la mañana hasta la medianoche.

Mi propio horario de trabajo se estaba cargando cada vez más. En esa época, la medicina privada en los Estados Unidos estaba en su apogeo. Se había implantado recientemente el programa de servicios médicos para la tercera edad. A pesar de las dudas generalizadas entre mis colegas, durante los siguientes quince años resultó ser un conducto abierto a un flujo aparentemente ilimitado de fondos gubernamentales para el tratamiento de la senectud estadounidense.

Administrar un restaurante resultó más difícil de lo que Byron se había imaginado. Pronto se vio involucrado en muchas confrontaciones desagradables con su personal. Un viernes por la noche se acabaron los huevos en el restaurante. Byron salió al mercado local y compró 10 cartones. Durante su ausencia, Lee Ming se hizo cargo. Llegó una avalancha de clientes. Lee Ming sentó a la mayoría y les pidió a los demás que esperaran. Byron regresó y se encontró con un comedor lleno y media docena de parejas esperando. Empezó a recorrer las mesas agresivamente, apurando a quienes se tardaban en tomar el café y el postre. Pasando por alto las protestas de Lee, fue al almacén, sacó algunas mesas y sillas sobrantes, y los sentó a todos. Los dos hombres tuvieron un gran altercado. Lee sabía que sin él el restaurante se hundiría, así que le ofreció a Byron comprárselo. La mayoría del personal había seguido a Lee de su previo lugar de empleo, y todos eran leales a él. Lanzaron una campaña deliberada para sabotear a Byron. El chef decía estar enfermo en momentos críticos en que el restaurante estaba lleno. Le ponían demasiada sal o salsa picante a los platillos haciéndolos casi incomibles. Las entregas clave no se hacían en los momentos cruciales. Dejaban las mesas sin limpiar, con platos y vasos sin lavar en el lavadero.

Un día, en junio de 1969, Byron dejó una nota sobre mi almohada. Planeaba vender el restaurante a un hombre que había conocido la noche anterior en una fiesta. ¿Qué opinaba yo? Escribí "sí" al pie del mensaje y subí a dejárselo sobre su cama, reflexionando con tristeza que nuestra comunicación se había reducido tan sólo a notas garabateadas en el reverso de sobres maltratados. Para mi sorpresa, el comprador de Byron era serio y adquirió el negocio poco después pagando en efectivo. Según Byron, recuperamos la mayor parte de nuestra inversión debido a las deducciones de impuestos. Lee y su equipo estuvieron de acuerdo en quedarse, y supe más tarde que el restaurante había prosperado y se había revendido a un gran precio unos cuantos años después.

Ahora había 20,000 dólares en nuestra cuenta mancomunada. Por primera vez tenía tanto dinero que no sabía qué hacer con él. Una tarde de agosto, después de siete anestesias, fui a una agencia automotriz, compré un Mercedes blanco nuevecito, y lo registré bajo nuestros nombres.

Al regresar a casa puse los papeles de registro sobre la cama de Byron para que los firmara. Lo hizo sin hacer nigún comentario, pero a partir de ese momento dejó de contribuir con su salario a los gastos de nuestra casa.

Para fines de 1969, Byron aceptó repentinamente un puesto en Hong Kong y se fue, dejando una nota de despedida en mi almohada en la que me decía que regresaría antes de un año. Leí su mensaje con alivio, satisfecha de que ahora podría canalizar toda mi energía hacia mi hijo y mi carrera.

Mientras estuvo en Hong Kong, Byron fue con su padre a visitar a mis papás para el Año Nuevo chino, fecha tradicional para las reuniones familiares. La visita no fue un éxito. Compraron una gran canasta de fruta y llegaron quince minutos antes. Niang se quejó de que "llegar temprano era tan descortés como llegar tarde. En ambos casos estaban incomodando a los anfitriones". Insistió en hablar inglés, y después comentó sobre su "poco dominio del idioma y sus atroces acentos". Cuando mis padres removieron el colorido papel celofán que envolvía la canasta, encontraron que muchas de las frutas estaban podridas, por lo que Niang supuso que no habían comprado la canasta fresca y que la habían conseguido barata.

Byron regresó de Hong Kong después de una ausencia de siete meses. Retomó su empleo en Aviación Douglas y volvimos a empezar nuestras vidas separadas bajo el mismo techo.

En octubre de ese año, 1970, Papá y Niang hicieron un viaje por el mundo y decidieron visitarnos. A lo largo de los últimos seis años yo les había ocultado la verdad sobre mi miserable matrimonio. Mis cartas se habían limitado a acontecimientos importantes, logros y entusiastas descripciones del clima de California. Cuando llegaron, Byron y yo llevamos a Roger al aeropuerto para que los conociera. Niang insistió en quedarse en Universal City, a 80 kilómetros de distancia de nuestra casa, en el hotel de sus amigos, el señor Jules Stein y su esposa, unos estadounidenses adinerados. Entre los dos habían traído seis maletas. Durante el largo viaje del aeropuerto al hotel yo trataba desesperadamente de mantener la difícil conversación. Niang traía su perfume acostumbrado, el cual me era familiar desde la infancia. Yo sabía que Byron no conocía bien el complejo laberinto de autopistas de esa área. Mientras intentaba decifrar el mapa de carreteras en la tenue luz del coche, me aterrorizaba darle las indicaciones equivocadas y hacer que Byron se desatara en un berrinche. Cuando finalmente llegamos, corrí al baño y vomité.

Dos días después, me tomé un poco de tiempo libre del trabajo para llevarlos a casa en una visita de fin de semana. En el vestíbulo del hotel, Papá y Niang tuvieron una discusión. Papá le había indicado al conserje que durante su ausencia empacara la ropa y almacenara el equipaje que traían. Aparentemente no había consultado antes a Niang.

Ella contradijo sus órdenes:

—No hay necesidad de eso. Nuestra ropa debe colgar en un guardarropa, no quedarse arrugada en una maleta. ¡Déjela donde está! Pagaremos por la habitación mientras estemos fuera.

Papá no dijo nada. No cabía duda de quién tenía el mando. Durante el silencioso camino a casa, Papá se quedó dormido. Tenía un aspecto abatido e intimidado. Lo vi desde el espejo retrovisor. Sus hombros caídos, su cabeza colgante y sus manos dobladas me recordaban otra época, otro lugar. De repente me acordé. ¡Sí! Papá había empezado a parecerse a Ye Ye en sus últimos años.

Los llevé al hospital en el que trabajaba, les presenté a mis colegas y visitamos un complejo de departamentos que estaba pensando en comprar. Sería mi primera inversión lucrativa en una propiedad y, para mi deleite, percibí que Papá deseaba participar. Niang no estaba nada complacida y se encargó de que Papá y yo nunca nos quedáramos solos.

Durante su estancia, desocupé mi recámara para ellos. Byron se quedó en el piso de arriba y yo dormí en el sillón de la sala. Deben haberse percatado de que nuestro matrimonio iba mal. Byron, mientras tanto, se portó muy cortés. Hizo los preparativos para una gran cena en honor de mis padres en un lujoso restaurante llamado Delaney's y les presentó a todos sus colegas, olvidando que yo tampoco había conocido nunca a sus compañeros de trabajo.

Cuando llevé a Papá y a Niang de regreso a su hotel, íbamos los tres solos. Una parte de mí moría por contarles toda la triste historia de mi desastroso matrimonio. Otra parte deseaba mantener la fachada de la hija que tenía éxito en todos los ámbitos posibles: carrera, vida en el hogar, salud, dinero, adorable hijo, esposo bien parecido. Me odiaba a mí misma por seguir manteniendo esta farsa.

Platicamos largo y tendido sobre temas insignificantes cuando inesperadamente Papá preguntó:

—Dime Adeline, ¿quién pagó por la cena en Delaney's anoche?

Su simple pregunta, que vino de la nada, me tomó por sorpresa. ¿Había pagado Byron de nuestra cuenta mancomunada o de su cuenta personal? No tenía idea.

Mientras tanto, Papá esperaba una respuesta. Un poco a la defensiva, dije:

—En realidad no sé —y añadí con una risa forzada—: ¿Tiene importancia?

—En ocasiones —aconsejó Papá—, es sabio prestar atención a los asuntos de dinero. En este momento tu carrera apenas está despegando. Eres joven y estás sana. Tienes el mundo a tus pies. Si eres cuidadosa, tendrás la oportunidad de amasar una gran fortuna. Pero no siempre será así. Un día te volverás vieja y débil. Asegúrate de estar preparada para cuando llegue ese día. Debes organizar las cosas de forma que tú tengas control sobre tu propio dinero. No confíes en nadie. La gente cambia y sus sentimientos también cambian.

Niang asintió mostrando que estaba de acuerdo.

—Ese esposo tuyo —preguntó repentinamente—, ¿está bien? Quiero decir, ¿no estará un poco mal de la cabeza?

Yo estaba asombrada. Con frecuencia me había preguntado sobre la cordura de Byron. Sin desear revelar demasiado, contesté con una pregunta:

—¿Acaso no estamos todos un poco locos? Probablemente él cree que yo soy la desequilibrada de la familia.

—El conjunto de departamentos que nos enseñaste hace dos días —dijo Papá—, el que estás pensando comprar. ¿Quién aparecerá en las escrituras como propietario legal?

—He puesto nuestros dos nombres como compradores, Papá —le contesté honestamente—. Así es como se hace en Estados Unidos. Cuando adquirimos nuestra casa, también la compramos a nombre de los dos.

—Lo que estás haciendo es poco sabio y conducirá a complicaciones —me advirtió Papá—. 種瓜得瓜 *Zhong gua de gua* (Si siembras melones, melones cosecharás). Cuando Byron estuvo en Hong Kong, él y su padre nos dijeron que habían comprado una propiedad en Kowloon. ¿Está tu nombre en esas escrituras?

Vacilé, sobresaltada: —No creo, Papá. Byron nunca me pidió que firmara ningún papel.

La conversación se estaba acercando dolorosamente a una discusión sobre el estado de mi matrimonio.

—Entonces, ¿por qué escrituras tus departamentos también a su nombre cuando él no ha contribuido para la compra con un solo centavo? ¡No seas ingenua, Adeline! No creas que estás por encima de estos asuntos del dinero porque no lo estás. Consulta a un buen abogado, y asegúrate de que la propiedad esté a tu nombre y sólo a tu nombre. ¿Me entendiste?

Sentí que se me hacía un nudo en la garganta y mis ojos estaban húmedos por las lágrimas. Se habían percatado de la farsa. Las estrictas instrucciones de Papá eran su forma de expresar cariño y preocupación. Estaba tratando de proteger a su hija. Asentí con la cabeza y pasé el trago amargo.

Conforme nos acercábamos a su hotel, Niang agregó:

—Hay algo que no está bien con tu esposo. Recuerda, no importa lo que suceda, tus padres siempre serán tus padres. Escucha a tu papá y haz lo que te dice.

Ésas fueron las palabras más amables que me dijo en toda su vida.

Medité sobre su consejo durante el largo camino de regreso. Aunque no me lo dijeron directamente, me dieron a entender que se inclinaban por un divorcio. Decidí actuar y consultar a un abogado inmediatamente. Me habían dado permiso de hacerlo.

Unos cuantos días después, armada con un documento legal preparado por un abogado especializado en divorcios, esperé a que Byron regresara a casa. Después de cenar y de acostar a Roger, entré a la sala y me senté junto a Byron en el sillón. Vimos juntos una pelea de box en la televisión. Finalmente reuní el suficiente valor para darle el documento y explicarle su contenido, informándole que se necesitaba su firma.

Byron echó un vistazo sombrío al documento y devolvió su atención al box mientras yo contenía el aliento. Finalmente preguntó si le estaba pidiendo el divorcio y si había alguien más en mi vida. Algo en el tono molesto de su voz me llegó al corazón. Empecé a llorar:

—No, no hay nadie más. Sinceramente creo que esto es lo mejor para los tres —por primera vez vi angustia en sus ojos. Yo quería disminuir su dolor y agregué—: En verdad lo siento. Ambos apostamos y perdimos.

Unas cuantas semanas más tarde Byron firmó tal y como se lo había pedido. Después se encerró en el piso de arriba y únicamente bajaba para comer, cosa que hacía solo. Una vez tomada la decisión, me sentía extrañamente en paz y esperaba que hubiera una despedida amistosa. Esa Navidad le compré un reloj de oro, lo envolví en un bonito papel y lo puse sobre su almohada. Al día siguiente Ginger me dijo que fuera con ella a la parte trasera de la casa. Ahí encontré mi regalo con su festiva envoltura tirado en el bote de basura, sin abrir y todavía con el moño.

El día después de Navidad, Byron fue transferido para trabajar en Oceanside. Mi abogado le dio los papeles de divorcio para que los firmara antes de que, en algún momento de 1971, regresara a Hong Kong. Ofreció no disputar la demanda si yo le daba mi mitad de la casa de Fountain Valley y me olvidaba de exigir una pensión alimenticia y dinero para la manutención del niño. Yo accedí inmediatamente y me mudé a otra casa. Después del divorcio, Byron no le escribió a su hijo ni lo volvió a ver jamás.

CAPÍTULO 19

心如死灰

Xin ru si hui
Corazones reducidos a cenizas

En 1965, en pleno auge de la Guerra de Vietnam, Papá cambió su fábrica de cerámica de Hong Kong a Port Harcourt, en Nigeria, con la ayuda de un generoso subsidio del gobierno nigeriano. Se hizo socio de su capataz, el señor Fong. Era una empresa titánica que implicaba el transporte de varias piezas de maquinaria y cientos de trabajadores capacitados de Hong Kong. La vivienda para el personal chino se construyó en Port Harcourt, junto a los nuevos edificios de la fábrica y las oficinas administrativas.

Ese mismo año, Gregory se casó con Matilda, una muchacha china cuyos padres eran parte de la ola de talento que escapó de Shanghai hacia el sur en 1949. Parecían estar muy contentos de que su hija se casara con un miembro de nuestra familia. Por entonces, a Papá se le consideraba parte de la élite adinerada de Hong Kong, y Gregory, el hijo mayor, debía ser su heredero principal.

Papá nombró a Gregory administrador de la fábrica de Nigeria. Poco después de su boda, los recién casados se mudaron a una casita cerca de la planta en Port Harcourt. Lejos de la familia y de los amigos, privados de distracciones sociales y culturales, y sin contar siquiera con una buena tienda de abarrotes, a Gregory y Matilda la vida en África les resultó hostil y solitaria. James siguió trabajando con Papá en Hong Kong.

En octubre de ese año los directivos del Transbordador Star y Compañía, en ese entonces el único medio de transporte entre Hong Kong y Kowloon, solicitaron que se incrementara la tarifa del viaje de siete minutos para cruzar el puerto Victoria. A pesar de que la tarifa era modesta y no se había incrementado desde 1946, hubo protestas pacíficas, manifestaciones y levantamientos que resultaron en un muerto y varios heridos.

Un escalofrío colectivo sacudió la colonia. De pronto, los residentes de Hong Kong se preguntaban: ¿Qué tal si los comunistas entraran a Hong Kong? ¿A dónde iremos sin un pasaporte extranjero válido? ¿Quién nos va a aceptar?

En nuestra familia, Papá se naturalizó ciudadano británico en 1955. Niang era ciudadana francesa de nacimiento. Lydia estaba en Tianjin y, de acuerdo con Papá, "se había rendido ante los comunistas por su propia elección". Cuando Papá se naturalizó, Susan y yo, que a la sazón contábamos con menos de veintiún años, teníamos el derecho a la ciudadanía británica; sin embargo mis tres hermanos aún tenían la ciudadanía china, y eso les preocupaba.

Matilda estaba embarazada, y Gregory le escribió a Papá desde Port Harcourt para sugerirle la idea de que regresaran a Canadá —donde él y su esposa habían sido estudiantes— para tratar de obtener la ciudadanía canadiense. Es más, consideraban que era mejor para su bebé nacer allá. Durante su ausencia, Gregory sugirió que James podía hacerse cargo temporalmente en Nigeria.

Unos días después, Gregory recapacitó. Vacilando entre su odio por el estilo de vida nigeriano, su miedo de quedarse sin país y su preocupación de que James usurpara su lugar, escribió una segunda carta en la que pedía permanecer en Nigeria. Ya era demasiado tarde. Papá le escribió para decirle que había decidido reemplazarlo por James.

Su carta continuaba: "Los Fong me han hecho notar que has estado derrochando el dinero de la compañía." Acusó a Gregory y a Matilda de gastar demasiado dinero en comida y bebida, y de tomar una siesta al mediodía para escaparse del implacable calor vespertino de África occidental. Papá terminó su carta exigiendo una explicación satisfactoria por tales extravagancias.

No escribió ni una palabra de agradecimiento por los logros de Gregory, sólo lo enjuició perentoriamente, lo despidió y lo exilió de todas sus empresas. Gregory hizo lo que le dijeron, pero la injusticia engendró rencores y fue entonces el desventurado de James quien se convirtió en el blanco de sus frustraciones.

En abril de 1966, una disputa industrial en Hong Kong condujo al choque entre huelguistas y rompehuelgas. Ésos fueron los meses inmediatamente anteriores a la Revolución Cultural que convulsionaría a China. El caos en el continente acabaría por extenderse a Hong Kong y al Macao portugués. Los círculos izquierdistas organizaron levantamientos a gran escala en contra de la policía. Se colocaron consignas anticolonialistas por todas partes. Emitían propaganda procomunista a través de altavoces estridentes. Se encontraron bombas en las calles. Se lanzaban piedras y se proferían insultos a los extranjeros. En Macao, las tropas portuguesas abrieron fuego y mataron a ocho personas.

Los habitantes de Hong Kong fueron presa del pánico cuando les llegaron los reportes sobre las actividades de los guardias rojos y su reinado de terror en el continente. La mayoría de la gente se hallaba convencida de que China estaba a punto de invadir Hong Kong y de expulsar a los ingleses. Todos querían vender. Nadie compraba. Las propiedades se vendían en una bicoca. En la bolsa de valores hubo una gran alza en las ventas y los precios se desplomaron.

Al igual que miles de habitantes acaudalados de Hong Kong, mis padres huyeron. Se fueron a Montecarlo, donde compraron un departamento con vista al Mediterráneo. Papá adoptó la actitud de esperar a ver qué sucedía y transfirió todos sus bienes a bancos suizos; sin embargo, conservó sus propiedades de Hong Kong. Regresaron a principios de 1967, después de que la sorprendente oferta del gobernador portugués de ceder Macao fue dramáticamente rechazada por China. Este gesto dejó en claro que tanto Hong Kong como Macao permanecerían, por el momento, como colonias administradas por Occidente. La depresión continuó y los precios no se empezaron a recuperar sino hasta fines de 1968.

En 1964, hacia el fin de mi estancia en Hong Kong, James era novio formal de Louise Lam. Debido a su buen físico, su historia familiar y su educación de Cambridge, James era un soltero muy deseable, muy cotizado por las madres con hijas en edad casadera. Desde el principio sospeché que Louise era especial para James porque, en su caso, fue Niang quien los presentó.

La madre de Louise, Beverly, era amiga de Niang. Era una amistad desigual, donde Niang dominaba sobre su amiga. Beverly era hermosa y de buena presencia, pero también muy tímida. Con la carga de cinco hijas y un esposo difícil, le resultaba fatigoso salir adelante. Tan pronto como Louise tuvo edad suficiente, Beverly delegó sus responsabilidades en su hija mayor. Mientras Beverly jugaba con sus amigas, Louise organizaba la vida diaria de sus hermanas menores, empacaba sus almuerzos para la escuela, arbitraba las peleas y supervisaba sus estudios.

Niang alentó el romance porque le convenía que James tomara por esposa a alguien proveniente de una familia que no fuera ni tan pobre como para que los Yen se vieran mal, ni tan rica como para debilitar el poder y el control de Niang.

James llevaba a Louise a pasear una vez a la semana, ni más ni menos. Siempre fue galante y cortés, mas nunca íntimo. En una ocasión Gregory anunció alegremente que la noche anterior había descubierto a Louise bailando con un guapo acompañante en un conocido club nocturno. James simplemente se encogió de hombros. Gregory lo acusó de estar fingiendo indiferencia, pero yo sentí que James intentaba con cautela evitar cualquier situación comprometedora mientras esperaba instrucciones de arriba. Estaba segura de que si nuestros padres hubieran tenido alguna objeción, Louise hubiera sido desechada en un abrir y cerrar de ojos.

Niang ordenó que James y Louise tuvieran una boda sencilla en Estados Unidos en 1966, lejos de muchos de los amigos y socios comerciales de Papá que, tras semejantes celebraciones, se quedaban casi en bancarrota. "Mucho más privado y romántico", según Niang. Su matrimonio se celebró en Maryland en casa de un tío de Louise. A James le ordenaron que no avisara ni invitara a ninguno de sus hermanos.

Antes de la boda, Papá le ordenó a James que comprara uno de sus recién construidos departamentos en Happy Valley, sin ofrecerle ningún descuento ni preocuparse por la inestable situación política o el estado profundamente deprimido en el que se encontraba el mercado de los bienes raíces. Desde que le dijeron que debía casarse con Louise, James había ahorrado de dólar en dólar su miserable salario por dos años, con el fin de tener algo guardado para cuando sentara cabeza. Ahora le ordenaban cambiar todos sus ahorros por una de las unidades especulativas de Papá que nadie quería en ese momento. Resentido, James obedeció. Cuando Louise protestó porque los simpatizantes de los guardias rojos estaban prácticamente en su puerta y que el total de su propiedad podría ser confiscado de un solo golpe, James levantó las manos al aire y dijo: "*¡Suan le!*" (déjalo ser). De los veinticuatro departamentos que Papá construyó ese año, ningún otro se vendió.

Después de que Gregory y Matilda se fueron a Canadá, James se convirtió en el brazo derecho de Papá. Durante los primeros diez años de su matrimonio trabajó en Port Harcourt, en Nigeria. Louise se quedó en Hong Kong con sus tres hijos. A James se le permitía visitar a su familia sólo dos veces al año: durante seis semanas, de Navidad al Año Nuevo chino, y por ocho semanas en el verano, para reemplazar a Papá cuando él y Niang se refugiaban en Montecarlo del húmedo calor de Hong Kong.

Casi inmediatamente después del matrimonio de James y Louise, Beverly y Niang tuvieron un distanciamiento. Con su hija ya bien establecida, Beverly se volvió más asertiva y dejó en claro que ya no estaba conforme con ser la dama de compañía de Niang. Su amistad se deterioró rápidamente y pasó de ocasionales gestos de reconocimiento en las reuniones sociales hasta llegar a una total y mutua indiferencia.

Después del despido de Gregory, James fue nombrado administrador general de la sucursal nigeriana. A Gregory le dieron 60,000 dólares estadounidenses como liquidación para que se estableciera en Canadá. Él y Matilda compraron una casa en Vancouver y tuvieron dos hijos. Matilda se entrenó como farmacéutica y Gregory obtuvo empleos estables como ingeniero ambiental para el gobierno de Canadá. No obstante, seguía soñando con regresar al redil; creía equivocadamente que Papá lo volvería a llamar a Hong Kong.

De vez en cuando se quejaba de la "usurpación" de James o del "sabotaje" de Niang. Sus solicitudes de préstamos comerciales eran invariablemente rechazadas. A pesar de que Papá tenía cierta debilidad por su hijo mayor y esperaba con ansias las cartas y visitas de Gregory, estaba convencido de que mi hermano era un incapaz y un inútil. Niang lo llamaba *hu tu* (badulaque), flojo y extravagante. Conforme pasaron los años, los sueños de Gregory de construir su propio imperio comercial se desvanecieron. Se hizo cada vez más frugal, poniendo todas sus esperanzas en sus dos hijos y limitando sus ambiciones a esperar su parte de la herencia.

Después de la escuela de medicina, Edgar y yo no tuvimos ningún contacto por muchos años. Edgar se especializó en cirugía general. Era difícil para los asiáticos conseguir empleo en Gran Bretaña. Edgar inicialmente se mudó a Canadá en 1969, después de recibir su FRCS. Los trabajos bien pagados eran escasos y las oportunidades limitadas. Decidió hacer como yo e irse a California.

En octubre de 1970, mientras Papá y Niang estaban conmigo en Fountain Valley, de pronto recibí una carta sorprendentemente cortés de Edgar. Esperaba que lo ayudara a conseguir empleo en el hospital de California donde yo trabajaba.

Mi reacción inicial fue de placer y gratitud. Tenía tal ansia de afecto por parte de mi familia que incluso este gesto de buena voluntad era bienvenido. Le mostré la carta de Edgar a Papá.

—Déjame preguntarte algo —dijo—. ¿Estás contenta donde estás? ¿Te llevas bien con tus colegas y tienes un futuro brillante?

—Sí, me encanta mi trabajo y podría perfectamente hacerlo durante el resto de mi vida.

—En ese caso, Adeline —continuó Papá—, sinceramente te recomiendo que no contestes esa carta. Todos sabemos cuáles son los sentimientos de Edgar hacia ti. Predigo que nada bueno saldrá de esto. Mientras más éxito tengas, más celoso se pondrá él. Te has labrado una excelente carrera. Sigue en ella. Estados Unidos es un país muy grande. No hay necesidad de que Edgar venga a tu territorio. Tiene el resto del país para hacerse su propio nicho.

Volteé a ver a Niang. Ella asintió.

—Siempre escucha a tu padre, Adeline —dijo—. Él los conoce a todos ustedes como la palma de su mano.

Seguí el consejo de Papá y no contesté la carta de Edgar. Ciertamente no iba a desobedecer a mi padre sólo por darle gusto a mi hermano. Interpretó mi silencio como un insulto deliberado y nunca me perdonó.

Continuó con sus estudios en San Luis, Missouri, donde se casó con una muchacha estadounidense de ascendencia alemana veinte años menor que él. En California, se mudó de ciudad en ciudad en busca del lugar ideal para establecer su consulta. Vivieron un tiempo en un pequeño poblado del valle de San Joaquín. La mayoría de la población había nacido y se había criado en los alrededores. La vida ahí les pareció intolerable. Después de unos años, Edgar vendió su consultorio y se mudó a Hong Kong mientras su esposa asistía a la universidad en los Estados Unidos. No tuvieron hijos y su matrimonio fue infeliz.

En Hong Kong, Edgar se empleó en un hospital privado de misioneros. A pesar de que era muy trabajador y concienzudo, no tenía ni el talento ni la desenvoltura necesarias para unirse a las filas de los "cirujanos de sociedad". Tampoco hablaba cantonés. Su fluidez en el mandarín y el inglés no le proporcionó ninguna ventaja en Hong Kong. A sus espaldas las enfermeras murmuraban que Edgar era en realidad un 大陸医生 *dai luk yee san* (doctor de la China continental). También le era difícil entrar al cerrado círculo de médicos locales, la mayoría de los cuales se había graduado en la Universidad de Hong Kong y tenía ya desde la escuela un esquema de recomendaciones establecido. Los médicos de fuera eran considerados como competencia indeseable.

Después de dos años regresó a Estados Unidos y compró un consultorio en otro pequeño pueblo del valle de San Joaquín. Su joven esposa se graduó de la universidad y se divorciaron. En 1986 Edgar se casó con la enfermera de su oficina, una mujer blanca, divorciada y con dos hijos. Tuvieron tres hijas y parecían estar a gusto el uno con el otro.

En 1964, Susan se graduó de la universidad en Estados Unidos y regresó a Hong Kong. Trabajó como maestra en la Escuela Maryknoll y vivió en la casa de nuestros padres. Pronto la empezaron a presionar para que se casara. Susan era muy hermosa y tenía una larga lista de admiradores. Niang la interrogaba sobre cada movimiento, cada carta, cada llamada telefónica.

Susan había estado saliendo durante tres meses con un dentista. Niang le preguntaba todo el tiempo si ya le había propuesto matrimonio. Susan se ofendía por esta interferencia y no decía nada. Esto enfurecía a Niang. Decidió averiguar por su cuenta.

A la siguiente llamada telefónica del dentista, Niang interceptó la llamada. Tras recordarle que ya llevaba tres meses de salir con Susan, Niang le preguntó tajantemente cuáles eran sus intenciones. Cuando le contestó que no estaba seguro, Niang respondió altiva que Susan tenía muchos otros pretendientes y que no podía "desperdiciar más tiempo" con alguien que no tenía para cuándo decidirse. En resumen, le exigió que no volviera a llamar hasta que hubiera tomado una decisión. Con eso, colgó. Ante semejante suegra potencial, el dentista nunca volvió a llamar.

Susan, que había oído la conversación, se quedó lívida. Madre e hija tuvieron una espantosa discusión. Susan empacó sus maletas y amenazó con irse de la casa. Niang se refugió otra vez en su cama mientras Papá iba y venía entre las dos tratando de aplacarlas. Una noche, dos semanas después, Susan se despertó con el sonido de los pasos insomnes de Papá en la sala. A la mañana siguiente las facciones apesadumbradas de Papá finalmente lograron vencer la resistencia de Susan y se disculpó con Niang.

La reconciliación fue temporal. Ambas sabían que sólo era cuestión de tiempo antes de que surgiera otro nuevo conflicto. Poco después, Gregory le presentó a Susan a Tony Liang, graduado del Instituto Tecnológico de Massachussetts e hijo de un prominente hombre de negocios de Shanghai que había prosperado en Hong Kong. Decidieron casarse.

Ante la insistencia de Niang, la boda se realizó en Honolulú y fue pequeña y privada. Ni Papá ni Niang asistieron y al resto de nosotros ni siquiera nos informaron. Susan no recibió dote. Se convirtió en la señora Tony Liang y llegó a su matrimonio sólo con dos maletas de ropa vieja. Tampoco le dieron joyas. La madre de Tony, una mujer amable y conservadora, se sorprendió de las escasas pertenencias de Susan. Abrazó a mi hermana y le dijo compasivamente:

—¿Estás segura de que eres la verdadera hija de la señora Yen y no su hijastra? —entonces, la vieja señora Liang se quitó sus anillos, sus pulseras y su collar y se los dio a Susan.

Tony heredó el negocio y el talento comercial de su papá. Los jóvenes Liang ascendieron en la alta sociedad de Hong Kong. El nombre y la fotografía de Susan aparecían con frecuencia en el *South China Morning Post* y en el *Hong Kong Standard*. En público, Niang era opacada constantemente por su hija.

Niang se volvió muy crítica de Susan. Que su joyería era demasiado vistosa, sus vestidos demasiado provocativos, su maquillaje vulgar, su gusto atroz. Susan era presumida, egoísta y carecía de piedad filial. Para el día de las madres, Susan le compró una caja de chocolates. La caja era demasiado pequeña y los chocolates demasiado baratos.

Susan empezó a evitar a Niang. Su matrimonio era feliz y sus suegros estaban orgullosos de ella. Sus visitas a casa se hicieron menos y menos frecuentes, hasta que finalmente se limitaron a las cenas obligatorias de los domingos. Con Edgar y yo en Estados Unidos, Gregory en Canadá y James en Nigeria, Susan se había convertido en el único chivo expiatorio de Niang.

Shirley Gam, una amiga cercana de la infancia de Susan, fue una vez a Hong Kong desde Nueva York en una visita relámpago. El único día en que las dos podían verse era el domingo. Susan llamó a Niang para disculparse por no poder asistir a la acostumbrada cena dominical. La conversación no fue amable. Susan cambió sus planes y ofreció un almuerzo el domingo para Shirley y sus compañeras de escuela. Esa noche, como de costumbre, apareció puntualmente a las siete en las Mansiones Magnolia.

Niang se portó fría y abusiva durante toda la cena, llamando a Susan ingrata, poco filial e indigna de confianza, además de empezar con una letanía de todas las transgresiones de Susan desde su temprana niñez. La acusó de ser presumida y superficial. Empezó a llorar por la muerte de Franklin y dijo que hubiera preferido que muriera Susan. Esto fue más de lo que mi hermana pudo soportar. Estalló:

—¡Franklin era un monstruo sádico y me alegro de que esté muerto! A pesar de ser mi madre eres perversa y vengativa. No amas a nadie más que a ti misma. Ciertamente yo no te importo y nunca te he importado.

Niang se quedó estupefacta. Pálida de coraje, le dio a Susan una bofetada.

—¡Cómo te atreves a hablarme de esa manera! ¡He gastado tanto dinero en ti! ¡Te envié a las mejores escuelas e incluso a Estados Unidos! ¡Tú no serías nada, Susan! ¡Nada, si no fuera por mí! ¡Y pensar que te atreves a decirme cosas tan horribles cuando me lo debes todo! —abofeteó nuevamente a Susan, esta vez con todas sus fuerzas.

Susan recogió calmadamente su bolso y sacó su chequera.

—¿Cuánto te debo? —preguntó—. Dime la suma que estimes correcta y te daré un cheque. Recuerda, ahora soy una mujer casada, con una hija propia. Trátame como adulta, no como tu esclava que te debe todo.

Niang chilló: —¡Lárgate! ¡Lárgate ahora mismo! ¡Nunca vuelvas! ¡Para mí tú estás muerta! ¡Muerta!

Papá salió corriendo detrás de Susan hasta la puerta principal. Se veía encogido y cansado. Mientras esperaban el elevador en el pasillo, le dijo con tristeza:

—No tenías que haber hecho semejante escena, Susan. Tu mamá estaba ofendida de que no la invitaras al almuerzo con Shirley. ¿Por qué no la incluiste? Se sintió desplazada.

Las lágrimas corrían por la cara hinchada de Susan:

—Papi, no entiendes. Tú eres demasiado bueno para ella.

Cuando la puerta del elevador se estaba cerrando, agregó:

—Te hablo para que comamos la próxima semana.

Se reunieron en el comedor principal del elegante Club Hong Kong, a una corta distancia de la oficina de Papá en Swire House (que en ese entonces se llamaba Union Square). Les dieron una mesa tranquila, lejos del grupo musical que interpretaba canciones de Los Beatles.

Se sentaron en sillas bajas uno frente al otro y ordenaron sus bebidas.

Papá se veía terrible. Sus facciones estaban caídas y su mirada vacía pasaba de largo a Susan. A partir de su encuentro con la parálisis de Bell, un lado de su cara colgaba ligeramente, rasgo que siempre era más notorio cuando estaba bajo tensión. Cuando parpadeaba sólo se cerraba el ojo del lado sano simulando un guiño pícaro.

—¿Te ha ido mal, papi? —preguntó Susan—. ¿Sigue Niang metida en la cama?

Fue como si no la hubiera oído. Como un autómata, buscó en el bolsillo interior de su saco y extrajo una delgada hoja de papel. Susan alcanzó a ver la característica caligrafía de Niang, casi idéntica a la suya, a través del papel de correo aéreo rosado y transparente. Papá se puso sus lentes y leyó una lista de las reglas y condiciones a las que Susan tendría que adherirse si deseaba permanecer como miembro de la familia Yen. Lentamente, mi hermana negó con la cabeza.

Papá se quitó los lentes. Con una voz hueca que le temblaba de angustia, preguntó si estaba escogiendo nunca volver a ver a sus padres y ser desheredada por ellos.

—¿Qué elección tengo, papi? ¡Entiéndeme!

Papá colocó un poco de dinero sobre la mesa y se puso de pie para marcharse.

—¡Papi! No has siquiera tocado tu jugo ni comido nada. ¿No te va a dar hambre?

Con la mirada vacía hacia el frente, Papá dijo: —Le daré tu mensaje a tu madre.

Su nervioso parpadeo espasmódico perforó el corazón de Susan. Bajó presurosa las escaleras; después de abrirse paso entre la multitud que esperaba mesas, pasó junto a los botones uniformados de blanco, pasó junto al capitán de sombrero puntiagudo que escrupulosamente abría la impecable puerta de vidrio, cuando el grupo musical empezó a tocar la conocida canción de los Beatles, "Let it be".

Así fue como mi media hermana Susan fue desheredada en 1973.

Los cuatro hermanos que vivíamos en el extranjero recibimos poco después un escueto aviso por correo certificado:

Queridos Gregory, Edgar, James y Adeline:

Deseamos informarles a los cuatro que Susan ya no forma parte de la familia Yen. No deberán hablarle, escribirle ni tener cualquier otro tipo de contacto con ella nunca más. Si desobedecen nuestras instrucciones, ustedes también serán desheredados.

Con afecto,
Papá y Mamá

La carta no incluyó a Lydia porque ella ya había sido desheredada desde 1951. James comentó que parecía como si la carta hubiera sido escrita por padres con 心如死灰 *xin ru si hui* (corazones reducidos a cenizas), completamente faltos de sentimientos humanos.

Ninguno de nosotros contestó. Cada quien lidió con el asunto a su propia manera. Gregory y yo seguimos viendo a Susan en nuestras visitas a Hong Kong. A partir de ese momento, Edgar la desechó de su mundo.

En el verano, cuando James volvió de Nigeria para sus vacaciones anuales, Susan buscó consuelo en él y en Louise.

Las dos mujeres eran aproximadamente de la misma edad y tenían muchos intereses en común. James se vio en una posición poco envidiable. No podía darse el lujo de un rompimiento total con nuestros padres. Pensaba que Susan había sido tratada injustamente pero confesó que él y Louise debían aparentar, al menos, que se atenían a las reglas de Niang. Les había prohibido categóricamente que se vieran con Susan. Poco después cesó todo contacto. Incluso cuando Niang estuvo en Montecarlo, se negaron a aceptar las invitaciones de Susan, no devolvieron sus llamadas telefónicas y no contestaron sus cartas. Cuando las parejas se encontraban casualmente en algún evento social, James y Louise practicaban la "visión selectiva" y la "desvisualización", una costumbre común en la alta sociedad de Hong Kong. La única ocasión en que se comunicaron con Susan fue cuando solicitaron el ingreso de su hija más chica a Maryknoll, nueve años más tarde. Se necesitaba una recomendación de Susan como aval de la reconocida escuela de religiosas.

Gregory siguió viendo a Susan a espaldas de James. En una ocasión, James vio a Gregory en el Mercedes con chofer de Susan, mientras pasaban por Queen's Road Central. Después, cuando vio a Gregory, le preguntó por Susan. Sin embargo, Gregory negó haber estado con ella, seguramente por temor a que James se lo reportara a Niang.

—Eso hirió mucho mis sentimientos —se quejó James conmigo, indignado—. ¡Gregory no confía en mí para nada! ¿Qué me importa *a mí* si ve o no a Susan? Eso es enteramente su asunto. ¿En realidad piensa que yo caería tan bajo como para ir a contar chismes a sus espaldas y ganarme así los favores de Niang? ¿Acaso es tan deplorable la opinión que Gregory tiene de mí?

Era cierto que Gregory ya no confiaba en James. De vez en cuando Gregory me decía:

—Susan y yo creemos que James ha cambiado. Ahora es totalmente una criatura de Niang.

Instintivamente, salí en defensa de mi 三哥 *san ge* (tercer hermano mayor):

—No creo, Gregory. Tiene un corazón tan bueno. Es como un Ye Ye reencarnado.

—No confíes tanto en él. No confíes tanto en *nadie*. Acabarás lastimada.

Yo sacudía la cabeza y me reía.

—Algún día, cuando Niang ya no esté —le dije a Gregory—, verás surgir al verdadero James, 一塵不染 *yi chun bu ran* (no contaminado siquiera por una partícula de polvo). Puro como el pétalo más interior de un lirio.

Muchos de los contemporáneos de James en las universidades de Inglaterra habían regresado a Hong Kong. Los ingenieros civiles y los arquitectos eran especialmente requeridos, ya que los rascacielos brotaban como hongos en cada centímetro de terreno disponible. Los habitantes de los edificios más altos sobre el puerto estaban entristecidos porque su vista sin igual de la bahía ahora estaba bloqueada por estructuras más nuevas y más altas colina abajo. Se construían complejos de oficinas en terrenos ganados recientemente al mar. Abundaban los empleos, particularmente para los hombres bilingües graduados de prestigiosas universidades occidentales. Poco a poco Hong Kong floreció hasta convetirse en uno de los centros más importantes del comercio mundial, con la densidad de población más alta en la historia de la humanidad: una impresionante cifra de 165,000 habitantes por kilómetro cuadrado. Muchos de nuestros compañeros de estudios de Inglaterra fundaron empresas que empleaban a cientos, incluso miles, de trabajadores. Era estimulante ver la rápida expansión de sus compañías. Los bienes manufacturados con el sello de "Hecho en Hong Kong" se exportaban a todos los rincones del mundo. Mientras todo esto sucedía, parecía increíble que James, el brillante ingeniero civil de Cambridge, pudiera permanecer como un títere, obedeciendo ciegamente las órdenes de nuestros padres.

Niang interfería en toda las facetas de su vida. Ponía objeciones a las clases de piano de los niños; le ordenó a Louise que dejara de pintar y empezara a cocinar; criticaba su vestimenta e incluso la regañaba por pasar demasiado tiempo visitando a su propia madre. Como Louise no se atrevía a hacerle frente a Niang, todo lo que podía hacer se limitaba a pequeños engaños, a veces en contubernio con sus hijos.

Con frecuencia, Niang se molestaba con Louise y la ignoraba durante meses. En las cenas de los domingos, la menospreciaba enfrente de James, el cual permanecía aparentemente impasible mientras su esposa era insultada una y otra vez. Papá casi siempre se quedaba callado, sin dar ninguna opinión salvo cuando se trataba de asuntos financieros.

James nunca se negó a comer algo que le ofreciera Niang, sin importar cuánto hubiera comido o qué tan desagradable le resultara el platillo. Esto se convirtió en un símbolo de su servilismo. Era el bote de basura, aceptaba todo lo que Niang desechaba. Bastaba con que ella lanzara una mirada a las sobras en los platos de los niños para que James se acercara y se lo comiera todo.

Los niños, normalmente vivaces y animados, fueron amedrentados hasta que, en presencia de la "Abuela", se portaban tímidos y silenciosos. Niang odiaba el ruido de los niños. Éstos a su vez detestaban ir a su casa, donde no se les permitía ser ellos mismos.

Cuando Papá se enfermó por primera vez en 1976, James, entonces de cuarenta y dos años de edad, obtuvo por fin el permiso de Niang para salir de Nigeria y permanecer en Hong Kong todo el año. Sin embargo, toda decisión importante debía ser aprobada por Niang, que se achacaba el crédito por cada éxito y le echaba la culpa a James por cada fracaso.

En mis frecuentes visitas a Hong Kong, James y Louise me llenaban con historias de sus desdichadas vidas. Louise me confió que los insultos de Niang y la constante intromisión en sus vidas le parecían insufribles.

Mientras tanto, Niang se quejaba amargamente de Louise y siempre terminaba lamentándose de que, por desgracia, ella era la responsable de su unión.

Con el paso de los años, varias veces le aconsejé a James que se llevara a su familia a Estados Unidos para hacer su propia vida allá. Para mí era claro que su única oportunidad de ser felices era escapar de las garras de Niang.

—Vengan a Huntington Beach a vivir con nosotros —les insistía—. Eres tan inteligente, James. Eres probablemente el miembro más inteligente de toda nuestra familia. Puedes hacer lo que quieras. Podemos empezar juntos un negocio y divertirnos. Tendríamos cada quien una parte igual. Las cosas no son tan terribles. Nada puede ser peor que la vida bajo el puño de Niang. ¡Seguro que estás consciente de eso, James!

—Aquí somos como prisioneros —se lamentaba Louise—. ¡Me siento como si trajera una camisa de fuerza! ¡No puedo respirar! Alejémonos de ella, James. Estoy dispuesta a hacer lo que sea, a vivir en cualquier lugar. No necesito muchas cosas.

—Lo sé —contestaba James con la cabeza colgando mientras se servía otro buen trago de whisky—, pero todavía no es el momento.

CAPÍTULO 20

腹中鱗甲

Fu zhong lin jia
Escamas y conchas en la barriga

En Shanghai, Tía Baba siguió trabajando en el Banco de Mujeres. Se quedó en la casa de la avenida Joffre con la señorita Chien y dos sirvientas. La señorita Chien, la nana de Franklin, temía que la corrieran y hacía todo lo posible por complacer a mi tía. Se levantaba de madrugada para encerar los pisos de parqué y cepillar las alfombras. Convenció a mi tía de que se deshiciera de una de las sirvientas, y ella misma se encargó de las tareas más desagradables como lavar los baños y limpiar la estufa. Lavaba y planchaba toda la ropa de mi tía y mandaba las cortinas a la lavandería. Cada noche, mi tía llegaba a una casa reluciente y comía una sabrosa cena preparada personalmente por la señorita Chien. Al irse acercando el invierno, tejía coloridos y gruesos suéteres para mi tía.

Después de que Papá vendió su Buick en 1948, la cochera se convirtió en una bodega. Como los tiempos eran inciertos, mi tía siempre tenía a la mano provisiones de productos básicos: costales de arroz, frascos de aceite, vegetales secos, pescado salado, salsa de soya. Además de comida, en la cochera había muchas cajas con algodón de seda y lana australiana. Décadas atrás, Ye Ye había adquirido algunas acciones de la fábrica de seda de Shanghai. Con el paso de los años, esta bien administrada compañía prosperó, exportando seda e importando lana australiana. En vez de pagar dividendos en efectivo, les pagaban a los accionistas con sus excedentes, que consistían en pacas de algodón de seda y madejas de lana. El algodón era de la más alta calidad, muy ligero y esponjoso, y se usaba como relleno de edredones, cobijas, vestidos y chamarras. Sin embargo, hacia fines de 1951 el propietario de la fábrica fue señalado durante las campañas de los 三反五反 *san fan - wu fan* (tres antis - cinco antis). Su fábrica se reorganizó y ya no se emitieron dividendos. El algodón de seda se volvió escaso y valioso.

Los 三反五反 *san fan - wu fan* (tres antis - cinco antis) fueron dos movimientos hermanos sobrepuestos que lanzó el gobierno comunista en 1951. Los tres antis eran contra el desperdicio, la corrupción y la burocracia de los miembros del partido comunista. Los cinco antis estaban dirigidos a sus contrapartes fuera del partido, que habían obtenido dinero a partir del soborno, el fraude, el robo, la evasión fiscal y la información privilegiada. Con frecuencia los dos grupos estaban relacionados.

Durante esta época, mi tía fue transferida a una sucursal cerca del cine Catay, que estaba a dos paradas de tranvía de la casa. Muchos de los clientes eran habitantes locales que ella conocía personalmente, y uno de ellos era un sastre llamado Yeh. El sastre Yeh tenía una pequeña tienda cerca del banco y frecuentemente llegaba para platicar un rato cuando no tenía mucho trabajo. Un día le pidió a Tía Baba que le llevara una chamarra acolchada que acababa de terminar a una persona que vivía en la misma calle que ella. Su cliente era la señorita Chien.

En el instante en que mi tía vio la chamarra, supo que la señorita Chien era deshonesta y que tenía 腹中鱗甲 *fu zhong lin jia* (escamas y conchas en la barriga). Como era su costumbre, el sastre Yeh había colocado todo el algodón que no había usado y otro material sobrante en una bolsa de papel con la chamarra. No había en todo Shanghai algodón de seda de tan buena calidad. La señorita Chien había estado robando de la cochera.

Esa noche, Tía Baba le pidió que le regresara las llaves de la casa y descubrió que la ex nana también había estado hurtando comida y estambre. Reportó el robo a Papá y le pidió que la despidiera, añadiendo que no podía compartir la casa con alguien tan poco digno de confianza.

La respuesta de Papá la hizo estremecerse. Sus órdenes eran que no despidiera nunca a la señorita Chien. Viviría en la casa con mi tía y se le seguiría pagando su salario, así como un bono en el Año Nuevo chino. Mi tía no debía seguirse preocupando por los artículos "faltantes". La familia Yen podía darse el lujo de absorber la pérdida. Era obvio que Papá tenía sus propios asuntos secretos.

Tía Baba y la señorita Chien se dejaron de hablar. La señorita Chien siguió tejiendo con la lana que había ido acumulando y vendía desvergonzadamente los suéteres; incluso los hacía por encargo. Su abundante provisión de lana importada era la envidia de todo el vecindario. Durante las interminables juntas que se hacían para discutir la campaña de los tres antis - cinco antis, muchas miradas de su *hu kou* (unidad residencial) se dirigían hacia las atareadas agujas para tejer de la señorita Chien, mientras aquellos que buscaban entrar al partido hablaban sobre la corrupción y el soborno.

La señorita Chien ya no se dirigía a mi tía como señorita Yen, sino que se refería a ella como "el personaje del piso de arriba". Empezó a invitar a los miembros de su familia a la sala principal, decidiendo el menú con la sirvienta Ah Song. Chismeaba con los vecinos y decía que sus jefes en Hong Kong le habían dado órdenes de "vigilar y escribir reportes" sobre mi tía, insinuando la existencia de un desequilibrio mental, pasatiempos inmorales o algo peor.

La atmósfera en casa se hizo intolerable para Tía Baba. Ah Song empezó a adoptar ciertos matices de la actitud pretenciosa de la señorita Chien. Una mañana en la que Ah Song se mostró particularmente impertinente, Tía Baba la corrió en ese instante en un arranque de ira. La sirvienta fue a llorarle a la señorita Chien, pero no había nada que ellas pudieran hacer.

Tía Baba contrató una nueva sirvienta, Ah Yee, que trabajaba sólo para ella. Instaló una cocina en la habitación vacía del segundo piso y ahí comía sus alimentos en privado. El despido de Ah Song aparentemente desinfló un poco la arrogancia de la señorita Chien. Siguió una especie de tácita tregua. La abierta hostilidad previa de la señorita Chien se convirtió en una helada amabilidad. Continuó enviando sus "reportes secretos" a Papá.

En el invierno de 1951, durante una auditoría de rutina en el Banco de Mujeres de Tía Abuela, se hizo un inventario de toda la mercancía que se almacenaba en el gigantesco depósito del banco. En el proceso, Tía Baba recibió una carta de la Autoridad de Auditorías del Banco, dirigida a Wang Jie-xian, mi abuela, que había muerto en Tianjin en 1943.

En la década de los cuarenta, Papá, por varias razones, compraba con frecuencia mercancía y propiedades con el nombre de soltera de su finada madre, Wang Jie-xian. Inicialmente debe haberle convenido para sus propósitos usar su nombre, ya que los japoneses lo vigilaban constantemente. Papá pronto descubrió que había otras ventajas en tener a un "fantasma" como el dueño registrado de bienes tangibles. Era imposible demandar, contactar, amenazar, chantajear o secuestrar a un fantasma. Ésta era una práctica común durante los días sin ley de esa década.

Tío tercero, el tercer hermano más joven de mi difunta madre, había sido aprendiz de mi papá durante su adolescencia. Papá le dio el nombre inglés de Frederick y lo dejó a cargo en Shanghai después de que él partió a Hong Kong.

Al principio, el negocio marchó como de costumbre después de la toma del poder por parte de los comunistas. En algún momento en 1949, tal vez bajo órdenes de Papá, que anticipó un incremento en los precios de ciertas mercancías, Tío Frederick compró varios cientos de cajas de cera blanca de abeja con el nombre de Wang Jie-xiang y los depositó en el almacén del banco de Tía Abuela. El precio de la cera de abeja continuó cayendo. Renuente a vender durante esta espiral descendente, decidió esperar. Pasados dos meses, con el deterioro del clima político, mi tío acompañó a mi hermano James a Hong Kong sin haber vendido aún la cera.

Dos meses después de recibir la noticia de la Autoridad de Auditorías del Banco, el administrador de la *dan wei* (unidad de trabajo) de Tía Baba la mandó llamar. Era obligatorio registrarse en una *dan wei*. La mayoría de los trabajadores permanecían en una *dan wei* durante toda su vida, ya que era muy difícil transferirse de uno a otro. En la junta, mi tía se sorprendió de que el líder de su *hu kou* (unidad de residencia) también estuviera presente. Los *hu kous* habían sido implantados inicialmente como comités de vecinos, asociaciones de colonos donde se tenían juntas y se ventilaban los problemas. Para 1951, se habían convertido en poderosas herramientas de control gubernamental. Finalmente, el registro en un *hu kou* también se hizo obligatorio, y cuando se instituyó el racionamiento de comida sólo los habitantes registrados recibían cupones de alimentos. Entre los *dan wei* y los *hu kou*, se tenía control sobre todos los habitantes del Shanghai urbano. Los dos comités intervenían en todos los aspectos de la vida privada de los ciudadanos. Nada era demasiado trivial.

Le preguntaron a mi tía quién era Wang Jie-xiang. ¿Dónde podían localizarla? ¿Por qué no estaba registrada? A pesar de que los miembros del comité fueron cordiales, mi tía podía ver por el grueso expediente frente a ellos que el asunto iba en serio. Reportó verazmente los hechos tal como los recordaba y le dijeron que regresara la semana siguiente con más detalles. Sin perder un segundo, consultó a Tía Abuela, que también estaba a la mitad de una batalla. Refirió a Tía Baba con el señor Nee, un empleado del banco cuyo trabajo de tiempo completo era lidiar con las agencias del gobierno. Alto, cortés y atractivo, él y su esposa se hicieron amigos de mi tía, en cuyo nombre el señor Nee se sometió a varios interrogatorios. Se veían con frecuencia para discutir el desarrollo del caso. La señorita Chien registraba abiertamente las horas de llegada y salida del señor Nee y le reportaba todo fielmente a mis padres. Tras veintiocho meses de exhaustiva investigación, el señor Nee consiguió sus objetivos y puso fin al asunto de la cera de abeja. Culparon de todo a mi Tío Frederick, que convenientemente se hallaba fuera del país. La cera fue confiscada y a mi tía le llamaron la atención pero no fue castigada. Esto no fue cualquier cosa. Nadie quería hacerse responsable, y el señor Nee había pasado de un departamento a otro como una pelota de ping pong. En algunas ocasiones se sentía totalmente incomprendido, "algo así como un pollo tratando de hablarle a un pato".

El pasatiempo favorito de Tía Baba, jugar mah-jong, fue declarado decadente. Una de sus amigas tenía un sótano en su casa y, al principio, el grupo de Tía Baba se reunía ahí por las noches para jugar, en secreto y a puerta cerrada, un mah-jong "silencioso". Para amortiguar el ruido, cubrían cada ficha con fundas acolchadas. Para evitar que las descubrieran tenían un vigilante en la puerta. Sin embargo, los riesgos eran muy altos y su valentía limitada. Pronto se dieron por vencidas y cambiaron al bridge, ya que los juegos de cartas todavía eran aceptables.

Campaña tras campaña, la situación del Banco de Mujeres empezó a empeorar. El Movimiento de Reforma del Pensamiento iba dirigido a los profesores, y el Movimiento de Reforma Agraria contra los terratenientes en el campo. Después vinieron los tres antis (contra los miembros del partido) y los cinco antis (contra los capitalistas como comerciantes y banqueros).

En 1952, iniciaron las juntas de lucha en contra de Tía Abuela para "ayudarla a interpretar su desobediencia del pasado" y "darle la oportunidad de corregir sus errores". Muchos de sus ex empleados la denunciaron. Algunos siguieron la farsa para salvar sus propios pellejos. El veredicto de "culpable" ya se había determinado con anterioridad. En 1953, Tía Abuela tuvo que pagar una multa por una enorme suma y fue forzada a renunciar a todas sus labores en el Banco de Mujeres, aunque le permitieron seguir viviendo en el *penthouse* del sexto piso. Eliminaron sus privilegios uno a uno. Le quitaron su chofer, su coche, su cocinero, e incluso el uso del elevador para llegar a su *penthouse*. Empezó a vivir bajo arresto domiciliario, como una ermitaña. Subir y bajar los cinco pisos le causaba agudos dolores en el pecho. No obstante, casi todos los días debía bajar las escaleras para asistir a las juntas organizadas por su *hu kou* y su anterior *dan wei*.

Con el paso de los años hubo muchas otras campañas. Todas ellas adoptaban el mismo patrón. Primero había tremendas campañas propagandísticas en los periódicos, en las transmisiones de radio y en carteles pegados en las paredes; en éstos explicaban qué grupo era al que se dirigían. Después venían las procesiones con tambores y gongs, música militar y altavoces con discursos edificantes. Seguían interminables juntas obligatorias, durante las cuales los parientes, amigos, compañeros de trabajo y vecinos eran alentados a espiar e informar sobre las acciones de los demás, en ocasiones de manera anónima, dejando el nombre del acusado en cajas de sugerencias.

Tía Baba siempre había evitado llamar la atención y le disgustaba 出鋒頭 *chu feng tou* (emerger a la cabeza de la vanguardia). Durante estas reuniones, se sentaba en una esquina discreta: una solterona entrada en años, tímida, inofensiva, callada, que siempre iba con la mayoría y que carecía de opiniones propias. Cuando se estaba luchando contra Tía Abuela, Tía Baba nunca dijo una sola palabra en su defensa. Sabía que ésta era la única manera de sobrevivir.

En 1955, llegó el Movimiento Rural Cooperativo, cuando se denunció a los campesinos ricos. Poco tiempo después, vino la campaña de Eliminación de los Contrarrevolucionarios Ocultos. Todas las industrias y negocios que aún estaban en manos privadas se nacionalizaron. Los dueños que lo "merecían" recibían durante diez años un 7 por ciento anual del valor neto de sus negocios como indemnización. El problema era decidir quiénes lo "merecían" y quiénes no.

En 1956, la campaña conocida como "Que cien flores se abran" insistió en que todos dieran a conocer sus críticas al gobierno. Se habló de este movimiento como "libertad de expresión". Un año después, durante la Campaña Antiderechista, aquellos que habían expresado sus ideas en contra del régimen de la forma más explícita durante el año anterior recibieron su castigo por "atreverse a soltar sus apestosos gases". Las víctimas fueron en su mayoría maestros, artistas y científicos.

Mil novecientos cincuenta y ocho fue el "Gran salto adelante", cuando Mao Tse-tung decidió aumentar la producción de acero de China y convertir al país en una potencia industrial de la noche a la mañana. La campaña fue un fracaso y condujo al colapso económico y a una hambruna generalizada. Se racionaron el arroz, el aceite, el queso de soya y la carne; también la tela, el estambre para tejer, el hilo, los forros de algodón y los edredones. El control del gobierno se endureció. Informaron repentinamente a mi tía que todas las propiedades que Papá rentaba en Shanghai serían confiscadas. Ella ya esperaba esto desde hacía algún tiempo y casi se sintió agradecida cuando las autoridades le quitaron esa responsabilidad.

Con frecuencia le asignaban a Tía Baba trabajos en bancos lejos de casa. Éste era un método para tener referencias cruzadas y así evitar desfalcos. Ir a trabajar implicaba muchos transbordos en autobuses atiborrados. Debía tomar sus alimentos sola y asistir a juntas de su *dan wei* donde no conocía a nadie. Le dieron dolores de estómago y empezó a vomitar sangre. A través de "conexiones por la puerta trasera", ya que "la puerta principal siempre estaba cerrada", un prominente cirujano la vio en su día libre. Le diagnosticó una úlcera duodenal, le recetó unas medicinas muy efectivas y le aconsejó que dejara de trabajar.

La enfermedad desapareció pero ella nunca se recuperó del todo. Debido a la pobreza y hambruna tan difundidas, el gobierno empezó a alentar a los chinos que vivían en el extranjero a que vendieran sus lotes en los cementerios. Tía Baba le escribió a Papá sobre su retiro y le pidió que le remitiera 400 yuanes al mes para poder mantenerse. También le pidió que comprara un lote en un cementerio budista que no estuviera en Beijing y donde el *feng shui* (viento y agua, o geomancia) fuera favorable.

Papá estuvo de acuerdo y envió las cenizas de Ye Ye desde Hong Kong para que fueran enterradas al lado de Abuela. Mi tía viajó a Tianjin para arreglar el nuevo entierro. Esta visita le dio la oportunidad de visitar a mi hermana mayor, Lydia, por primera vez desde la liberación.

En 1958 Lydia y su familia aún vivían en la casa de Papá en la calle Shandong No. 40. Su esposo Samuel daba clases en la Universidad de Tianjin y Lydia cuidaba a sus dos hijos en casa.

Tía Lao Lao, que ya tenía setenta y dos años, también vivía con ellos. Era la hermana de la difunta madre de Niang, una solterona agradable y sencilla que no sabía leer ni escribir. Sus pies no habían sido vendados y hablaba mandarín con un acento de Shandong muy pronunciado, casi ininteligible.

Tía Baba se tardó sólo unos cuantos días en transferir el cuerpo de mi abuela al nuevo lote, pero tuvo tiempo de darse cuenta de que Lydia era una mujer profundamente infeliz. Mi hermana mayor resentía que todos sus hermanos estuvieran en Inglaterra en la universidad, mientras ella era prisionera de un matrimonio sin amor en la China comunista. Samuel era el que pagaba por todas sus frustraciones, ya que ella siempre le estaba lanzando insultos. Él nunca se los contestó, pero salía de la casa a la mitad de una perorata entre los gritos de Lydia que le decía: "huevo de tortuga", "te odio", "lárgate" y "muérete".

Peor era el trato que le daban a Tía Lao Lao. Ella y una sirvienta se encargaban de la mayor parte del quehacer de la casa, corriendo de tarea en tarea y casi sin atreverse a decir palabra. Lao Lao sufría de artritis, dolores del pecho y una vista deteriorada. Lydia la acosaba a su antojo, golpeando su mano sobre la mesa y gritándole cosas horribles a todo pulmón. En varias ocasiones incluso golpeó a mi tía. Samuel instigaba a su esposa haciéndole comentarios como: "¿Qué está haciendo una Prosperi en casa de la familia Yen?", y se olvidaba de que él no era más Yen que Tía Lao Lao.

Tía Baba trató en vano de razonar con Lydia. Sin embargo, a mi hermana la devoraban la envidia y la amargura. Le rogó a mi tía que le escribiera a Papá y que intercediera por ella y solicitara su ayuda. Cuando regresó a Shanghai, mi tía escribió dicha carta pero nunca recibió respuesta.

Los años entre 1959 y 1966 fueron relativamente pacíficos para Tía Baba. La escasez de comida gradualmente cedió y, para mediados de 1963, había disponibilidad de la mayoría de los artículos. Las reuniones políticas se hicieron menos frecuentes. En las mañanas, ya no tenía que apurarse a salir para pelear por un lugar en el autobús y podía darse el lujo de quedarse en cama con el *People's Daily* y un té caliente. Muchas de sus amigas también se retiraron. Un grupo de ellas se reunía con regularidad para jugar bridge. Incluso empezaron a juntar sus tarjetas de raciones para tener cenas otra vez.

En el verano de 1966, grupos de guardias rojos locales se dedicaron a recorrer las calles de Shanghai en busca de problemas. Cambiaron los nombres de las calles: el Bund ahora se llamaba calle Revolución; rompían las ventanas de las tiendas; saqueaban casas y asaltaban a las personas que pasaban por ahí. Tía Baba ya no se atrevía a salir. Las procesiones, los desfiles y la propaganda de los periódicos indicaban que se acercaba otra purga política importante. Las paredes de la calle de Tía Baba estaban cubiertas con carteles que denunciaban a los "enemigos de la Revolución Cultural". Las reuniones de *hu kou* eran frenéticas y en ocasiones duraban todo el día y toda la noche. Al principio las víctimas parecían ser maestros de escuela y miembros de alto rango del partido.

El 14 de septiembre de 1966, veinticinco guardias rojos tocaron con violencia a la puerta de la casa de Tía Baba. Había muchachos y muchachas adolescentes acompañados por unos cuantos hombres de alrededor de veinte años. Algunos de estos muchachos iban a la escuela de enseñanza media que estaba cerca y conocían a mi tía. Ordenaron a todos arrodillarse en el suelo. La señorita Chien hizo un *kow tow* y dijo que era una amiga cercana de Tía Baba. Le golpearon la cara con tal fuerza que le tiraron dos dientes. Después le gritaron que admitiera su verdadero estatus. Cuando dijo que era "sirvienta", se burlaron y la llamaron mentirosa, pero la dejaron de golpear. En vez de eso se volvieron contra mi tía, el ama de la casa. Le rompieron la dentadura, le jalaron el pelo, la azotaron con cinturones, la patearon hasta que se cayó y después golpearon su lastimada espalda.

Hicieron una fogata en el jardín y quemaron todos los libros, álbumes de fotografías y pinturas, hasta que lo único que quedó fue un montón de cenizas sobre el pasto humedecido por una repentina lluvia de septiembre. Le hicieron quitarse la llave que tenía colgada en el cuello para que abriera su caja fuerte, pero se pusieron furiosos al no encontrar dinero ni joyas, sino sólo las cartas de Ye Ye y mis boletas de calificaciones y reconocimientos de la escuela primaria. Antes de irse voltearon los muebles, rompieron las antigüedades y las atesoradas cartas de Tía Baba junto con mis viejas boletas de calificaciones, destrozaron varios utensilios, rasgaron las cortinas, cortaron los colchones y la ropa. Le ordenaron a la señorita Chien que se mudara en las siguientes veinticuatro horas.

—¿Pero adónde voy a ir? —imploraba la señorita Chien—. He vivido aquí por veintidós años, antes de que muchos de ustedes nacieran. ¿No debería tener derecho a una de estas habitaciones hasta que muera?

—¡Vete a joder a tu madre! ¡Largo de aquí vieja estúpida, ignorante! ¿De dónde eres originaria?

—Nací en Hangzhou.

—¡Regresa a Hangzhou mañana! No tienes nada que hacer en Shanghai y no perteneces a esta casa.

Después, por primera vez en quince años, la señorita Chien habló con Tía Baba en un tono civilizado. Le expresó su tristeza ante el vandalismo, le ayudó a mi tía a vendarse la cabeza en el lugar donde un pedazo de vidrio la había cortado y le pidió prestadas algunas maletas. Mi tía le prestó una y se despidieron amigablemente.

Una semana después, obligaron a Tía Baba a mudarse a un cuarto en la casa de unos vecinos, justo detrás de su jardín. Mientras tanto, muchas otras familias se mudaron a su casa, la cual se decretó vedada para ella. Congelaron su cuenta de banco y no le entregaban el correo de Papá. El gobierno le asignó quince yuanes por mes para sus gastos y le dijeron que debía ponerse un pedazo de tela negra sobre el pecho con los caracteres 黑六類 *hei liu lei* (seis categorías negras) impresos claramente. Ahora era una despreciada "negra". Los negros eran los capitalistas, los terratenientes, los derechistas, los campesinos ricos, los contrarrevolucionarios y el elemento criminal. Les daban los trabajos más bajos, e invariablemente eran los últimos en ser atendidos en las filas para la comida y otras cosas, especialmente en los tiempos de escasez. Algunos eran abandonados a su sufrimiento, e incluso se les dejaba morir en el piso de los hospitales en espera de atención médica.

Todas las escuelas cerraron. Los autobuses y los trenes estaban llenos de guardias rojos que viajaban gratis por toda China. El correo no se entregaba y los teléfonos privados fueron desconectados; los templos budistas y las iglesias cristianas destruidos. Se quemaron libros. Muchos de los habitantes de las ciudades fueron enviados al campo para "reformar su pensamiento por medio del trabajo duro y para aprender de los campesinos".

A pesar de que estaba clasificada como una negra, no enviaron a mi tía al campo. Ella pensaba que Shanghai era como una ciudad enloquecida, pero se lo atribuía todo a la Revolución. Creía que Mao Tse-tung, Zhou Enlai y el resto de los *da ren* (gente importante) estaban llevando a cabo un misterioso plan maestro para la salvación de China.

Las condiciones no mejoraron sino hasta el invierno de 1971. Había rumores de que Lin Biao, ministro de Defensa y supuesto heredero de Mao Tse-tung, había muerto en octubre de ese año. Lin era un general comunista cuyas tropas habían sido vitales para la liberación de Manchuria, Beijing y Tianjin. Llegó a ser el segundo al mando durante la Revolución Cultural, cuando muchos miembros de alto rango del Partido Comunista fueron eliminados. La historia oficial de su muerte fue que Lin había tratado de asesinar a Mao sin éxito. Después intentó escapar a Rusia con su esposa e hijo en un avión que chocó en Mongolia. Después de la muerte de Lin, las juntas políticas en el *hu kou* de Tía Baba se hicieron mucho menos estridentes. Una noche les instruyeron a todos que arrancaran y destruyeran las dos primeras hojas del *Pequeño libro rojo* de Mao, que contenían un prefacio de Lin Biao.

Cuando el presidente Nixon otorgó reconocimiento oficial a China, la vida del chino común mejoró drásticamente; 1972 fue un parteaguas. La comida era más abundante y las reuniones políticas menos frecuentes. Las cuentas de banco fueron descongeladas y las remesas mensuales de Papá pudieron entrar nuevamente a Shanghai.

Tía Baba escribió rogándole a Papá que enviara una mensualidad regular para Tía Abuela. Como a todos los demás, los guardias rojos la habían sacado de su *penthouse* en 1966. Sus depósitos bancarios fueron congelados permanentemente y se hicieron intransferibles. Ganándose la vida a duras penas con los quince yuanes por mes que le permitía el gobierno, con frecuencia pasaba frío y hambre. Después de recibir la carta de Tía Baba, Papá le envió dinero regularmente a Tía Abuela hasta que murió de neumonía tres años más tarde.

En 1974 la Campaña de Crítica a Lin Biao fue seguida por la Campaña de Crítica a Confucio. Confucio era el apodo acuñado por madame Mao para el primer ministro Zhou Enlai. El *hu kou* de mi tía trató de generar entusiasmo durante las reuniones. La asistencia era supuestamente obligatoria, pero muchos decían estar enfermos y se ausentaban. La gente ya estaba harta de estas interminables campañas.

El 7 de abril de 1976 hubo una manifestación masiva del sentir público en la Plaza de Tiananmen para conmemorar al difunto Zhou Enlai. Se trató de un gesto público de apoyo a Deng Xiaoping (protegido de Zhou Enlai), y una crítica encubierta a madame Mao. La policía y la armada usaron macanas para dispersar a la multitud. Fueron golpeados miles de manifestantes desarmados. Algunos fueron heridos y otros más arrestados. Éste fue el Primer Incidente de Tiananmen.

En julio de 1976, un fuerte terremoto de 8.0 grados en la escala de Richter sacudió Tangshan, una ciudad industrial cercana a Tianjin. Cerca de un millón de personas murieron. Por toda China la gente empezó a esparcir el rumor de que el temblor era un presagio que anunciaba el fin de Mao Tse-tung. Mao murió dos meses después.

La noche del 8 de octubre de 1976 se convocó a una junta de *hu kou* en la calle de Tía Baba para anunciar el arresto de la "Banda de los Cuatro", un término originalmente acuñado por el propio Mao Tse-tung para describir a madame

Mao y tres de sus seguidores de Shanghai, Yao Wenyuan, Zhang Chunqiao y Wang Hongwen, quienes se habían agrupado para encabezar la Revolución Cultural. Su poder había sido absoluto, porque habían contado con el apoyo de Mao hasta la muerte de éste.

Al día siguiente hubo un desfile para conmemorar la caída de madame Mao. Mi tía dijo estar enferma y no asistió. Deng Xiaoping fue rehabilitado y nombrado viceprimer ministro en 1977. Las puertas de China se empezaron a abrir al mundo exterior y comenzó la edad de la reforma.

CAPÍTULO 21

天作之合

Tian zuo zhi he
Unión hecha en el cielo

Después de dar por finalizado mi divorcio en 1971, mi carrera siguió floreciendo. A pesar de las horrendas predicciones de los doctores mayores, que me advertían que dentro de cinco años cuando mucho las consultas privadas serían cosa del pasado, la legislación de servicios médicos para la tercera edad siguió creando una inesperada bonanza para los médicos como yo. Siendo anestesióloga, mis cuotas se calculaban según una escala publicada por la Sociedad Americana de Anestesiología. Tres años después de que empecé a ejercer, estas cuotas estándar habían aumentado casi el 20 por ciento. Sin embargo, la mayoría de los pacientes no se percataban de este gran aumento porque el dinero no salía de sus bolsillos. Las cuotas relacionadas con la salud eran reembolsadas automáticamente por el servicio médico y otras compañías de seguros. De hecho, se consideraba de mal gusto discutir los honorarios con el médico.

A principios de la década de los setenta, la discriminación racial y de género seguía prevaleciendo. La fácil camaradería que existía en el quirófano se evaporaba al completar los procedimientos quirúrgicos. Entre mis compañeros médicos imperaba la ley del más fuerte en lo que se refería a nuestra disposición en torno a la mesa a la hora de la comida. En la cabecera estaban los "productores primarios", médicos de raza blanca con especialidades quirúrgicas prestigiadas. Les seguían los internos. Después los médicos generales. Los últimos en la lista eran los médicos de base en el hospital: radiólogos, patólogos y anestesiólogos; particularmente las mujeres y los que no eran de raza blanca, como en mi caso. Aparte del color, nos evitaban porque no traíamos pacientes al hospital sino que, como buitres, vivíamos de los pacientes generados por los otros doctores. También resentían nuestra presencia ya que, al estar de base en el hospital y no tener que rentar un consultorio o contratar personal de enfermería, teníamos gastos fijos bajos. Dado que el número de admisiones de un médico al hospital y su patrón de recomendaciones determinaban el grado de atención y la estima otorgada por sus colegas, era fácil para nuestros compañeros pasarnos por alto y concentrarse sólo en quienes tenían posibilidades de enviarles pacientes que produjeran ingresos. Esta actitud se reflejaba desde la mesa directiva hasta el personal de enfermería.

A fines de la década de los sesenta y principios de los setenta las doctoras todavía eran relativamente escasas. Me hice amiga de Alcenith Crawford, una oftalmóloga divorciada. Era treinta años mayor que yo y me adoptó como su protegida. En una época en la que era difícil para cualquier mujer, incluso para la más privilegiada, convertirse en doctora, Alcenith había logrado pagarse la escuela de medicina con préstamos y trabajos externos. Sólo había otras dos doctoras en el personal del Hospital Comunitario de West Anaheim, donde yo trabajaba. Se sentaban en el comedor de doctores y se quejaban de sus esposos. En realidad, las cuatro teníamos vidas privadas problemáticas.

Alcenith lo explicaba de la siguiente manera: "Las doctoras tienen matrimonios infelices porque en nuestras mentes nosotras somos las superestrellas de la familia. Por haber sobrevivido las penurias de la escuela de medicina, esperamos cosechar nuestra recompensa en casa. Tuvimos que hacerle frente a toda clase de impedimentos, y cuando finalmente nos graduamos, hay pocas mujercitas sumisas entre nosotras. Se necesita un hombre especial para que pueda manejar esa situación. A los hombres les gusta sentirse importantes y ser la cabeza indiscutible de la familia. A un hombre no le gusta esperar a su esposa mientras ella está en una operación salvando una vida. Se espera que su vida y la de sus hijos giren alrededor de las necesidades del esposo, no al revés. Sin embargo, nos hemos acostumbrado a dar órdenes en los hospitales y a que se nos obedezca. Una vez en casa es difícil ajustarse. Es más, con frecuencia ganamos más que nuestros esposos. Para perdonar todo eso un hombre debe ser generoso y excepcional."

El éxito en mi carrera no compensaba el colapso de mi matrimonio. Pensaba que el divorcio era un profundo y oscuro fracaso. Ante mis colegas mantenía la imagen de doctora autosuficiente, pero en mi interior había un doloroso vacío. Mi amiga Alcenith comprendió ese vacío en mi vida al verme funcionar como una máquina bien lubricada a la que le falta una parte. Se decidió a proporcionarme el componente faltante y me organizó una cita a ciegas. Se trataba del profesor Robert Mah, amigo chino de su hijo que daba clases en la UCLA. Nuestra cita fue frente a la Escuela de Salud Pública.

Era una típica tarde de primavera del sur de California en 1972: caliente, soleada y con esmog. A pesar de que había seguido las detalladas instrucciones que el profesor Mah me había dado por teléfono, me perdí. Cuando le pregunté al empleado de la gasolinera cómo podía llegar a la UCLA, me dijo que la mejor manera era estudiando mucho.

Cuando llegué, media hora tarde, lo vi parado en los escalones escudriñando la calle. Me emocioné al ver que era bastante guapo y alto, con una espesa cabellera negra y un aire de muchacho. Sonrió y dijo:

—Sí, viniste al lugar correcto. Soy Bob.

Bob nació en California y nunca había ido a China. Sus padres, originarios del poblado de Toishan en la provincia de Guangdong, emigraron a San Francisco en 1906. Sin educación y sin ninguna habilidad especial, se ganaron la vida en el negocio de los restaurantes en Fresno, que entonces era una pequeña comunidad de granjeros de alrededor de 30,000 habitantes en el valle de San Joaquín. Se convirtieron al catolicismo y tuvieron ocho hijos (seis hombres y dos mujeres) de los cuales Bob era el más joven. Cuando tenía tres años, su padre murió de un ataque cardiaco dejando a su viuda con muy poco dinero y muchos hijos, el mayor de los cuales tenía tan sólo diecisiete años. Con tantas bocas que alimentar, la madre de Bob no tuvo más alternativa que depender de la beneficencia.

Cuando fue atacado Pearl Harbor, Bob tenía nueve años y le ordenaron que usara una pequeña insignia que decía "Soy chino", para distinguirlo de sus compañeros de escuela japoneses y evitar ser etiquetado como el "enemigo". Incluso a esa edad estaba perplejo y enojado de ver cómo todos provocaban y segregaban a los niños japoneses. Su propia familia tuvo que combatir los prejuicios raciales, así como la pobreza. Los niños desarrollaron una feroz lealtad entre ellos y hacia su madre viuda. Ella los alentó a que participaran en los esfuerzos por la guerra y a que fueran buenos ciudadanos estadounidenses. Dos de los hermanos mayores de Bob se enlistaron en el ejército. Ed, de diecinueve años, que se había salido de la Universidad de Stanford para servir a su país, fue enviado a Alemania. Se quedó abandonado en una choza con nueve soldados heridos y él solo resistió un sanguinario contraataque alemán. Le dieron la Estrella de Bronce por valentía y logros heroicos.

Otro de sus hermanos, Earl, no pudo entrar al ejército por una deformidad en la mano. Se pagó la carrera de ingeniero en la Universidad Estatal de Fresno mientras trabajaba de tiempo completo como empleado de una fábrica de láminas de metal en las Industrias Rohr. En cuanto le fue económicamente posible, la mamá de Earl le indicó que escribiera al Departamento de Beneficencia para dejar de recibir la asistencia. Como complemento a sus pobres ingresos, ella plantaba vegetales chinos en el jardín de su casa en West Fresno y donaba parte de sus ganancias a la causa de la guerra. Su salud era precaria, y poco después de que terminara la guerra le dio un infarto masivo que la dejó lisiada y afásica.

Los hijos mayores se hicieron responsables conjuntamente de cuidar a su madre y a sus dos hermanos más jóvenes. La hermana mayor de Bob se quedó en casa para atender constantemente a su madre. Su otra hermana, que estaba en la escuela media superior, se hizo cargo voluntariamente de las tareas domésticas y de cocinar. Además de asistir a la universidad y trabajar en su exigente puesto como ingeniero, Earl se daba tiempo para cuidar a Bob, corregir sus tareas, empacarle el almuerzo y despertarlo para que no lo dejara el autobús de la escuela. Los demás juntaban sus salarios para pagar los gastos de la casa y la educación universitaria de Bob. Con su ayuda, Bob se graduó con un doctorado en microbiología y se convirtió en profesor. Yo no podía evitar comparar el amor y apoyo mutuo de su propia familia con la rivalidad y celos que imperaban en la mía. Mientras que su familia lo había ayudado a cumplir sus metas, yo sentía que todos mis logros los había alcanzado a pesar de la mía. Mientras él había tenido amor en abundancia, yo moría por tan sólo un poco.

Cuando Bob me invitó a cenar a su casa me di cuenta de que había empezado a preparar las cosas con dos días de anticipación. Picó y limpió los vegetales frescos, le había quitado toda la grasa al cerdo y al pollo que se marinaban en tazones separados. Pensó mucho para seleccionar los vinos que acompañarían los diferentes platillos. Mientras compartíamos esta comida preparada con tanto amor me atreví a tener la esperanza de que estuviéramos destinados el uno para el otro. ¿Me estaban sonriendo los dioses por fin? ¿Era ésta la

天作之合 *tian zuo zhi he* (unión hecha en el cielo) tan celebrada por los poetas T'ang?

Esa noche le conté sobre mi niñez. Se abrieron las compuertas y no pude parar. Mientras él sostenía mi mano, externé mi dolor y mi ansia de afecto. Yo era la extraña desterrada que moría por ser aceptada; el patito feo que deseaba regresar como un hermoso cisne; la despreciada e indeseable hija china obsesionada con mi búsqueda por hacer que mis padres se sintieran orgullosos de mí en algún nivel. Seguro que algún día, si hacía suficientes esfuerzos para ayudarlos cuando estuvieran en extrema necesidad, ellos me amarían.

Dado que yo trabajaba tan duro como me era posible, y salía en llamadas de emergencia tres o cuatro noches, no tenía tiempo para ver a Bob excepto en mis raras tardes libres. Con frecuencia mi localizador empezaba a sonar en los momentos más inoportunos, llamándome a la sala de operaciones como si me estuviera jalando una correa. Las operaciones regularmente se extendían hasta entrada la noche. Sin embargo, sin importar a qué hora llegara a casa, encontraba la cena preparada y a Bob esperándome. En toda mi vida nunca había encontrado a alguien tan cariñoso, ni me había sentido tan querida. No sólo era bueno conmigo, sino también con mi hijo; lo llevaba a partidos de basquetbol e iba a las representaciones de la escuela incluso cuando yo estaba atendiendo alguna emergencia. Más que nada, me proporcionaba la estabilidad que yo siempre había anhelado. Bob era el único hombre que yo conocía que profesaba su amor no con palabras, sino con cada uno de sus actos. Hacia fines de ese año, en su cumpleaños, le envié una tarjeta. "El día que naciste fue el mejor día de mi vida. Tu amor me protege de los peores golpes de la vida. Contigo me siento completamente a salvo. Gracias por siempre estar ahí para mí."

Con ansiedad escribí a mis padres pidiéndoles permiso para casarme con Bob. Recibí una corta nota junto con la usual tarjeta de Navidad: "Estoy contento de que hayas tenido un momento para escribirnos antes de tu boda", escribió Papá, recordándome que no lo había hecho en la primera ocasión. "Bob parece ser un buen hombre con una buena profesión. Sin embargo, ¿por qué sigue soltero a su avanzada edad? ¿Tiene tendencias homosexuales? Asegúrate de retener todas tus propiedades a tu nombre."

Nos casamos poco después. Nuestra hija, Ann, nació dos años más tarde. Sentía como si finalmente hubiera llegado a casa. Me tomó mucho tiempo aceptar que nadie me iba a robar mi felicidad.

Nos mudamos a una nueva casa en Huntington Beach. La casa estaba en un pequeño lote costero. La puerta principal daba a una escalera en arco suspendida sobre un atrio lleno de bambú, palmas, filodendros, bromelias y un alto árbol. Era una casa grande con mucho espacio y luz, y nos enamoramos de ella a primera vista.

CAPÍTULO 22

四面楚歌

Si mian chu ge
Sitiado por fuerzas hostiles por todas partes

A lo largo de los sesenta y principios de los setenta, los negocios de Papá aún eran enormemente lucrativos. Construyó varios complejos departamentales y algunas casas residenciales grandes en Hong Kong, que vendió exitosamente. Rentaba la totalidad de su edificio industrial en Cha Wan, construido sobre un terreno comprado a un precio ínfimo durante los levantamientos de Hong Kong en 1966. Poseía dos toneladas de oro que estaban almacenadas fuera de peligro en bóvedas de bancos suizos.

Aquel verano de 1976, Papá y Niang volaron a Montecarlo para escapar del calor, como era su costumbre. Durante sus clases privadas regulares de francés, Papá participaba cada vez menos a pesar de las exhortaciones de su maestra, negándose a repetir las frases que ella pronunciaba. Las sesiones se deterioraron hasta convertirse en largas y caras *tête-à-tête* entre Niang y la maestra de francés mientras Papá fijaba la mirada perdida en su libro de *Francés para principiantes, Parte I.*

En las reuniones sociales se volvió más y más retraído. Durante la fiesta anual de la Cruz Roja, cuya anfitriona era la Princesa Grace, no quiso bailar con nadie. En casa, se sentaba largas horas leyendo, o fingiendo leer, el *Wall Street Journal* y el *International Herald Tribune*. La mayoría de las veces se quedaba dormido.

En una ocasión, mientras manejaba por las sinuosas calles de Mónaco, raspó el costado de su Mercedes. Cuando Niang le preguntó sobre las abolladuras, él dijo que la ladera de la montaña nunca había estado ahí antes. Mientras ella despotricaba sobre su *hu tu* (confusión), se sorprendió al notar que se había quedado dormido en medio de su exaltada arenga.

A su regreso a Hong Kong, dejó de teñirse el cabello. Tenía dificultad para hacer su firma y practicaba durante horas a puerta cerrada, tratando de mantener su mano estable. Después de su muerte encontré un altero de cuadernos escondidos bajo unas toallas. Cada página estaba diligentemente llena con su firma. Mientras leía su nombre una y otra vez, alcancé a percibir lo extrañado y avergonzado que debió haberse sentido.

En las mañanas se levantaba cada vez más temprano. Los días de jugar golf mandaba llamar a su chofer a las cuatro de la madrugada para que lo llevara al club en Stanley. Llegaban en medio de una completa oscuridad y dormían en el coche, esperando que dieran las seis para que abrieran el campo.

A principios de 1977 recibí una carta de Niang. Un prominente médico de Hong Kong le había recomendado a Papá que fuera a la Universidad de Stanford para una consulta médica. Los invité a quedarse con nosotros en la nueva casa. A pesar de estar muy preocupada por Papá, también estaba emocionada de que hubieran recurrido a mí para que los ayudara.

Así, con una mezcla de miedo y anticipación, Bob y yo, que nos habíamos tomado el día libre, fuimos a recogerlos al aeropuerto. Lloré cuando vi a Papá, que se veía muy frágil y débil, con el cabello completamente blanco. Sus ojos tenían una mirada vacía, asustada. Nos saludamos formalmente con un apretón de manos.

Bob había conocido a mis padres por primera vez en una visita de dos días a Montecarlo tres años antes, y se sorprendió del cambio tan drástico en su apariencia. A pesar de estar inmaculadamente ataviada con un abrigo malva de lana fina, y de traer perlas y diamantes, Niang se veía muy grande para sus cincuenta y seis años. Ginger, nuestra ama de llaves, abrió la puerta principal cuando llegamos. Enmarcados por el fondo de altos bambúes en el espacioso atrio estaban nuestros dos hijos, Roger y Ann, quienes corrieron animados hacia nosotros para saludar a sus abuelos.

Papá cruzó el umbral de la puerta, se detuvo y dio un pequeño grito de placer ante la gloriosa vista del puerto que se podía disfrutar desde la entrada a través del brillante vestíbulo de altos techos lleno de plantas. La mirada de orgullo de Papá aparentemente fue demasiado para Niang.

—Entra y siéntate, Joseph, —dijo molesta—. ¿A qué te le quedas viendo? *Sólo* es la casa de Adeline.

Bob y yo fuimos con ellos a San Francisco. Rentamos un automóvil y nos hospedamos en el Holiday Inn local, antes de ir al centro médico donde internarían a Papá. Le hicieron varias pruebas, incluyendo una tomografía axial computarizada. Después, nos enviaron a todos a la oficina del profesor Hanbury, donde Papá tendría una evaluación cara a cara. Papá pudo contestar todas las preguntas de rutina hasta que el profesor Hanbury le pidió que restara siete de cien.

Hubo una corta pausa.

Finalmente, para mi alivio, Papá respondió:

—Noventa y tres.

—Por favor continúe. ¿Cuánto es noventa y tres menos siete?

Papá pensó y pensó. Empezó a sudar. Su cara se enrojeció. No podía deducir la respuesta. Desesperado, finalmente balbuceó:

—¿Por qué me es todo tan difícil? Estos problemas eran antes tan fáciles de resolver. Ahora son imposibles. ¿Por qué, doctor? ¿Por qué?

Yo sentí su miedo, y deseé con todo mi corazón que hubiera algo que yo pudiera hacer para tranquilizarlo. Volteé a ver a Niang que estaba parada tristemente junto a mí y traté de consolarla con un abrazo, pero se alejó frunciendo levemente las cejas.

—Me temo que es parte del proceso de la vejez —respondió el doctor Hanbury—. Dejemos las matemáticas, señor Yen, ¿cuántos hijos tiene?

Nuevamente, Papá titubeó. Dos veces trató de contestar, pero se detuvo antes. Las lágrimas empezaron a rodar por mis mejillas. No podía tolerarlo.

Bob me tomó de la mano y me llevó afuera. Secó mis lágrimas con un pañuelo.

—No llores. Ésa es una pregunta con truco, la de los hijos. Tu pobre padre probablemente no sabe cómo contar. ¿Se cuentan las hijas desheredadas o no? Además, los que estaban desposeídos ayer tal vez se vean favorecidos mañana.

Le hicieron más análisis a Papá y se quedó en el centro por unos cuantos días. El profesor Hanbury nos informaría por correo de su diagnóstico final. Nos formamos en la oficina administrativa del hospital para que nos dieran los papeles de alta de Papá. Como él era ciudadano británico de Hong Kong y no tenía un seguro médico estadounidense válido, nos pidieron que liquidáramos la cuenta de inmediato. Cuando le dieron la factura a Niang pude ver que la cantidad la sorprendió. No estaba acostumbrada a las tarifas médicas de Estados Unidos. Con gentileza le quité las facturas de la mano e hice un cheque personal por toda la cantidad, prometiéndole que Bob y yo nos haríamos cargo de todos los gastos médicos de Papá en Estados Unidos.

En el aeropuerto de San Francisco, mientras comíamos bocadillos en una cafetería esperando que saliera nuestro vuelo a Los Ángeles, Niang se fue a buscar postales. Papá se sentía aliviado, casi alegre, porque ya habían concluido sus análisis. Para distraerlo de su enfermedad, le pregunté sobre su pasado. ¿Cuál había sido la época más feliz de su vida?

Pensó por un momento.

—Cuando era un joven en Tianjin —contestó—, y todos ustedes eran muy pequeños. Mi compañía empezaba y me iba bien. Empecé a exportar nueces e iba de plantío en plantío inspeccionando su calidad. Salía en la madrugada y, antes de darme cuenta, ya había oscurecido otra vez y era hora de apresurarse para cenar en casa. Me moría de hambre y repentinamente me daba cuenta de que no había comido nada en todo el día. Ésa fue una época muy feliz para mí.

—Cuénteme sobre Adeline —dijo Bob—. ¿Cómo era de pequeña?

—Vivía con la nariz enterrada en los libros y siempre sobresalía en sus estudios —contestó Papá con una sonrisa—. Me acostumbré a que siempre fuera la primera de su clase, al grado de que cuando era la segunda, la regañaba —su pecho se hinchó de orgullo mientras mis ojos se llenaban de lágrimas—. Recuerdo cuando en una ocasión incluso ganó un concurso de escritura abierto a todas las escuelas de angloparlantes del mundo...

Su voz se fue apagando. Una expresión de intranquilidad cruzó su rostro mientras veía algo detrás de nosotros. Bob y yo volteamos para ver a Niang parada justo detrás de mí. Habíamos estado tan ensimismados que nadie la había oído acercarse.

—Bueno —dijo con voz cortante—. ¿De qué están hablando?

Ninguno de nosotros supo qué decir. No queríamos hacerla enojar.

—¡Joseph! —exclamó molesta—. ¿Te comió la lengua el ratón?

Papá permaneció mudo, pero de pronto se vio como desinflado. Mientras entrábamos al avión pensé que, a lo largo de los años, su silencio se había vuelto su armadura.

De nuevo en la casa de Huntington Beach, los ánimos de Papá revivieron lo suficiente como para sugerir que James nos alcanzara para estar juntos y distraernos unos días.

Poco después del arribo de James, llegó finalmente la carta del profesor Hanbury. El médico de Hong Kong se lo había advertido a Niang, y la confirmación de sus temores llegó casi como un anticlímax. Papá sufría de atrofia cerebral generalizada, debido a la enfermedad de Alzheimer. Las tomografías revelaban que su cerebro ya se había reducido a dos tercios de su tamaño normal. Su diagnóstico no ofrecía esperanzas, y se le pronosticaba un deterioro constante e irreversible de sus facultades mentales hasta convertirse en un vegetal. En cuanto a todo lo demás, estaba sano y no sufriría de ningún dolor físico. No había tratamiento conocido más allá de las medidas generales de apoyo.

Sentí que la boca se me secaba mientras leía la carta junto con James. Volteé a ver a Niang, que estaba sentada a su lado, y me pregunté si entendería la trágica connotación de la enfermedad. De pronto se puso de pie y se fue a su habitación, murmurando que ya no podía más y que necesitaba descansar. James y yo nos quedamos solos.

Hablamos sobre muchas cosas esa tarde, con la creciente conciencia de la senilidad cada vez mayor de Papá y el control eventual de Niang sobre su imperio comercial. Le aconsejé a mi hermano, nuevamente, que hiciera su propia vida.

—No puedo dejarlos ahora —dijo—, no mientras estén 四面楚歌 *si mian chu ge* (sitiados por fuerzas hostiles por todas partes). No tienen a nadie más —renuentemente asentí ante esto—. Además —confesó—, la Vieja se está ablandando. Ayer me dijo algo curioso: "Tu padre tuvo tantos hijos y, sin embargo, cuando de verdad es algo importante, sólo pode-

mos contar contigo y con Adeline." Hay mucho de cierto en
lo que dijo, ¿no crees?

—¡Sólo tú puedes tolerar a Niang! —exclamé con admiración—. Cualquier otra persona se hubiera ido hace
mucho tiempo.

Mi relación personal con Niang mejoró dramáticamente
después de esta visita. Incluso me pidió que les ayudara a comprar una casa cerca de la nuestra donde pudieran venir a pasar
sus veranos en vez de Montecarlo. El hecho de que hubiéramos absorbido todos los gastos médicos de Papá, que sumaron
alrededor de 50,000 dólares estadounidenses, tal vez la conmovió. Como médico, yo estaba muy consciente de la tensión
causada por la enfermedad de Papá y sentía una genuina
compasión por Niang.

El resultado de su *reconciliación* conmigo fue una deliberada exclusión de Edgar. Tiempo después, ese mismo año,
ofreció una cena de gala en Hong Kong para celebrar el cumpleaños número setenta de Papá. Gregory y Matilda llegaron
desde Canadá con sus dos hijos. Bob y yo fuimos con Roger y
Ann. James, Louise y su prole también fueron. Además de
nuestra familia inmediata, también invitó a una docena más
de personas. A Edgar nunca le informaron, y se enteró de ello
mucho tiempo después.

Capítulo 23

粗茶淡飯

Cu cha dan fan
Té grueso y arroz simple

Después de la muerte de Mao Tse-tung en 1976, Deng Xiaoping se convirtió en el presidente interino e inició una serie de reformas liberales, incluyendo la apertura de China al turismo. En 1979, unos amigos estadunidenses nos invitaron a que los acompañáramos en un *tour* organizado que visitaría Hong Kong, Guangzhou, Shanghai y Beijing.

En diciembre de 1979 nos embarcamos en un viaje que hubiera sido impensable tres años antes. Yo estaba llena de emoción ante la perspectiva de ver de nuevo a Tía Baba cuando le escribí para anunciarle nuestra próxima visita. Nuestra esporádica correspondencia, perennemente mal vista por Niang, había sido interrumpida por el gobierno chino desde principios de la Revolución Cultural en 1966. Mi tía contestó de inmediato. En cuanto vi su caligrafía me llené de nostalgia. Mi tía había estado viviendo en un cuarto de la casa de un vecino en la misma calle desde 1966, y ahí me esperaría. Se sentía muy alegre e ilusionada ante nuestra inminente reunión.

En Hong Kong, nuestro grupo se alojó en el hotel Hilton (que fue derrumbado en 1995), a sólo diez minutos en taxi de las Mansiones Magnolia. Viajamos del aeropuerto de Kowloon a Hong Kong a través del recién construido túnel que cruza el puerto, en vez de tomar el lento transbordador vehicular. Yo no había visitado Hong Kong desde 1978, y cuando noté la imponente vista que se desbordaba de nuevos edificios, me maravilló otra vez el desarrollo meteórico de la colonia.

Niang había escrito que Papá había perdido el control de esfínteres. Trajimos de California varias cajas de pañales para adulto para esta visita. James y Louise ya estaban con mis padres cuando nosotros llegamos. Papá se veía mucho peor. Tras saludarnos con una débil sonrisa, no dijo una sola palabra más durante la comida y parecía incapaz de comprender la conversación a su alrededor.

Después de la cena, pasamos a la sala mientras Papá se iba con su enfermera nocturna. Bajo nosotros, las luces de Hong Kong y Kowloon se hacían señas unas a otras a través del puerto. Papá solía expresarse con lirismo sobre la magnífica vista del balcón, encendida cada noche como si se tratara de un perpetuo desfile eléctrico.

Niang le pasó un puro a James y se encendió un cigarro. Éste era su ritual de cada noche siempre que James cenaba con ella. James me había contado varias veces que odiaba esos puros; sin embargo, eso nunca fue un impedimento para que los aceptara y los fumara.

Mientras echaba bocanadas de humo, Niang inició una diatriba en contra de Tía Baba. Independientemente de lo que mi tía nos hubiera contado, exhortaba Niang, ella le enviaba puntualmente su mensualidad y le daba "todo lo que pudiera desear". Después, empezó a despotricar contra Lydia y nos advirtió que probablemente mi hermana intentaría obtener nuestra ayuda para sacar a sus hijos de China.

—¡No lo hagan bajo ninguna circunstancia! —instruyó—. Si tan sólo su padre pudiera hablar por sí mismo, les diría que toda la familia Sung es como el veneno. Quiero que sepan que Samuel y Lydia chantajearon a su Padre cuando regresaron a Tianjin en 1950. De frente los van a llenar de hala-

gos, pero a sus espaldas comenzarán a maquinar en su contra.
Si empiezan a ayudar a algún miembro de la familia, todos los
demás exigirán que también les den algo y a la larga todos ate-
rrizarán en su puerta. Van a voltear su vida de cabeza. Nadie se
los va a agradecer.

—Adeline, ¡oye mi consejo! —continuó—. La vida
ha sido buena contigo. ¿Qué necesidad tienes de enredarte
con personas como Lydia y Samuel? Te lo advierto, si te juntas con serpientes, te acabarán mordiendo. Dile a Lydia que
tu padre y yo te prohibimos que la ayudaras. ¡Déjalos pudrirse
en su miseria! ¡Se lo merecen! —la voz de Niang se hacía cada
vez más aguda.

Nos fuimos tan pronto como nos fue posible salir sin
ofender a nadie. James y Louise nos llevaron de regreso al
Hilton.

—La Vieja es vengativa —comentó James en el
coche—. Tía Baba debe haberle hecho algo en el pasado.
Niang la odia y siempre la odiará.

—¿*Tú* crees que debo ayudar a Lydia si me lo pide?

—¿Le avisaste que vendrías a China?

—No, no le he avisado. La única persona a la que
quiero ver es Tía Baba.

—Entonces, ¿por qué no dejas las cosas como están?
¡*Suan le!*

Nuestro grupo de cuarenta personas viajó en tren de Hong
Kong a Guangzhou el día de Navidad de 1979. Nos escolta-
ron al hotel de treinta y tres pisos, el Baiyun (nube blanca). A
pesar de que sólo tenía dos años de haberse construido, las habitaciones y los muebles ya se veían rotos y desgastados. No se
permitían las propinas y el personal se veía malhumorado. El
desayuno se servía puntualmente a las siete cuarenta y cinco.
Aparecían cuarenta huevos estrellados sobre cuarenta platos, dis-
puestos en cuatro mesas redondas separadas, cada una para
diez personas. Casi todos en nuestro grupo seguían dormidos

en sus camas mientras los huevos, que se congelaban rápidamente, los esperaban. Los empleados azotaban teteras metálicas en las mesas junto con ochenta rebanadas de pan tostado, veinte por mesa. A las nueve en punto, el desayuno se terminaba. Los huevos, el pan y el té eran recogidos por meseras con cara de pocos amigos en un lapso de cinco minutos. Ésta fue nuestra introducción a la vida en la China comunista.

Dos días después, volamos a Shanghai. Me sentía tensa por la emoción mientras nuestro autobús viajaba desde el aeropuerto de Hongqiao hacia el hotel Jinjiang, donde nos quedaríamos. Pasamos por las impresionantes mansiones Tudor de ladrillo rojo construidas al estilo colonial británico, con todo y jardines bardeados y densos prados verdes. El autobús dio vuelta en una esquina y me encontré viajando por la familiar avenida Joffre. Una vez más vi el bulevar que se extendía interminablemente, ancho, derecho y flanqueado por árboles. Estiré el cuello para leer los letreros de las calles, en los que se utilizaba la nueva escritura china abreviada. La avenida Joffre ahora se llamaba calle Huai Hai. El autobús se dirigió hacia el este, alejándose cada vez más del sol vespertino, dispersando cientos de bicicletas en su estela, como una ballena gigante rodeada de peces. Ahora estábamos en la calle Huai Hai Zhong (central). Empecé a reconocer algunos de los edificios. Eran las cinco de la tarde, y entre el tintineo de las campanas de las bicicletas y el sonido de las llantas, una multitud de trabajadores se apresuraba a regresar a casa del trabajo, todos vestidos con idénticas chamarras azul marino estilo Mao.

De pronto, ¡ahí estaban! Conforme nuestro autobús se acercaba al centro de la otrora colonia francesa, del paisaje de la ciudad surgió una vista más poderosa para mí que ninguna otra sobre la tierra: dos pilares modestos guardaban la entrada a la calle que conducía a mi *lao jia* (vieja casa familiar). Vi las villas grises de concreto, sólidas e inmutables, como si fueran una pintura del pasado. De muchas ventanas salían varas de bambú cargadas de ropa interior, sábanas, cobijas, chamarras estilo Mao y pantalones, todo ondeando al viento.

Poco después, nuestro autobús empezó a atravesar los lugares más reconocidos de mi niñez. Alcancé a ver los Jardines Do Yuen y el Cine Catay. La miríada de tiendas que había entre estos dos puntos y más allá ya no lucía sus elegantes letreros bilingües. Ya no estaban los anuncios de neón iluminados de colores azul, rojo, amarillo, verde, morado y blanco. Tampoco existían ya las peluquerías, las *boutiques*, las librerías, los cafés ni las panaderías francesas.

Ahora las tiendas, sin pintar y muy maltratadas por las inclemencias del tiempo, tenían nombres sosos escritos con los nuevos caracteres simplificados, que se limitaban a describir lo que ofrecían. No se vendía nada frívolo. Habían pasado treinta años, durante los cuales Shanghai perdió su alegría y su chispa, pero al menos ahora era una ciudad sin pordioseros y sin cadáveres de bebitas envueltos en periódico.

El autobús dio vuelta hacia el norte poco después de pasar el Cine Catay y se estacionó frente a nuestro hotel, a unos cuantos metros de mi vieja escuela primaria Sheng Xin. Bob y yo dejamos nuestro equipaje, e inmediatamente tomamos un taxi para visitar a mi tía.

Era un día extremadamente frío de diciembre. El horizonte de la ciudad estaba envuelto en una neblina amarilla y opaca de contaminantes. Bob me pidió que le indicara al conductor que tomara un atajo por el Bund, el cual alguna vez fue conocido como el Wall Street de China. Me emocionó hablar con él y volver a oír a mi alrededor el dialecto nativo de Shanghai después de treinta años. Para entonces, me parecía como si nunca hubiera salido de la ciudad. Quince minutos después, pasábamos sobre el amplio meandro del río Huangpu, cruzando velozmente por el tan recordado Parque Huangpu (que alguna vez fue tristemente célebre por prohibir la entrada a perros y a chinos), y por las majestuosas torres de oficinas que erigieron los ingleses en los años treinta. Ninguna de las anteriores fachadas había sido alterada aunque, incongruentemente, de las ventanas superiores de algunos de los altos edificios brotaban ramas de bambú cargadas de ropa lavada.

El taxi dio vuelta a la izquierda en el Hotel Peace, con su distintiva torre triangular que brillaba en el cielo, y se dirigió hacia la transitada calle Nanjing Lu (antes calle Nanking), repleta de peatones y bicicletas. Pasamos junto a las tiendas departamentales, estudios fotográficos, restaurantes y mercados provisionales; pasamos por el Banco de Mujeres de mi tía en la calle Nanking número 480, todavía imponente pero ahora llamado Banco de Comercio e Industria. Ya había oscurecido cuando llegamos a nuestro destino. Tía Baba vivía en el número 21, un edificio que alguna vez fue majestuoso pero que ahora estaba muy maltratado, al igual que las casas vecinas. La calle se encontraba mal iluminada y tuvimos que encontrar a tientas la entrada al edificio. La puerta principal estaba medio abierta, permitiendo la entrada a todo el que quisiera.

El hedor nos pegó como un golpe físico cuando entramos al pasillo. Nunca antes habíamos olido algo así. El cochambre y el sudor de quienes habían vivido en esta casa los treinta años anteriores había penetrado en cada grieta. Era la peste de comida podrida, cuerpos sin bañar, ropa sin lavar y plomería descompuesta. A pesar de que la basura y la mugre cubrían las escaleras y el pasillo, atadas con cadenas a las asquerosas paredes había unas cuantas bicicletas brillantes, pulidas y aceitadas.

Sentí un peso en el corazón mientras subía las escaleras y gritaba: —¡Tía Baba! ¡Tía Baba!

De pronto la vi ahí, la silueta de una diminuta figura iluminada desde atrás por la luz que emergía de la puerta abierta. ¡Qué pequeña era! Bob y yo éramos mucho más altos. La abracé con fuerza y pude sentir su esquelético cuerpo a través de su gruesa chamarra estilo Mao. No debía pesar más de cuarenta kilos.

Nos condujo a su habitación y nos dijo que nos sentáramos en su cama. Nos vio durante un largo rato, sus ojos brillando con un tierno orgullo.

—Tu letra no es muy diferente a la de aquella pequeña que se fue en 1948. No es la caligrafía de una doctora con títulos en Inglaterra y Estados Unidos. ¡Sigue siendo la de una niña de primaria! —exclamó con la voz quebrada de emoción.

Su habitación estaba fría y sucia. Los únicos muebles eran una cama, una mesa de madera y una silla pequeña con respaldo duro. Todas sus posesiones terrenales estaban en un baúl de madera y en algunas cajas de cartón apiladas en filas. Cerca había una pequeña estufa de queroseno donde estaba cocinando una gran olla de sopa de tallarines. Tenía una pequeña bacinica de porcelana bajo su cama. Del centro de la habitación colgaban unos cables, a los cuales estaba conectado un foco desnudo.

Ella se consideraba increíblemente afortunada por haber tenido una habitación propia durante los últimos trece años. El vecino de enfrente era el dueño de la casa y había tenido que compartir su habitación sencilla con su esposa y sus dos hijos. Toda la vivienda ahora alojaba a nueve familias.

Nos sirvió los tallarines recién hechos, cubiertos con verduras en salmuera. La observé con detenimiento mientras se apuraba en la habitación, así como solía hacerlo cuando yo era pequeña y ella era todo mi mundo. Su cabello ralo estaba encaneciendo y se hacía un pequeño chongo en la base del cuello. Sus grandes ojos parecían hundidos, delineados por cejas del color de su cabello.

Tomé su pequeña mano mientras nos contábamos las historias de nuestras vidas, tratando de cubrir los treinta años que nos habían separado. La voz de mi tía se convirtió en un murmullo. Su miedo a los informantes y a los denunciantes no era fácil de superar.

—Parece increíble que estemos sentadas frente a frente y que podamos hablar de todo lo que queramos. Hace tres años, durante la Revolución Cultural, esto hubiera sido peligroso.

Hablamos hasta muy tarde. Nos contó la historia de la familia, y me rogó que escribiera estas memorias antes de que el tiempo las borrara del todo.

—Toda la familia sufrió cuando tu Niang entró a nuestra casa. El hechizo que puso sobre tu papá fue como el del demonio zorro de nuestro antiguo folclor. Además de su juventud y su belleza, probablemente él admiraba su sangre extranjera. Recuerda, él creció en la colonia francesa en una época en la que ésta era única en China. Todos somos víctimas de la historia.

Antes de irnos esa noche, Tía Baba dijo que tenía un regalo para nosotros. Buscó entre las cosas de su baúl durante un largo rato y finalmente, del forro de su abrigo de invierno, extrajo un sobre doblado con cuidado. Al abrirlo vi que era un viejo billete de cien dólares estadounidenses que debió haber guardado celosamente durante por lo menos treinta años. Permanecimos un buen rato en silencio, temerosos de que las palabras pudieran romper la magia de este momento más allá de la alegría y la tristeza.

Al día siguiente, llevé a Tía Baba a nuestro hotel, donde disfrutó por primera vez en muchos años de un baño. Nuestro guía designado, un miembro del Partido, la vio con desprecio. En aquel entonces existía una política no oficial en China que dividía a la gente en cuatro clases. Cada clase era tratada de acuerdo con esta división.

La primera clase la constituían los turistas blancos, especialmente si eran norteamericanos ricos. La segunda clase consistía en los chinos extranjeros que podían hablar chino. Yo pertenecía a esta categoría. Nos trataban como héroes de vuelta en casa, que podían proporcionar el apoyo financiero para la nueva estructura económica de China. Los de la tercera clase eran los *hua qiao* (chinos de raza nacidos en Estados Unidos), cuyos padres habían emigrado antes de 1949 y que no podían hablar chino, como en el caso de Bob. Los trataban con una mezcla de leve desprecio y abierto honor, y la balanza se inclinaba según el grado de su prosperidad y logros profesionales. La idea generalizada era que cualquiera que viniera de los Estados Unidos probablemente era rico y estaba bien conectado. La cuarta clase eran los cientos de millones de chinos nativos como Tía Baba. Su ropa y su manera de comportarse la delataban fácilmente.

Nuestro guía se puso furioso cuando invité a mi tía a que comiera con nosotros en el comedor del undécimo piso del hotel Jinjiang. La regañó por no saber cuál era su lugar y abusar de mi hospitalidad. Bob y yo no ocultamos nuestro enojo. Con el apoyo de los miembros de nuestro grupo, finalmente le sirvieron la comida a Tía Baba, pero ella se negó a volver a poner un pie en ese comedor.

Cada uno de los cinco días que estuvimos en Shanghai, recogí a mi tía y la llevé a que tomara un baño caliente en nuestro hotel. No tuvimos tiempo suficiente para decirnos todo lo que nos queríamos decir.

Le ofrecí a mi tía comprarle un departamento en Shanghai en un edificio que se estaba construyendo cerca del hotel. Se negó diciendo que no deseaba salirse de su vecindario.

—He vivido en la misma calle desde 1943 —me dijo—. Éste es mi hogar. El único lugar al que me gustaría mudarme es a nuestra vieja casa en el número 15. Si puedes conseguirla, moriré feliz.

Dos años después, Bob y yo pudimos comprarle la casa y vivió ahí hasta que murió.

Le pregunté si se arrepentía de haberse quedado en Shanghai.

Su respuesta fue un categórico *no*.

—Las cosas han estado feas aquí. Todas esas campañas y juntas de lucha. El salvajismo de la Revolución Cultural. La pobreza, las penurias y el miedo. Sin embargo, honestamente, todas las miserias juntas eran más tolerables que vivir bajo el mismo techo que tu Niang. Estoy conforme con 粗茶淡飯 *cu cha dan fan* (té grueso y arroz simple). Con frecuencia pienso en la vida como en un depósito de tiempo. A cada uno se le asigna cierto número de años, como una cantidad fija en un banco. Cuando hayan pasado veinticuatro horas, habré gastado un día más. Leí en el *People's Daily* que la expectativa de vida promedio para una mujer china es de setenta y dos años. Ya tengo setenta y cuatro. Me acabé mi depósito hace dos años y estoy viviendo tiempo extra. Cada día es un regalo. ¿De qué tengo que quejarme?

Nuestros ojos se encontraron. La valentía desafiante que vi en los suyos me sorprendió. Después, con una voz cuya fortaleza contrastaba extrañamente con la fragilidad de su cuerpo, declaró:

—Yo lo veo así: el siglo diecinueve fue el siglo británico; el siglo veinte es el siglo estadounidense. Predigo que el siglo veintiuno será el siglo chino. El péndulo de la historia regresará de las cenizas *yin,* que trajo la Revolución Cultural, al fénix *yang,* que surgirá de las ruinas.

CAPÍTULO 24

飲水思源

Yin shui si yuan
Al tomar agua, recuerda la fuente

Nuestro grupo voló a Beijing el último día del año, y llegamos en una tarde soleada pero fría. Sobre el techo de la nueva terminal del aeropueto había una fotografía gigantesca del presidente Mao que miraba a todos desde arriba, con dos caracteres chinos gigantescos trazados en rojo: 北京 Beijing (Capital del Norte). En los altavoces se oía a una mujer que canturreaba un anuncio en mandarín: "¡Beijing les da la bienvenida!"

Al salir del cubículo de Migración, una mujer china de edad madura, pequeña y regordeta, se acercó apresuradamente a nosotros. Su cabello negro estaba mal teñido y vestía un abrigo café con un cuello de piel falsa.

—¡*Wu mei!* —gritaba— 五妹 ¡*Wu mei!* (quinta hermana menor) ¿Eres tú?

Nadie me había llamado *wu mei* desde aquellos desolados días de mi infancia en Shanghai. Ahora estaba frente a mí, sonriendo de oreja a oreja. Algo en su postura, los hombros un poco chuecos y disparejos, la redonda cara plana inclinada hacia un lado, la mano izquierda semiparalizada que sostenía con fuerza, entrelazando los dedos de ambas manos, me transportaron al pasado. Involuntariamente mi lengua se retorció con el familiar idioma chino de mi temprana niñez.

— 姉姉 *Jie jie* (hermana mayor) —contesté respetuo-
samente—. Soy yo.

A pesar de que no esperaba ver a nadie, mi hermana
Lydia y toda su familia habían viajado desde Tianjin para re-
cibirnos en el aeropuerto. Tía Baba había llamado desde
Shanghai y les había dado nuestro itinerario. Habían pasado
treinta y un años desde la última vez que los había visto a ella
y a su esposo. No conocía a sus hijos.

Nos quedamos viendo y me di cuenta de que ahora
yo medía unos cuantos centímetros más que ella. Emocionada, me mostró al resto de su familia con un ademán. Samuel
ya tenía sesenta y tantos años y vestía un traje Mao cubierto
por un impermeable de brillante vinil azul oscuro. Detrás de
él estaba un joven, su hijo de veintisiete años, Tai-way, y su
diminuta hija de treinta años, Tai-ling.

Nuestro grupo había hecho reservaciones en el gigantesco Hotel Friendship. Construido por los soviéticos en la
década de los cincuenta, el edificio conservaba un distintivo
aire ruso en su arquitectura y sus formales jardines ornamen-
tales, recordándome las fotografías de los palacios zaristas de
invierno que alguna vez había visto. Lydia y su familia habían
hecho reservaciones en el mismo hotel. Su taxi siguió a nuestro autobús y nos registramos juntos. Me sentí mal cuando vi
a algunos de los botones empujar a Samuel mientras conducían al principio de la fila a algunos de los miembros rezagados
de nuestro grupo.

Después de la cena, Bob y yo fuimos a su habitación
como habíamos acordado. Su hija Tai-ling no se sentía bien,
y ya se había retirado a dormir. Los cinco nos sentamos e ini-
ciamos lo que sería una noche muy larga.

En un tono lleno de remordimientos Lydia confesó:

—Es doloroso recordar cómo te maltrataron cuando
eras chica. Yo tengo mucha de la culpa porque, al ser la mayor,
debí haber puesto el ejemplo. Te fallé en eso. Al ser la menor, y
por tanto la hijastra más insignificante, no sólo eras menospre-

ciada, sino con frecuencia nosotros también abusábamos de ti. Mi única excusa es que yo misma era sólo una niña. Además, no nos alentaban a que fuéramos leales unos con otros, porque Niang temía que pudiéramos unirnos en su contra.

"Cuando eras pequeña, nuestros padres dejaron claro que no eras deseada y que eras prescindible. En ocasiones Niang incluso decía en voz alta que tú eras abominable.

"Cuando Papá y Niang vinieron a Tianjin en 1948, Niang me ordenó que no te visitara en St. Joseph y que no te invitara a salir durante las vacaciones. Enfatizó que no tolería mi desobediencia y que les había dejado instrucciones a las monjas de que le mandaran reportes regularmente. En ese momento yo me sentía demasiado miserable como para pensar en ti. Me equivoqué, y te ruego me perdones."

Lydia culpó a Samuel por su "estupidez" de traer a la familia de regreso a China en 1950, y nos contó sobre su infortunio como si él hubiera sido personalmente responsable. Era *su* culpa que los guardias rojos le hubieran rasurado la mitad de la cabeza, que la hubieran encerrado en un clóset y que hubieran enviado a sus hijos a comunas rurales. Todo el tiempo Samuel permaneció sentado al lado de Lydia con una media sonrisa congelada en su rostro. Hacía calor en la habitación y pude ver gotas de sudor en su calva frente. No hubo cambios en su expresión. Ni un solo músculo se movió.

—A lo largo de los años les he escrito a nuestros padres repetidamente rogándoles que nos ayuden. Ni siquiera me han dejado saber si reciben mis cartas. Niang es una mujer enferma que desborda odio. La conozco bien. Lo que más disfruta son las intrigas. Mientras más sufrimos nosotros, ella está más contenta.

"Tú eres la única en la familia que ha tenido el valor de hacer lo correcto y desafiar a Niang. Gregory y Edgar sólo piensan en ellos mismos y son avaros. Entre Susan y yo hay muchos años de diferencia. James es un hombre honesto pero siempre ha dicho 'sí', y no tiene agallas."

Entonces Lydia fue al grano. No quería nada para ella ni para Samuel. Tai-ling ya estaba prácticamente establecida porque tenía un noviazgo muy formal en Tianjin, y no deseaba salir de China. Además, tanto Samuel como ella estaban haciéndose viejos y necesitaban a su hija cerca. Pero presentaron el caso de Tai-way de una forma impresionante:

—Mis dos hijos son tan distintos como el día y la noche. Mi hija es egoísta y difícil, pero mi hijo tiene un corazón amable y leal. También es un músico muy talentoso y ha ganado muchos concursos de piano. Está estudiando con Liu Shi-kuen, el reconocido ganador de la competencia de piano Tchaikovsky en Moscú. Te ruego que le des una oportunidad y que le patrocines la universidad en Estados Unidos.

Lydia se dirigió a su hijo:

—Tai-way tiene unas cuantas cosas que decirte.

Tai-way habló en mandarín:

—Quinta Tía, no la conozco y usted no me conoce. Es muy amable de su parte que se haya tomado el tiempo para conocernos. De lo que me ha contado mi madre, veo que usted tuvo que luchar mucho para llegar al lugar donde está ahora. Tal vez podría hacerme el inmenso favor de ayudarme.

Nos contó cómo su educación había sido suspendida durante diez años debido a los levantamientos de la Revolución Cultural. Lo enviaron a una comuna en la provincia de Shanxi, donde las condiciones eran primitivas y la comida escasa. En vez de asistir a la escuela, laboraba en una granja como trabajador común. Todo esto hubiera sido tolerable si hubiera habido un pequeño rayo de esperanza en el futuro. Pero eso era un sueño imposible en China.

—En ocasiones, cuando pienso en lo que será mi vida en diez o veinte años, me lleno de desesperación. Puedo verme a mí mismo tocando el piano en algún poblado remoto, enseñando música a niños de escuela indiferentes, o como acompañamiento para alguna obra teatral de campesinos. Me tendría que esforzar para mantener mi cuerpo y mi alma unidos, y probablemente seguiría escribiéndole cartas a Tía Baba suplicándole que me enviara paquetes de comida.

"Mi padre tiene parientes ricos en Taiwán, y los padres de mi madre viven en Hong Kong. Sin embargo, nadie está dispuesto a ayudarme. Es inútil y humillante insistir en escribirles.

"No tengo a nadie más a quién recurrir. Usted es mi única esperanza. Por favor ayúdeme a ir a Estados Unidos y estaré agradecido con usted por el resto de mi vida."

Me sentí llena de compasión por este joven que resultaba ser mi sobrino. No tuve el corazón para negarme. Mientras se secaba una lágrima con su enorme pañuelo pasado de moda, Lydia añadió:

—Lo que te estamos pidiendo que hagas es mucho, arriesgarte a la ira de Niang al patrocinar a Tai-way. Incluso podrían desheredarte, si se enteran de que nos estás ayudando. Lo que sea que decidas, me alegro de que hayamos pasado juntas esta noche para tener una plática salida del corazón. No importa lo que suceda, yo siempre te querré. 飲水思源 *Yin shui si yuan* (al tomar agua, recuerda la fuente)."

Muchos pensamientos se arremolinaron en mi cabeza. Parecía muy injusto que yo tuviera tanto mientras la vida se ensañaba con ella de esa manera. ¿Acaso sería esta reunión una de esas "encrucijadas" para poner a prueba mi temple? Si los roles estuvieran invertidos y yo hubiera sido la que se hubiera quedado en la China comunista, ciertamente hubiera agradecido la ayuda de mi hermana.

Sentí que no tenía alternativa, y les prometí que estaría contenta de hacer lo posible por Tai-way. Añadí que pediría que nuestros demás hermanos contribuyeran, con la esperanza de que la educación en Occidente de Tai-way fuera el catalizador que finalmente nos uniera.

Cuando regresé a Estados Unidos pude inscribir a Tai-way en la Universidad del Sur de California. Firmé la carta de responsabilidad económica, y él llegó unos cuantos meses después. Durante los siguientes catorce meses lo tratamos como a un segundo hijo.

Durante su segundo año, se transfirió a la Universidad de Indiana, donde Leonard Bernstein le aconsejó que continuara con su carrera musical en Alemania. Un año después se fue a Stuttgart y se hizo económicamente independiente al conseguir un empleo como acompañante de un ballet. Seguimos en constante contacto con él.

En 1983 el profesor John Leland, amigo cercano y colega de Bob, planeaba pasar un año sabático en la Universidad de Tianjin. Le presentamos a Lydia y a Samuel. Él y su esposa se hicieron amigos de toda la familia Sung. Nos sentimos encantados de oír que pudo conseguir una beca completa en la Universidad de Carolina del Norte para Tai-ling cuando su relación amorosa terminó. Lydia y Samuel estaban tan agradecidos que nos enviaron un tapete como regalo especial.

En 1986, Lydia fue a Alemania para estar con su hijo Tai-way. Le compré el boleto de avión para que pudiera ver a su hija en Nueva York y visitarnos en California. Durante los diez días que estuvo en nuestra casa pasamos muchas horas conversando íntimamente sobre los años que habíamos estado separadas. Yo le confié que le había estado aconsejando a James que emigrara de Hong Kong antes de 1997, lo cual no le parecería muy bien a Niang. Le di las noticias de la desolada vida de Niang y le mostré fotografías de nuestro senil padre acostado, encogido y sin mente en el Sanatorio de Hong Kong.

Con lágrimas en los ojos, me rogó que interviniera y hablara bien de ella. Lydia quería ver a Papá una última vez y ser una compañera para Niang. Le hablé por teléfono a Niang y le supliqué que la aceptara. Nuestra madrastra finalmente cedió y estuvo de acuerdo en recibirla. De inmediato, le compré un boleto a Lydia para que fuera a Hong Kong. Lydia y Niang se reunieron ahí y con el tiempo Niang me perdonó por ayudar a la familia de mi hermana.

Papá fue internado en la habitación 525 del Sanatorio de Hong Kong en 1982. Nunca más salió del hospital y permaneció en la misma cama hasta que murió seis años después.

Niang contrató tres enfermeras para él durante el día y dos para la noche. Un fisioterapeuta lo atendía diariamente durante una hora. Sus dos sirvientas cantonesas tenían instrucciones de preparar los alimentos favoritos de Papá, que el chofer entregaba en el hospital.

Cuando Susan se enteró de la hospitalización de Papá, el golpe fue muy duro. Fue a verlo a su habitación privada. Era demasiado tarde. Papá ya no la reconoció. Las enfermeras le informaron a Niang que Susan había hecho una visita, lo cual la puso furiosa. Le dio instrucciones a James de que amenazara a Susan con tomar acción legal si intentaba volver a ver a Papá.

Niang desarrolló su propia rutina. Pasaba dos horas todas las mañanas en la oficina de Papá en Swire House. James y el señor Lu, el leal director financiero de Papá, le infomaron sobre la pérdida de valor y la venta de varios de los negocios de Papá. Siete días a la semana, Niang visitaba a Papá en el hospital de cuatro a seis de la tarde. Pasaba las noches en casa y ya no tenía vida social. Cada domingo, James, Louise y sus tres hijos llegaban renuentes pero puntuales a cenar con ella.

Se volvió una fumadora compulsiva y pasaba horas sentada en su sillón imitación Luis XVI con la vista fija en el puerto Victoria, fumando y llenando la habitación de humo. En la noche tenía dificultades para conciliar el sueño a pesar de las grandes cantidades de píldoras para dormir que ingería. Contrató a una enfermera que pasaba las noches con ella, le hacía compañía y le platicaba hasta bien entrada la madrugada.

Yo le confesé a James que encontraba insoportablemente doloroso ver a Papá reducido a ese estado, y agregué que debía ser aún más difícil para Niang.

—No te tragues todo lo que ves —dijo James—. Hay muchas cosas que sólo hace por aparentar. La sociedad de Hong Kong es muy pequeña. Tanto Gregory como Edgar están muy molestos de que Niang haya transferido todo el dinero de Papá a su propia cuenta. Si diera cualquier indicio de no estarlo atendiendo bien, se estaría exponiendo a una seria demanda. De hecho, nuestros dos hermanos mayores ya han cuestionado la legitimidad de sus maniobras financieras. ¿No te han mencionado que están intranquilos?

—Sí. Gregory me llamó para preguntar si me uniría a ellos en los procedimientos legales en contra de Niang. Teme que ella vuelva a casarse. Le dije que se olvidaran de eso. Creo que en este momento Niang necesita nuestro apoyo moral.

Cada vez que surgía el tema de 1997, Niang vacilaba entre si quedarse en Hong Kong o irse.

—No va a pasar nada. Hong Kong es muy valioso para los chinos comunistas —argumentaba—. Sería un suicidio financiero para todo el país. Es más probable que el milagro económico de Hong Kong se expanda a China después de 1997.

En cierta ocasión me dijo:

—Tu papá y yo en realidad somos ciudadanos del mundo. Si la situación se pone fea, podemos irnos a cualquier país en menos que te lo cuento. Me gustaría que nos encontraras una casa en Huntington Beach a poca distancia de la tuya por si tenemos que irnos de Hong Kong.

En 1984, tras años de diálogo, Gran Bretaña y China firmaron una declaración conjunta. Todo Hong Kong sería devuelto a China el primero de julio de 1997, incluyendo la Isla de Hong Kong, la península de Kowloon y los Nuevos Territorios.

Sin embargo, se les aseguró a los ciudadanos de Hong Kong que tendrían los mismos derechos legales y libertades por otros cincuenta años más. Durante el intervalo entre

1997 y 2047, Hong Kong y China pertenecerían al mismo país, pero tendrían diferentes sistemas de administración gubernamental.

Los valores de la propiedad en Hong Kong cayeron de forma impresionante después de este acuerdo. James se mostraba pesimista respecto al futuro de la colonia. Sus adinerados amigos ya estaban planeando emigrar. Muchos ya habían conseguido la ciudadanía estadounidense, inglesa, australiana o canadiense. En la mayoría de los casos, el emigrante se quedaba en su país adoptivo por el periodo mínimo necesario para obtener un pasaporte y después regresaba a Hong Kong. En ocasiones, sólo la esposa y los hijos permanecían en el extranjero mientras el cónyuge se convertía en un *tai hong ren* (viajero constante) entre los dos países.

CAPÍTULO 25

一刀倆斷

Yi dao liang duan
Cortemos el vínculo con un tajo del cuchillo

En mayo de 1988, James llamó por teléfono para decirme que Papá había empeorado y que no esperaban que viviera más de veinticuatro horas. Telefoneé a Lydia a Tianjin, ya que supuse que no habrían pensado en avisarle.

—Nunca se acuerdan de mí —se quejó en el teléfono—. No significo nada para nadie. Probablemente Papá no me deje nada en su testamento.

Al oír esto recordé que Papá había desheredado a Lydia cuando ella y su esposo lo chantajearon. Por lo tanto sus miedos no eran infundados.

—No te preocupes, Lydia —le dije—. Lo compartiré contigo.

Papá murió unas horas después.

En Hong Kong, James fue por mí al aeropuerto y me llevó a un pequeño hotel cerca de su departamento, el Nueva Asia, donde Niang había hecho arreglos para que nos quedáramos todos. Yo fui sola porque Bob no pudo salir del trabajo. Todos nos sorprendimos mucho al enterarnos de que Lydia ya había llegado de Tianjin y de que Niang la había invitado a quedarse con ella en las Mansiones Magnolia.

James nos llevó a la funeraria en North Point, donde nos encontramos con Niang, Lydia y Louise. En un cuarto grande y frío, de mosaiquitos blancos, casi vacío, con el aire acondicionado muy fuerte y un intenso olor a desinfectante, yacía en un diván negro el cuerpo de Papá bajo una sábana de seda blanca adornada con una gran cruz amarilla. Se veía encogido, pequeño y marchito. El Alzheimer causó un gran daño, neurona por neurona a lo largo de doce años, hasta que Papá ya no fue más una persona.

Un sacerdote católico entró para decir unas cuantas palabras: "Polvo eres y en polvo te convertirás." Además de la ausencia definitiva de Papá, los hijos repentinamente pasábamos a ser la vieja generación.

Caminamos a lo largo de numerosos cuartos donde otras familias lloraban a sus muertos. Monjes budistas con las cabezas rasuradas y túnicas fluidas compartían el elevador al lado de sacerdotes católicos que vestían hábitos negros. Había islas de arreglos florales por todas partes y el frío de la muerte se sentía en el ambiente.

Además de la familia, sólo estuvieron presentes las enfermeras, el personal de servicio y el señor Lu, el empleado de confianza de Papá de los últimos treinta años. A pesar de que Gregory y yo le habíamos informado a Susan de la muerte de Papá, Niang no la invitó y deliberadamente no puso su nombre en los obituarios de los periódicos. No asistió ningún amigo. Seguimos la carroza fúnebre hasta el cementerio católico. El ataúd de Papá fue cargado por portaféretros profesionales que subieron los empinados escalones hasta el lugar donde el agujero estaba cavado en la ladera de una colina.

Durante esos días el tiempo tomó una dimensión diferente mientras se fusionaban el pasado y el presente. Nos vimos reunidos en el bufete de Johnson, Stokes & Masters para la lectura del testamento de Papá. La última vez que habíamos estado todos juntos había sido cuarenta años antes en Shanghai. Me senté muy derecha en mi silla y jalé mi falda negra para que me cubriera discretamente las rodillas, casi esperando que algunas sirvientas aparecieran con los platillos para la cena. En la cabecera de la mesa, Niang y el joven abogado se susurraban con tono de seriedad.

Lydia se sentó con tristeza a mi izquierda y puso afectuosamente su brazo derecho alrededor mío. Los ojos de Gregory todavía estaban hinchados y rojos. James tenía una delgada capa de sudor en la frente y abría y cerraba las manos nerviosamente mientras su esposa Louise lucía elegante en su sencillo vestido negro. Las facciones de Edgar estaban fijas con el familiar ceño fruncido magnificado por el dolor.

Cuando el joven abogado leyó en voz alta la primera página del testamento y después anunció que no había dinero en la propiedad de Papá, se pudo oír la sorpresa colectiva. Contuvimos el aliento y volteamos a ver a Niang. Ella nos devolvió la mirada con serenidad uno a uno. Su expresión era una combinación de triunfo y desdén cuando nos dijo con una voz fría pero clara que el testamento de Papá carecía de valor porque había muerto sin un centavo.

A pesar de que sabíamos que había transferido todo el efectivo de Papá a su cuenta privada, nos sorprendimos de que se hubiera apropiado de todo lo demás: dos toneladas de lingotes de oro en Suiza, valores y acciones, condominios en Montecarlo y Hong Kong, edificios industriales en Cha Wan, la oficina arrendada en Swire House, terrenos en Florida... Papá había muerto sin un centavo y tal vez ya no tenía nada desde hacía tiempo.

Hacía varios años, en 1950, Papá había llevado a Gregory a visitar a un reconocido adivino en Hong Kong al que apodaban Ábaco de Hierro por la certeza de sus predicciones. Ante todo, en la mente de Papá estaba la más importante de las preguntas:

—¿Será Gregory, mi hijo mayor, un hombre rico?

El señor Ábaco de Hierro no se comprometió con la respuesta.

—La riqueza es tan relativa —le dijo a Papá—. Para el conductor del triciclo, cien dólares de Hong Kong son una suma muy grande. Para usted no es nada. Su hijo mayor tendrá una vida muy cómoda.

Eso no era suficiente para Papá:

—Lo que quiero saber es si mi hijo será más rico que yo.

El señor Ábaco de Hierro hizo otros cálculos y después exclamó:

—¡Sí! ¡Sí, señor Yen! Su hijo será mucho, mucho más rico que usted. Estoy absolutamente seguro de ello.

Papá se quedó muy satisfecho. Conforme pasaron los años y la carrera de Gregory no daba los frutos esperados, Papá sacudía la cabeza y murmuraba que el señor Ábaco de Hierro gozaba de una falsa reputación. 兔角龜毛、有名無實 *Tu jiao gui mao, you ming wu shi* (como cuernos de conejo y pelo de tortuga, el adivino tiene la fama pero no la habilidad).

Mientras salíamos del vestíbulo de granito de Johnson, Stokes & Masters, le di un codazo a Gregory y le dije en voz baja:

—El señor Ábaco de Hierro dio otra vez en el clavo ¿no?

Y Gregory susurró:

—Siempre le dije al Viejo que me diera tiempo.

Esa noche Niang quiso irse a la cama temprano. Lydia llamó y dijo que el chofer de Niang la dejaría en nuestro hotel. Deseaba pasar la noche conmigo.

Después de cenar, Lydia y yo regresamos a mi habitación. Nos pusimos nuestros camisones y nos metimos en nuestras respectivas camas, una al lado de la otra.

Bajo la luz de la lamparita de noche sobre la mesa que separaba nuestras camas pude ver su expresión, una especie de terca determinación, una furiosa concentración. La amargura de su vida empezó a brotar en un torrente de palabras.

Comenzó a culparme por no ayudar a su hija, Tai-ling. Que yo era una tacaña y que debí haberle dado a Tai-ling la misma suma de dinero que le había dado a Tai-way.

—Además —añadió fríamente—, sólo ayudaste a Tai-way porque es joven y apuesto.

—¿Qué quieres decir con eso? —inquirí enojada.

—¡Saca tus propias conclusiones!

Yo me sentí totalmente perpleja ante sus acusaciones descabelladas, totalmente inesperadas y que contrastaban tan dramáticamente con sus previas muestras de amor y gratitud. Poco después estábamos envueltas en una batalla de palabras. Esta extraña e infeliz mujer me arrastraba a un vórtice. Cada respuesta que yo daba traía una nueva descarga de ataques venenosos.

—¿Qué nos está pasando? ¿Qué tantos resentimientos me tienes? —pregunté patéticamente.

—En estos días te has sentido reina y me has tratado como si yo fuera una sirvienta —así siguió sin piedad.

Por fin me pareció que ya era suficiente. Eran más de las tres de la mañana y estaba exhausta.

—Si eso es lo que en verdad piensas de mí, entonces pongamos un alto a esto. Yo he hecho lo mejor que he podido por ti y por tus hijos. Pero, por razones que sólo tú sabes, parece que me guardas rencor. La solución es simple. ¡一刀俩断! *¡Yi dao liang duan!* (¡Cortemos el vínculo con un tajo del cuchillo!).

Lydia me dio la espalda bruscamente, se tapó con las cobijas y empezó a llorar. Vi cómo levantaba sus hombros y, conforme sus lágrimas se convertían en ronquidos, me di cuenta de que la única razón por la que había ido esa noche era para romper su relación conmigo.

Dos días después regresé a casa en Los Ángeles, totalmente agotada y llena de premoniciones.

CAPÍTULO 26

無風起浪

Wu feng qi lang
Hacer olas sin viento

A pesar de mi pelea con Lydia, Tai-way estuvo en permanente contacto con nosotros. En marzo de 1989, recibimos una invitación para la boda de Tai-ling en St. Paul, Minesota. Bob me aconsejó que no fuera: "No después de todas esas cosas horribles que Lydia te dijo en Hong Kong."

Entonces Tai-way llamó de Stuttgart. Me rogó que fuera.

—Mis padres vienen desde Tianjin para la ocasión. ¿Por qué no te unes a nosotros para que sea una verdadera reunión familiar?

Él iba a quedarse un mes en Estados Unidos después de la boda y planeaba visitarnos en California. Estábamos encantados.

—Mamá está preocupada de que todavía estés enojada con ella. Pero le dije que tú no eres el tipo de persona que guarda rencores. ¿Por favor vendrías a la boda, como un favor especial para mí? Sé que también significará mucho para Tailing y para mi papá. Además, estoy seguro de que todo se podrá aclarar cuando Mamá y tú se vean cara a cara.

Volamos a St. Paul la noche anterior a la boda. A la mañana siguiente en la iglesia, Lydia, Samuel y Tai-way nos saludaron cálidamente. Fue como si nunca nos hubiéramos peleado. Yo fui el único miembro de nuestra familia que realizó el viaje, dijo Lydia, y eso la hizo quedar muy bien. Nunca olvidaría ese gesto.

Era la primera vez que veíamos a Tai-ling desde nuestro breve encuentro en el aeropuerto de Beijing nueve años atrás y apenas la reconocimos. Cuando le regalamos un cheque muy grande como regalo de bodas, se lo dio descuidadamente a su novio, Alan, y le dijo que lo pusiera "por ahí". Su tono hostil nos sorprendió.

Después de la ceremonia, llevamos a Lydia y a Samuel a la recepción en un coche rentado. El tema de la pelea en Hong Kong surgió.

—Los queremos invitar a cenar hoy —dijo Lydia—. Les explicaré todo después.

Yo pregunté si Tai-ling estaba enojada con nosotros.

—Si en verdad quieres saber —contestó mi hermana después de una larga pausa—, no está contenta contigo porque siente que debías haberle dado la misma ayuda que le diste a Tai-way.

Le recordé que el amigo de Bob, el profesor Leland, había conseguido una beca completa para Tai-ling y que nada le hacía falta.

—Eso no es para nada lo mismo —replicó Lydia con aspereza—. Tai-ling cree que es tu deber como tía darle la misma cantidad de dinero que le diste a Tai-way. Se sintió discriminada.

En ese momento llegamos.

Tai-way se acercó a nosotros con una amplia sonrisa y copas de champán. Habló entusiasmado sobre su trabajo como acompañante en la ópera en Munich. Nos agradeció a ambos haberle dado a él y a toda su familia "ese ingrediente esencial para la felicidad... conocido como esperanza". Después confirmó los planes que había hecho para la cena más tarde esa noche "cuando Mamá les explicará todo sobre lo que pasó en Hong Kong".

—Sabes que no hubiéramos venido si no hubieses insistido —le dije—. Dime, en verdad, ¿está contenta tu madre de que hayamos hecho el viaje?

—¡Por supuesto que está contenta! —exclamó Tai-way—. Te voy a decir algo entre nosotros. Niang le ordenó a Mamá que no te invitara a la boda de Tai-ling, pero Mamá le desobedeció.

Sus palabras dispararon una alarma. No hacía tanto tiempo que Niang me había regañado severamente por ayudarle a Tai-way a salir de China. No había habido más que animosidad entre ambas mujeres durante más de treinta años. Ahora que estaban reconciliadas, ¿por qué estaría aconsejando Niang a Lydia que no me invitara a la boda de Tai-ling?

Un gong anunció que se serviría la comida. A Bob y a mí nos sentaron en la misma mesa que Samuel y Lydia. Hubo discursos, brindis y un recital de piano de Tai-way. No podía concentrarme. Las palabras de Tai-way resonaban en mi mente. Sólo jugué con mi comida sin probar bocado. Entonces hubo una pausa entre los discursos. Me acerqué a Lydia delante de Bob y le dije:

—Dime, ¿es verdad que Niang te aconsejó que no me invitaras a la boda de Tai-ling?

Lydia permaneció en silencio por tanto tiempo que me pregunté si me habría oído. Mi pregunta pareció paralizarla. Finalmente dijo con una vocecita ronca:

—Sí. Seguro que te lo dijo Tai-way. Te explicaré todo en la cena hoy en la noche.

Después de la comida hubo una recepción en la casa de la madre de Alan, que vivía sola cerca de ahí. La ayudamos a colocar los refrescos y estábamos conversando alegremente cuando Lydia interrumpió nuestra charla llevándonos a un rincón. Samuel no se sentía bien y quería que los lleváramos de vuelta a la casa de Alan, donde se hospedaban. Más tarde nos reuniríamos para cenar. Mi hermana había hecho reservaciones en "el mejor restaurante chino de

St. Paul" y nos llamaría a las seis y media para decirnos cómo llegar.

El teléfono sonó a las seis y media en nuestra habitación. Bob contestó. Era Tai-way. Bob parecía confundido.

—Pero, ¿por qué? —preguntó. Después lo oí decir—: Es mejor que se lo hagas saber a tu tía personalmente.

Puso la llamada en espera y me dijo: —Tai-way dice que la cena se canceló. No pudo darme ninguna razón.

Me senté en la cama y contesté la llamada. Estaba preparada para una larga conversación pero no sucedió así.

Oí la voz ampulosa de mi sobrino repitiendo tajantemente el mensaje. Lo presioné para que me diera una razón. Después de una larga pausa contestó en mandarín:

—Tiene algo que ver con su niñez. Esto es demasiado complicado como para que yo lo entienda. De cualquier forma, la cena se cancela.

—¿Puedo hablar con tu madre? —pregunté.

Nuevamente hubo un silencio. Finalmente dijo: —No puede venir al teléfono. No quiere hablar contigo.

—¿Y tu padre?

—¡Mi padre! —dijo incrédulo, como si su padre fuera la última persona con quien yo pudiera querer platicar—. ¡Él no sabe nada! No puede hacer nada al respecto. Además —añadió—, mi padre tampoco quiere hablar contigo.

—Y tú —pregunté— ¿tú tampoco tienes nada que decirme?

—No tengo derecho a decirte nada —su voz se hizo aún más defensiva—. Lo que sí te puedo decir es que no te visitaré en California.

—Supongo entonces que esto es una despedida —le dije a Tai-way sintiéndome perpleja y herida. Mi sobrino no dijo nada y suavemente colgué el teléfono.

Así fue como Bob y yo nos fuimos de St. Paul después de la boda de Tai-ling. En el futuro no volvió a haber ni una carta ni una llamada telefónica de ninguno de los Sung para aclarar las cosas. Sin embargo, nuestro estado de cuenta de ese mes reveló que el cheque que le dimos a Tai-ling como regalo de boda había sido cobrado el lunes siguiente al sábado de la celebración.

Cuando hablé por teléfono con James, me dijo enfáticamente que no confrontara a Niang con el asunto de las invitaciones a la boda de Tai-ling.

—No 無風起浪 *wu feng qi lang* (hagas olas sin viento). ¿Cómo se dice por allá? No muevas el asunto.

CAPÍTULO 27

近朱者赤，近墨者黑

Jin zhu zhe chi; jin mo zhe hei
Junto al bermellón, uno se pinta de rojo;
cerca de la tinta, uno se pinta de negro

Hay un dicho cantonés que dice: "Cuando China estornuda, a Hong Kong le da neumonía." Ocurrían cosas trascendentales en el continente. La boda de Tai-ling en abril de 1989 coincidió con el inicio de manifestaciones estudiantiles en Beijing que clamaban por los derechos humanos, la justicia, la democracia y la eliminación de la corrupción y el nepotismo. Entusiasmados por la prensa occidental, 50,000 estudiantes marcharon a través de la Plaza de Tiananmen el 4 de mayo. El resto es historia.

Los residentes de Hong Kong se percataron de que 1997 estaba a sólo ocho años de distancia. Por simpatía con los estudiantes de Beijing, 40,000 personas fueron a la primera marcha en Hong Kong el 20 de mayo a pesar de las lluvias torrenciales e intensos vientos que arrastraba el tifón Brenda. Al día siguiente, 500,000 personas salieron a la calle. Finalmente, el 28 de mayo, más de un millón de habitantes se amontonó en el área céntrica conocida como Central, clamando democracia. La noche del 3 de junio, el grupo militar 27 del presidente Yang Shang-kung abrió fuego en la Plaza de Tiananmen y arrestó a los líderes estudiantiles. En Hong Kong la bolsa de valores cayó 581 puntos en un día. Se convocó una huelga de apoyo el 7 de junio. La gente marchó por los muertos, vistiendo los colores de luto de oriente y occidente, el blanco y el negro. Hubo levantamientos en la calle Nathan y la policía dispersó a los manifestantes con gas lacrimógeno. Temerosos de la China comunista, los residentes de Hong Kong exigieron el derecho a vivir en Gran Bretaña después de 1997.

James y Louise todavía no tenían pasaportes extranjeros. Sabían que Niang quería que se quedaran con ella en Hong Kong después de 1997. Ella, por supuesto, con su pasaporte francés y su condominio en Montecarlo, era libre de irse cuando quisiera. Si James decidía emigrar, sabía que Niang querría irse con ellos al nuevo país. Hablar del tema sin invitarla hubiera sido arriesgarse a hacerla enojar y eso ponía en peligro su herencia. En secreto, James empezó a organizar la emigración de su familia a Canadá, donde las concesiones a los impuestos sobre la renta eran favorables. Contrató abogados para el papeleo esencial y compró una casa en Toronto a principios del verano de 1989.

Cuando llamé a Niang en julio fue Ah Fong quien me contestó. Dijo que la señora estaba en el Sanatorio de Hong Kong y me comentó que era muy triste que apenas Papá falleció, Niang había caído enferma.

Llamé a su habitación en el Sanatorio.

—¡Ah, hola Adeline! —sonaba cortés pero distante—. Qué amabilidad la tuya de llamar. ¿Cómo conseguiste el teléfono?

A casi trece mil kilómetros de distancia, me senté erguida y arreglé mi falda.

—Ah Fong me lo dio cuando traté de localizarte en casa. ¿Cómo te sientes? ¿Qué tienes? ¿Quieres que vaya para allá?

Con una voz gélida me dijo que había notado sangre en sus heces y que le habían hecho una biopsia de colon. Después agregó:

—Me siento bien y regresaré a casa en unos días. No es necesario que vengas. Puedo cuidarme yo sola perfectamente.

—¿Está James contigo?

—No, James y Louise están de vacaciones en Toronto.

Sus síntomas no sonaban alentadores. Pensé en Niang sola y a punto de enfrentarse a malas noticias en una habitación de hospital no lejos de aquélla en la que Papá se había consumido durante siete años. La escena me entristeció. Le rogué que me dejara ir a cuidarla. Permaneció inmutable: estaba perfectamente. Además, no tenía tiempo para "atenderme".

—¿Atenderme? ¡Cómo crees! Sólo quiero ofrecerte algo de ayuda.

—No necesito tu ayuda. ¿Por qué me estás molestando? Te he dicho repetidas veces que te llamaré si te necesito. Si no te importa, voy a colgar. Necesito descansar.

Deduje que seguramente James no estaba enterado de la enfermedad de Niang o de lo contrario no se habría ido a Canadá.

James pareció sorprendido cuando lo llamé.

—¿Cómo supiste que estaba en Canadá? —su voz era tensa y nerviosa—. ¿Quién te dio mi teléfono?

—No me acuerdo —le dije por molestarlo—. Déjame ver, ¿fue la CIA, el FBI o la Policía Montada de Canadá?

—¡Ya! ¡Dime quién te dijo! —replicó molesto.

—¡Cálmate! Fue Niang la que me dijo que estabas en Canadá y Ah Fong me dio tu número.

Alcancé a oír su alivio. Le dije que Niang estaba en el Sanatorio de Hong Kong y que sus síntomas parecían indicar que tenía cáncer de colon. Era obvio que mi hermano no lo sabía.

—Le ofrecí ir a cuidarla, pero no quiso que yo fuera. No puedo entender por qué Niang ha estado actuando tan fría conmigo. ¿La ofendí sin darme cuenta?

—Probablemente es su enfermedad —contestó James—. No creo que sea algo personal en contra tuya. Será mejor que vaya yo mismo para ver que todo se arregle. Si te dijo que no fueras a Hong Kong mejor no la contradigas. De cualquier forma, te llamaré tan pronto como se sepan los resultados de la biopsia.

Pero James no habló. Esperé una semana antes de llamarlo a Hong Kong. Mi diagnóstico había sido correcto. Niang tenía cáncer de colon y necesitaba cirugía. James le ofreció la opción de operarse en California pero ella se negó.

—En ese caso, voy a ir para allá y estaré a su lado durante la operación.

James dudó. Después dijo en voz baja pero con determinación:

—Niang no quiere que vengas ahora.

Por un momento me quedé sin habla. Podía oír los gritos de James del otro lado de la línea:

—¡Bueno! ¡Bueno! —y después el equivalente en cantonés—: *¿Wei? ¿Wei?* ¿Ahí estás?

Rechiné los dientes.

—¿Por qué? —pregunté.

Esquivó la pregunta.

—Pensé que se había cortado la llamada —gritó, como si así me hiciera sentir mejor—. Creo que debemos colgar ahora. Se oye mucho ruido en la línea. Niang ha decidido que el doctor Lim haga la operación. Se instruyó en la escuela de medicina de Harvard. Me dijo que te mandara una copia del informe de la biopsia y el número de teléfono del consultorio del doctor Lim en Hong Kong. Niang quiere que le hables para que confirmes su calidad como médico.

—¿Qué está pasando, James?

—La pobre Vieja está enferma —contestó James—. Sólo haz lo que dice.

—Bueno. Pero, ¿qué está pasando, James? ¿Por qué no quiere que esté con ella?

—Te enviaré un fax pronto —dijo, y dejó mi pregunta sin responder. Colgamos.

En unos cuantos días recibí el informé de la biopsia. Las noticias eran terribles. Su cirujano extrajo las lesiones de su intestino pero encontró dos tumores cancerígenos grandes en su hígado. Niang se negó a que le operaran éstos o a someterse a quimioterapia. Su hermana, Tía Reine, había muerto unos cuantos años antes de cáncer de hígado a pesar de las dosis masivas de drogas y de radiación que le habían causado un sufrimiento terrible. Traté en vano de persuadir a Niang de venir a Estados Unidos para que tuviera una segunda opinión. Cada vez que llamaba, la enfermera me decía que estaba descansando y que no podía molestarla. Incluso James me llamó en una ocasión para advertirme que no "interrumpiera su descanso".

Sin embargo, unos cuantos días después de la delicada operación, Niang me llamó para invitar a toda mi familia a Hong Kong a pasar la Navidad. Sonaba amistosa y se disculpó por no haber escrito o llamado mientras estuvo internada, y dijo que deseaba olvidar la enfermedad y seguir con su vida.

Bob y yo llevamos a nuestros dos hijos y pasamos una bonita Navidad con Niang en Hong Kong. No mostró ninguna secuela de su enfermedad y se unió a todas las celebraciones, intercambiando regalos y firmando sus tarjetas: "Afectuosamente, Mamá". Nos separamos en buenos términos.

Durante los siguientes ocho meses me llamó con mucha frecuencia para discutir sus planes de emigrar a Estados Unidos antes de 1997. Edgar le había ayudado a conseguir una credencial de residencia permanente y poco antes Niang había comprado un condominio en Nob Hill, San Francisco. Me moría por tener una conversación íntima con ella y fantaseaba con exponer nuestras almas en una reconciliación al pie de su cama de enferma en la cual me explicaría todo y moriría en paz, rodeada por mi amorosa familia. Le rogué que viniera a pasar una temporada con nosotros en Huntington Beach, pero siempre se negó.

Un día a finales de agosto, cuando hablé, Ah Fong me informó que estaba nuevamente en el hospital. Ya vestida y lista para ir a una revisión, Niang se sintió repentinamente débil y no pudo caminar. La internaron en el Hospital Bautista de Kowloon. Cuando la llamé, confesó que se sentía muy mal y entonces, para mi total asombro, agregó:

—Me gustaría que vinieras y me llevaras a Estados Unidos.

¡No podía creer lo que oía! Le había ofrecido tantas veces ir a Hong Kong a ayudarla. Y ahí estaba, desde el hospital, suplicándome que la trajera a Estados Unidos. Tratando de ver las cosas con más serenidad, le pregunté si el doctor Lim consideraba que estaba en condiciones de viajar. Ella dijo que no le importaba lo que los doctores aconsejaran: todo lo que ella quería era que la recogiera y que la llevara a curarse a Estados Unidos. ¿Sabía James de su hospitalización? No, no sabía. Se puso necia. ¿Iba a ir a rescatarla o no? Le prometí que iría con la esperanza de que pudiera descansar mientras tanto. Su respuesta fue amarga. ¿Cuál era el propósito de estar ahí acostada descansando y descansando más si no podía dormir? Y no podía dormir desde la muerte de Papá. Le pregunté si su doctor podría recetarle algún somnífero. Contestó con una voz exasperada:

—¡Adeline! Estoy muy cansada. Haz lo que digo. Arregla todo. Ven y llévame contigo a tu casa de Estados Unidos.

Llamé a su doctor en el Hospital Bautista y me dijo que Niang tenía fluidos en el abdomen. Dudaba que viviera más de un mes, ya no digamos volver a caminar. En cuanto a irse a Estados Unidos, podría sobrevivir al viaje, pero sólo en camilla. Referente a su insomnio, me dijo:

—Ha tomado tantas pastillas potentes para dormir durante tantos años que nada le sirve ya. Sinceramente, las dosis son alarmantes. Pero tal vez pueda darle algo de morfina para que esté más cómoda.

Llamé a James, que estaba en Boston inscribiendo a su hija en el Tufts College. Le repetí la inesperada petición de Niang. ¿Debía obedecerla a ella o al doctor Lim, que decía que se moría? James me aconsejó que esperara a que él regresara a Hong Kong y consultara personalmente a Niang. Planeaba salir al día siguiente.

Dos días después, James llegó a Hong Kong. Con una voz alicaída y fatigosa llamó para decir que Niang ya no lo reconocía. Le pregunté si tenía algún sentido que fuera para allá y la trajera a California.

—¡Mira! Está en el lecho de muerte y no está en condiciones de ir a ninguna parte. El doctor Lim dice que morirá en unos cuantos días. Más valdría que te prepararas para venir al funeral y a la lectura del testamento. Estoy haciéndome cargo de los arreglos ahora mismo.

Niang, aunque inconsciente y agonizante, estaba a punto de jugar su última y triunfal carta. De sus dos hijos, uno estaba muerto y la otra desheredada; sin embargo, tenía cinco hijastros con quienes jugar esta última mano. Nos había hecho creer que tenía en sus bóvedas una de las más grandes fortunas del mundo. En algún momento, tal vez a principios de la década de los setenta, cuando papá todavía gozaba de sus facultades, la familia Yen era considerada una de las más ricas de Hong Kong. Hacia finales de los ochenta, la fortuna de Papá había menguado. Sólo James tenía acceso a los documentos y nos había revelado que su valor real era de aproximadamente treinta millones de dólares.

Pero lo que yo anhelaba no era el dinero en sí. Después de todo, Bob y yo teníamos trabajos seguros que pagaban bien y con buenas pensiones. Surgía más bien de una necesidad básica: un deseo de aceptación, una obligación de obtener el lugar que me correspondía en la familia, un grito primigenio para ser incluida, todo lo que me había sido negado en mi juventud. Era un deseo profundamente enraizado de que todos fuéramos tratados con justicia e igualdad. No podía soportar la idea de que yo, o cualquiera de nosotros, fuera selec-cionado para ser presa de la discriminación o el descuido. A pesar de saber que Niang no era amable ni buena, ansiaba su aceptación tal y como había buscado la bendición de Papá. A este respecto, Papá y Niang representaban una unidad.

Niang utilizó nuestro concepto tradicional confucia-no de piedad filial para hacer penetrar su terrible influencia. Su continuo dominio trascendía toda lógica. La extensión de la unidad familiar se ha mantenido como la fuerza motivadora que une a todos los chinos con sus raíces. Excepto Susan, que a través de pura fuerza de voluntad se había hecho independiente, todos los demás estuvimos emocionalmente encade-nados a Niang a lo largo de nuestras vidas.

Llamé a Gregory a Vancouver y hablamos sobre la inminente muerte de Niang. Parecía preocupado por no heredar mucho, si acaso heredaba algo, pues siempre le había desagradado a Niang.

—¿Crees que haya querido a alguno de nosotros? —pregunté.

—¡Por supuesto que no! Pero pienso que tenía más reservas respecto a mí porque, como hijo mayor, amenazaba su posición en la jerarquía familiar —entonces Gregory me sorprendió—: ¿Me ayudarías, Adeline, si James se queda con todo y no le toca nada a los demás? Cuento con esta herencia.

Le contesté tan honestamente como pude: —Sabes que sería difícil para mí pelear con James. Pero no creo que Niang sea tan injusta. Además, me parece que James se merece un pedazo más grande. Después de todo, le ha dado treinta años de su vida.

Gregory no se sintió impresionado.

—Nadie le torció el brazo. Obviamente sintió que sus probabilidades de tener éxito eran más altas si apostaba por Niang a que si lo hacía todo por su cuenta. No estés tan segura sobre el comportamiento de nadie cuando haya dinero de por medio. 近朱者赤、近墨者黑 *Jing zhu zhi chi; jing mo zhi hei*

(Junto al bermellón, uno se pinta de rojo; cerca de la tinta, uno se pinta de negro). James ha cambiado mucho con el paso de los años.

Transcurrió otra semana. El domingo 9 de septiembre James dejó un mensaje en nuestro contestador: "La Vieja murió hace una hora y media, a las cuatro de la madrugada del domingo."

CAPÍTULO 28

酒肉朋友

Jiu rou peng you
Amigos de vino y carne

El funeral de Niang se planeó para el 17 de septiembre de 1990. Antes de que saliera con Bob hacia Hong Kong, James y yo discutimos sobre los arreglos para el entierro de Niang. Durante el transcurso de nuestra conversación telefónica le comenté sobre las dudas de Gregory.

Niang había tomado tal cantidad de píldoras para dormir durante tantos años que Gregory y su esposa, farmacéutica de profesión, temían por su cordura. Les preocupaba que pudiera haber alterado el testamento original de papá bajo la influencia de las drogas. ¿Podría haber elegido a Gregory o a cualquier otro aparte de Susan para excluirlo de su testamento?

James dijo que a él nunca le había consultado al respecto y que por tanto no tenía la menor idea de qué decía el testamento de Niang. De pronto preguntó si me acordaba de la antigua institutriz de Franklin, la señorita Chien. Los guardias rojos la habían desterrado de la casa de papá en 1966, después de lo cual, durante doce años, vivió en una abyecta pobreza con la familia de su hermano en Hangzhou en calidad de odiada tía solterona. La fortuna no le sonrió y contrajo un cáncer de piel que se extendió a huesos e hígado. Un día de 1978, James recibió una carta inesperada de la señorita

Chien dirigida a papá, que ya era senil. La señorita Chien obviamente agonizaba. Su cuerpo se despedazaba de dolor y no tenía dinero para comida ni medicinas. Le rogó que le enviara una pequeña cantidad para pasar más tranquila sus últimos días. James se preparaba para mandarle un giro bancario cuando Niang entró a la oficina.

—¡No te atrevas a enviarle nada! —ordenó—. La señorita Chien ya no nos es útil.

—Sentí cómo se me erizaba el pelo de la nuca cuando escuché sus órdenes —me confió James—. Nadie debería esperar de Niang un trato equitativo o justo. ¡Te digo que es despiadada! Cualquiera de nosotros pudo haber sido desheredado en cualquier momento sin razón alguna.

El funeral se llevó a cabo en North Point, en el mismo lugar donde dos años antes se realizó el de Papá. Niang yacía en una angosta cama de una capilla interior. Su cara se veía manchada, a pesar del denso maquillaje que el funerario le había aplicado. Estaba ataviada con un elaborado vestido negro y tenía los brazos rígidos colocados a los lados. Su cabello teñido de negro ébano estaba estirado severamente hacia atrás, revelando la prominente frente que se esforzaba tanto por ocultar en vida.

Las ayudantes cantonesas de Niang, Ah Fong y Ah Gum, llegaron vestidas con sus túnicas blancas y sus pantalones negros sueltos. Habían servido a Papá y a Niang fielmente durante más de treinta años. Su chofer se presentó un momento. Llegaron dos enfermeras; ambas habían sido empleadas por Niang para hacerle compañía en la noche. Susan y su esposo, Tony, fueron los últimos en hacer su entrada. Nuestra hermana menor se veía radiante en un glamoroso traje negro, su cabellera brillante ondulada a la moda. Nos dijo que había mandado decir una misa para Niang esa misma tarde en una capilla católica.

Nos sentamos en sillas metálicas en aquella habitación fría y antiséptica esperando la llegada de los deudos. Yo había visto fotografías y oído numerosas historias de lujosas comidas, cenas, bailes y recepciones.

—Lo único malo de vivir en Hong Kong —me dijo Niang en una ocasión—, es la constante ronda de fiestas y más fiestas.

Yo esperaba que en cualquier momento un grupo de sus amigos entrara por la puerta. Pero nadie vino a dar el pésame ni a decir un último adiós.

Pensé en mi niñez miserable y el abuso que Niang siempre había infligido a todos los que la rodeaban. Recordé mi alegría cuando finalmente escapé de su reinado de terror y opresión. Sin embargo, me seguía importando si me quería o no.

Salí de mis pensamientos y vi al señor Lu, el fiel director financiero de papá, levantarse de su asiento para sentarse junto a Bob. Le decía en secreto:

—No creo que venga nadie más. No tenía verdaderos amigos, sólo 酒肉朋友 *jiu rou peng you* (amigos de vino y carne). Como ambos saben, era una persona poco común. Simpatizaba con muy pocas personas. Miren cómo sacó a Susan de su vida y de su testamento. Susan era su única hija, sus propios *gu rou* (huesos y carne).

El párpado derecho me empezó a temblar involuntariamente mientras veía con atención al señor Lu, tratando de encontrar significado a sus palabras.

—¿Qué intenta usted decirnos, señor Lu? —pregunté con franqueza—. ¿Por qué no nos lo dice de una vez por todas sin andarse con tantos rodeos?

El señor Lu se dirigió a Bob, aunque sus palabras eran para mí.

—Parece que nadie le dice nada a ella —se lamentó—. Niang no quería que Adeline supiera esto, pero es probable que no le den nada cuando lea el testamento mañana.

—¡No le creo! —grité—. Hace tan sólo tres semanas me estaba rogando que la llevara conmigo a Estados Unidos. Seguro que tuvo que sentir *algo* por mí si deseaba morir en mi casa.

El señor Lu negó con la cabeza y se concentraba en esquivar mi mirada.

—Esa petición debe haber surgido por motivos ulteriores para voltear a todos sus hermanos contra usted. Tenía una credencial de residente permanente de Estados Unidos. El gobierno de ese país habría cobrado impuestos por defunción sobre sus bienes si hubiera muerto dentro del territorio. La hubieran culpado por llevársela a morir a su casa.

Empecé a temblar y me costaba trabajo respirar. Tenía seis años y era el Año Nuevo chino. Vestidos con llamativa ropa nueva, los niños nos reunimos a la hora de la comida para saborear los tradicionales pastelitos pegajosos de arroz mientras en las calles tronaban los festivos sonidos de los fuegos artificiales. Uno por uno, a mis hermanos les dieron su *ya sui chien*, un tradicional paquete de papel rojo con caracteres dorados que decía "Feliz y Próspero Año Nuevo" y que contenía dinero. A todos menos a mí. Yo fui la única niña a la que no le dieron, castigada por haber hablado en contra de la golpiza que Niang le daba a la pequeña Susan.

—Espere un minuto —interrumpió Bob con firmeza—. ¿Está usted seguro de los hechos? ¿Leyó el testamento de Niang? ¿Ya lo leyó James?

—No, ninguno de nosotros lo ha leído todavía —explicó el señor Lu—, pero estamos cien por ciento seguros sobre los datos más importantes. Créanme, no hubiera mencionado nada pero no pienso que tenga objeto alguno que Adeline vaya a la lectura del testamento mañana por la tarde para que la lastimen innecesariamente.

El resto de la tarde y noche lo pasé como en un trance. Fuimos todos a la misa católica organizada por Susan. No podía esperar a regresar al hotel para que James me dijera toda la verdad. Lo llamé tan pronto como regresamos. Su sirvienta me dijo que Louise ya se había acostado, pero que James estaba con sus hermanos en el Hotel Nueva Asia. Bob y yo bajamos en el elevador a la habitación de Gregory.

El ruido de la fiesta nos llegó al acercarnos a su puerta. Dentro encontré a mis tres hermanos, mi hermana Lydia y al señor Lu. Todavía traían puestas sus ropas negras de luto. Sobre la mesita de centro había una botella de whisky medio vacía y unos vasos. Se hallaban a la mitad de una fiesta. Los hijastros de Niang estaban de muy buen humor, celebrando su golpe de suerte. Obviamente, sabían desde hacía algún tiempo lo que decía el testamento de Niang.

Cuando entramos, la habitación se sumergió en un silencio forzado. Vi a James al otro lado del cuarto, sonrojado por el whisky y todavía sonriendo con el recuerdo del último chiste que habían compartido.

—Discúlpenme por interrumpir su fiesta —le dije directamente a él—, pero, ¿puedo hablar contigo en privado unos minutos?

La sonrisa desapareció de los labios de James.

—De hecho —contestó—, estaba a punto de llevar al señor Lu a su casa en mi coche. Se hace tarde.

—Bob y yo iremos contigo, ¿está bien?

—Vamos entonces —masculló James—. Vámonos de una vez.

En el asiento trasero del coche, mientras atravesábamos el túnel que cruza el puerto, Bob no soltó mi mano ni profirió palabra alguna durante todo el trayecto rumbo al departamento del señor Lu en Kowloon. Eran casi las once y había poco tráfico. Teniendo de fondo la constante plática nerviosa del señor Lu, mi mente regresó a un incidente olvidado hacía mucho tiempo.

Era un ardiente día de verano en medio de una ola de calor que sofocaba a Shanghai. Acababa de terminar mi tarea y yacía releyendo fascinada mi última boleta de calificaciones. Papá y Niang habían salido por unos días. Toda la casa se sentía ligera, relajada y sin preocupaciones. Estábamos regodeándonos en su ausencia.

La sirvienta entró y dijo que mis hermanos querían que fuera a verlos al comedor. Tenían algo especial para mí. Me levanté de un brinco cuando me aseguró que James también estaba con ellos. Que me llamaran mis tres hermanos mayores era algo misterioso y emocionante. Corrí al piso de abajo. Sobre la mesa del comedor habia una gran jarra de jugo de naranja rodeada de cuatro vasos. Tres de ellos vacíos.

Edgar habló primero, sonriendo de oreja a oreja: —Como es un día tan caluroso y como recibiste tantos honores en tu boleta de calificaciones, pensamos que deberías ser premiada con un vaso de jugo de naranja, ya que Papá no está aquí para premiarte él mismo.

—¿Por qué? —pregunté con recelo—. Nunca antes han sido amables conmigo.

—¡Tómatelo! —ordenó Edgar empujándome.

—No lo quiero. ¿Por qué me lo tengo que tomar? ¿Por qué no te lo tomas tú?

—Hasta tiene hielo, ¿ves? —Edgar levantó el vaso y el tintineo de los hielos me sedujo—. Te va a refrescar de inmediato.

Vi el jugo con deseo antes de dirigirme a Gregory: —No hay problema si me lo tomo, 大哥 *da ge* (hermano mayor)?

—Por supuesto que no. Lo hicimos nosotros mismos, con esta botella de concentrado de naranja, ¿ves? Hicimos este vaso especialmente para ti para celebrar tu desempeño ejemplar en la escuela —rieron histéricamente.

La habitación estaba caliente y pegajosa. El hielo flotaba tentador en el líquido color naranja.

Levanté el vaso y busqué la mirada de aprobación de James, con la certeza de que él nunca me engañaría: —No hay problema si me lo tomo, 三哥 *san ge* (tercer hermano mayor)?"

—No —contestó James—. Éste es tu premio porque te fue bien en la escuela.

Satisfecha, le di un buen trago. Lo escupí de inmediato. Mis tres hermanos habían mezclado su orina con el concentrado de naranja y me engañaron para que lo tomara. Estallé en llanto y lo que me afectó no fue la malicia de Edgar o la perfidia de Gregory sino la traición de James.

Cuando dejamos al señor Lu, me pasé al asiento delantero mientras James emprendía el viaje de regreso al hotel. Podía notar que estaba muy tenso. A pesar de que lo negaba constantemente, ¿cómo era posible que no supiera lo que el señor Lu me acababa de decir? Lo que es peor, debe haber estado coludido con Niang para mantenerme deliberadamente desinformada.

James pagó la cuota de diez dólares de la caseta de cobro, se apresuró a cruzar el túnel y emergió en la isla de Hong Kong. Yo me sentí aliviada con la oscuridad mientras él manejaba a velocidad vertiginosa.

Empezó a llover. James encendió los limpiadores.

—El señor Lu me informó —empecé a decir en voz baja— que me habían excluido del testamento de Niang. Me dijo que no me tocaría nada.

James no contestó y dio vuelta en una esquina para tomar la calle Wong Nai Chong Gap. Por primera vez, no lo negó. Por un momento dejó de lado todas las farsas. Al dar otra vuelta nos encontramos estacionados frente al hotel. Habíamos llegado y todavía no hablábamos.

—¡Di algo! —le supliqué—. ¿El señor Lu decía la verdad?

Sin apagar el coche, James mantuvo la vista fija al frente, como hipnotizado por el sonido de los limpiadores que se mecían de aquí para allá ante sus ojos.

—Sí —dijo.

—¿Y Papá? ¿Qué hay de Papá? ¿También me excluyó de su testamento? —las lágrimas caían a chorros por mis mejillas. Pensé en mi padre con la cabeza blanca, mudo y sin poder moverse año tras año en la habitación 525 del Sanatorio de Hong Kong. ¿Me había rechazado él también?

—Ya te dije que no he leído el testamento de papá —me gritó James con coraje—. ¿Cómo voy *yo* a saber lo que Papá quería? Además, su testamento es irrelevante. No sirve para nada. Todos sus bienes estaban a nombre de Niang.

—¿Pero por qué me excluyó Niang? ¿En qué la ofendí?

—Mira —contestó James con severidad— yo tampoco tengo todas las respuestas. Niang se quedó con una muy mala impresión de ti cuando permaneciste con ella en 1987. Decía que tú querías dejar a Papá en un departamento en Kowloon. También dijo que no le estabas agradecida por la educación médica que te dio en Inglaterra.

—¿Dejar a papá en un departamento en Kowloon? ¡Eso es tan ridículo que da risa! ¿Por qué habría yo de querer que Niang hiciera eso? ¿Y tú crees que es ésa la razón?

—No sé a quién o qué creer. Simplemente estoy repitiendo lo que Niang me dijo. Detesto las confrontaciones. Aunque odio admitirlo, ya no soy un jovencito y la vida no dura para siempre. No quiero una pelea interminable en los juzgados. Para mí es importante disfrutar en paz lo que sea que me quede de vida. Recuerda —añadió—, yo seré el albacea del testamento. Si decides levantar una demanda, estarás peleando conmigo. Si nos vamos a pleito, seré tu adversario.

Mientras hablaba sentí un escalofrío que me penetraba hasta la médula. Estaba oyendo un discurso preparado cuidadosamente. Esto no era un despliegue espontáneo de un hermano preocupado.

Bob, que había estado oyendo silenciosamente en el asiento trasero, se acercó y puso su mano sobre mi hombro.

—¿No ves que esto le está rompiendo el corazón? En este momento ella se siente abandonada, traicionada y violada.

—¡No me vengas con tus discursos elegantes! —gritó James con violencia—. Lo que quieren es dinero, ¿verdad? Dinero sí puedo darles. Díganme, ¿cuánto quieren?

Volteé a ver a mi hermano encorvado ante el volante, tenso y triste. Su cara estaba roja e hinchada de la pena.

—Tú y yo, James, hemos pasado por tantas cosas juntos. ¿Se reduce todo a esto? Seguro que tú, más que nadie, debes saber que no se trata del dinero. Se trata de familia y justicia y de nuestra travesía común en busca de una mamá.

Ni James ni Bob dijeron nada.

—Todavía no puedo entender por qué Niang me desheredó mientras me estaba viendo la cara de tonta. Mañana —continué— voy a ir al funeral. Pero a la lectura del testamento a las cuatro... eso no lo voy a poder tolerar. Te voy a esperar en el cuarto del hotel. ¿Puedes venir y avisarme cuando todo haya terminado? Y por favor trae una copia del testamento.

El testamento se leyó a las cuatro de la tarde, y a las seis y media James llegó con mi copia. Se podía oler el alcohol en su aliento y tenía mucha prisa por irse. Se habían ido directamente de la oficina del abogado al Clipper Lounge del Hotel Mandarín para celebrar. Planeaban cenar más tarde esa noche en el Shanghai Club. Susan, yo y nuestros esposos no estábamos invitados.

—Soy un hombre de palabra —anunció James—. Ésta es tu copia del testamento de Niang pero no me puedo quedar mucho tiempo. Me están esperando para cenar, soy el anfitrión.

—¿Qué dice?

—A Gregory y a Edgar les toca el veinte por ciento a cada uno. A mí me toca el cincuenta por ciento. A Lydia el diez por ciento. A Susan no le toca nada. A ti no te toca nada.

Pasé las hojas rápidamente hasta que encontré mi nombre.

—Adeline Yen Mah —le leí en voz alta a Bob—. Bajo ninguna circunstancia recibirá parte alguna de mi propiedad mi hija Adeline Yen Mah —la voz se me quebró—. ¿Por qué, James? ¿Por qué me odiaba tanto? "Bajo ninguna circunstancia", dice aquí. "¡Bajo ninguna circunstancia!"

James, que había permanecido de pie todo el tiempo, repentinamente fue hacia nuestro minibar y se sirvió un buen vaso de whisky. Se lo tomó de un trago.

—No te lo tomes tan a pecho —empezó—. Mira, déjame darte algo. ¿Qué te parecería el departamento de Niang? ¿Por qué no te quedas con él? Recuerda, si vamos a juicio, los únicos que saldrán ganando serán los abogados. Además —agregó—, tú ya tienes suficiente dinero, un diez o un veinte por ciento más no va a cambiar tu estilo de vida. Mira, tengo que irme ya. La cena es a las siete y media y todavía tengo que regresar aquí para recoger a Lydia. Quería hablarle a sus hijos para darles las buenas noticias.

—¿No te parece increíble que Lydia, a quien Niang odiaba y a quien no quería siquiera ver hace cuatro años, reciba el diez por ciento mientras yo, que le compré el boleto de avión a Lydia en 1986 para que las dos pudieran reconciliarse me quedé sin nada?

—Así es como la Vieja lo quiso al final —dijo James—. Quién sabe por qué. De cualquier forma, mañana en la mañana todos están invitados a ir a su departamento para repartirse los muebles, antigüedades y joyas. Llámame si vas a ir. Ya me tengo que ir, en serio. Nos vemos mañana.

CAPÍTULO 29

無頭公案

Wu tou gong an
Un caso sin cabeza y sin pistas

Susan veía el asunto con más claridad que yo.

—¡Cómo! —exclamó—. ¿A Lydia le toca el diez por ciento y a ti nada? ¿Qué clase de justicia es esa?

—Tú tampoco heredaste nada, 小妹 *xiao mei* (hermana menor) —yo estaba conmovida por la furia que le causaba mi situación, siendo que a ella le había tocado el mismo destino.

—A mí me habían desheredado desde 1973. ¡Ni esperaba ni quería nada de ella! ¿Pero qué hiciste *tú* para merecerte esto? ¡Qué insidiosa y perversa era! ¿Por qué te castigaría de esa forma?

Pensé que debía ser muy triste para Susan tener que admitir que una persona así era de sus *gu rou* (huesos y carne). Entonces recordé su fortaleza al haberse atrevido a alejarse de Niang hacía diecisiete años, algo que el resto de nosotros nunca pudo hacer.

—James dijo que era porque yo quería dejar a papá en un departamento en Kowloon y porque no estaba agradecida por mi educación médica.

—¡Qué tontería! Así que deben haber discutido el testamento entre ellos... y si ése es el caso, ¿por qué no te defendió James?

Mi hermana menor había puesto el dedo en la llaga.

—No tengo respuestas a eso, pero antes de irme de Hong Kong debo averiguar qué decía el testamento de Papá. James ofreció darme el departamento de Niang. También nos invitó a todos, incluso a ti, a ir a las Mansiones Magnolia mañana para repartirnos lo que hay.

—¡Debe estar bromeando! —rió Susan—. De ninguna manera voy a ir para allá. Los artículos personales de Niang me darían miedo y me traerían mala suerte. ¡Lo último que quiero es acordarme de ella! Y sobre lo del departamento, ¡no te dejes engañar! Los precios han caído drásticamente y todavía están bajos por lo de Tiananmen. James trata de comprarte de la forma más barata posible. Probablemente está asustado de que vayas a pedir la revocación del testamento, a lo cual tienes todo el derecho.

Esa noche dormí presa de la agitación. A las cuatro de la mañana estaba completamente despierta, dando vueltas en la cama. Bob me abrazó durante un largo rato. No pudimos volvernos a dormir y fuimos a caminar alrededor de la pista de carreras en Happy Valley, y terminamos como palomas mensajeras frente al departamento de James y Louise. Eran las ocho y ellos estaban desayunando.

Poco después llegaron Gregory y Edgar; este último se fue en el instante en que me vio. Gregory se sentó cómodamente junto a mí y aceptó una taza de té.

—El testamento de Niang me molesta —empezó a decir Gregory—. Es tan injusto. No está bien que a ti no te toque nada. ¿Qué te parece que debamos hacer para que el testamento de Niang sea más justo y que tú te sientas mejor? Sugiero que cada uno de nosotros te dé el diez por ciento de lo suyo para que te quedes con el diez por ciento de la propiedad.

Sus palabras hicieron que se me salieran las lágrimas. Me contuve y esperé a que me regresara la voz: —Te lo agradezco desde lo más profundo de mi corazón. Tu oferta es más que generosa...

—Como yo tengo la parte más grande —interrumpió James— mi diez por ciento es equivalente al cinco por ciento del total de la propiedad. Este testamento incluye el departamento de Niang —se dio la vuelta para ver a Louise, que permaneció callada con la mirada perdida. Nadie dijo nada—. Como ya había dicho antes, ya estoy muy viejo como para tener pleitos legales. Quiero disfrutar mi dinero. Así que la respuesta es sí.

—Entonces así quedamos —agregó Gregory—. Voy a hablar con Edgar y Lydia.

Louise volteó a ver su reloj y exclamó: —Le dijimos a Ah Fong que estaríamos ahí a las diez en punto. Son casi las nueve y media. Todavía tenemos que pasar por Lydia y Edgar. Ya nos tenemos que ir.

—Yo mejor me voy al salón de belleza. No me interesan las joyas ni los muebles de Niang. Lo único que me interesa encontrar es el testamento de Papá —me di la vuelta para ver a James y le pregunté—: ¿Nos das permiso a Bob y a mí para ir al departamento de Niang esta tarde a buscarlo?

—Me parece que pierdes tu tiempo —contestó James—. Pero si quieres ve y búscalo. ¡Llévate cualquier documento que quieras! El señor Lu y yo revisamos los papeles de Niang cuidadosamente y no pudimos encontrarlo.

Después de que me lavaron el cabello y me hicieron un peinado, regresé a mi habitación del hotel sintiéndome más fresca. Inmediatamente tocaron a mi puerta. Era Gregory.

—Hablé con Edgar y con Lydia. Edgar se negó definitivamente a darte algo. Al principio Lydia también dijo que no. Le recordé que nuestros padres la habían desheredado y que, si no fuera por ti, ciertamente no hubiera heredado un solo centavo. Finalmente accedió a darte cinco por ciento con la condición de que confesaras todo.

—¿Que confesara todo? ¿Qué es lo que tengo que confesar? —pregunté incrédula.

—Eso es lo que yo le pregunté. Ella tampoco estaba segura. Dijo que el que te hayan desheredado tan inesperadamente era 無頭公案 *wu tou gong an* (un caso sin cabeza y sin pistas). Quiere que confieses cuáles son las razones reales detrás de esa decisión. Es su entrenamiento comunista. Le gusta oír confesiones. La hacen sentirse poderosa. En China, durante la Revolución Cultural, la gente hacía confesiones por todas partes.

—Así que Lydia quiere mi verdadero testimonio. Bueno, a mí también me gustaría saber cuáles fueron las razones. Dile a Lydia que se quede con su dinero, Gregory —dije—. No quiero nada de ella.

CAPÍTULO 30

開門揖盜

Kai men yi dao
Abrió la puerta para saludar al ladrón

Bob y yo despertamos sobresaltados a las cinco de la tarde después de dormir todo el día. Nos apuramos y pedimos un taxi para ir a las Mansiones Magnolia. En el pasillo de mármol del décimo piso nos atacó el olor familiar del perfume de Niang, la naftalina y el olor a cigarro. ¡Con cuánta frecuencia había esperado en este umbral con las manos sudorosas y el corazón palpitando! Ah Fong abrió la puerta principal de madera de teca y la reja exterior de acero.

Dentro, todo se veía igual. Estaban las antiguas pinturas de Castiglione, el jesuita italiano de la corte del emperador Qian Long. Niang había recortado estas obras de arte para que se ajustaran a la disposición de los muebles. Contra una pared había cuatro sillas de secuoya elaboradamente talladas, las cuales se suponía habían pertenecido alguna vez al último Emperador de China. Viendo al puerto estaban sus sillones imitación Luis XVI. Sobre la mesita de centro de la dinastía Qing estaba la caja de plata de Tiffany que yo le había enviado como regalo de cumpleaños hacía dieciséis años. Junto a ella se encontraba el encendedor de oro para cigarros que Bob le había regalado en Navidad. En una ocasión, hacía varios años, le aconsejé que dejara de fumar.

—¡Déjame en paz! —me gritó—. No necesito que *tú* me digas que fumar es malo para mi salud. Está escrito en todas las cajetillas de cigarros.

Después de un rato agregó, con cierto patetismo:

—Es el único placer que me queda desde que tu papá se enfermó.

No contesté nada porque era verdad lo que decía.

Ah Fong daba vueltas alrededor de nosotros preguntando si queríamos algo de tomar. De pronto, recordamos que no habíamos comido. En su escaso cantonés, Bob le pidió que nos hiciera té y un poco de pan tostado. Después, no queriendo retrasar más el asunto, entramos a la recámara de Niang y empezamos la búsqueda.

Después del advenimiento de la enfermedad de Papá, Niang se había mudado de la habitación principal a una más pequeña que daba hacia la empinada ladera de la montaña que estaba detrás del departamento. Los muebles consistían en una cama individual, un escritorio antiguo chino con su silla, una mesita de noche con un reloj parlante que le habíamos regalado hacía unos años, un ropero y un armario empotrado.

Busqué entre la ropa encontrando una hilera de vestidos colgados ordenadamente, docenas de pares de zapatos en repisas como soldados en un desfile y bolsas de mano vacías puestas una junto a la otra en un anaquel superior. El testamento no estaba ahí. Al ver sus cosas personales sentí olas de náusea. La débil luz del techo y de la lámpara de la mesita de noche generaban sombras siniestras. Sentí una opresión en el pecho provocada por el poder del aura de Niang; mis sentidos estaban saturados por su olor.

Después me acerqué a su antiguo escritorio chino. Hacía seis años, Niang había ofrecido dejarle precisamente ese mueble a Bob. Recuerdo a Niang diciendo:

—Tallado en finísimo mangle negro por los hábiles artesanos de la dinastía Ming.

¿Ya estaría mintiendo en ese entonces? Me fijé bien en el elaborado diseño mientras probaba la suavidad con la que se abría el cajón superior.

Las pilas de cartas me llamaron la atención de inmediato. Montones y montones de sobres de correo aéreo que sumaban, quizás, doscientas cartas, acomodadas ordenadamente en filas. Me fijé en la conocida letra pequeña, como arañitas, que había en los sobres y en las estampillas de colores brillantes de la República Popular de China. Todas venían de Tianjin y estaban dirigidas al señor Joseph Yen. Todas fueron escritas por Lydia.

Al ver estas cartas me quedé paralizada. ¿Por qué le escribiría Lydia a Niang cada tercer día? Como en trance, saqué la primera carta de su sobre. Conforme empecé a leer, sentí cómo me invadía un dolor en el pecho. Me sentí mareada, como si estuviera de pie en el último piso de un rascacielos viendo hacia abajo cómo la tierra se mecía a mis pies.

Carta tras carta estaban llenas de mentiras y veneno, instando a Niang a odiarme. Aunque yo era "cruel, egoísta y avara" había escrito Lydia, le aconsejaba a Niang andar con cuidado frente a la odiada Adeline, dado que Niang ya no estaba en una posición fuerte. Me acusaba de desobediencia porque yo había mantenido contacto con Susan e incluso la había tratado de convencer junto a mis hermanos de ayudar a Tai-way sólo para sabotear las órdenes de Niang. El año de 1997 se acercaba rápidamente y Hong Kong sería gobernado por Beijing. Mi hermana mayor utilizó los miedos y la paranoia de Niang diciéndole que yo instaba a James a que emigrara para que Niang quedara abandonada y se viera forzada a pasar sus últimos años sola. Después le pidió a Niang jurar mantener el secreto.

Justo debajo de estas cartas había otras, de Samuel y Tai-ling, con acusaciones semejantes. Con el corazón lleno de pesar, me di cuenta de que al ir en contra de los deseos de Niang y ayudar a la familia de Lydia yo misma 開門揖盜 *kai men yi dao* (abrí la puerta para saludar al ladrón).

Al darme la vuelta para enseñarle las cartas de Lydia a Bob, él dio un grito jubiloso desde su ubicación en la habitación. Había estado buscando en el armario de Niang y probó ser mejor investigador que yo. Triunfante, agitó un documento frente a mí. Era el testamento de mi padre.

Bob y yo nos sentamos en la orilla de la cama de Niang y leímos el testamento de Papá una y otra vez. Oí de nuevo su voz. Era como si se levantara de su tumba para abrazarme. Sus deseos aliviaron el dolor en mi corazón.

El testamento de mi papá, firmado mucho antes de su enfermedad el 2 de mayo de 1974, era radicalmente diferente al escrito por Niang el 2 de junio de 1988, menos de tres semanas después de su muerte. Papá había dividido sus propiedades en siete partes. Me dejaba una a mí, una a Gregory, una a Edgar, dos a James y dos a sus nietos con el apellido Yen. No le dejó nada a Susan. Papá también escribió en su testamento la siguiente frase: "Me gustaría dejar por escrito que no se le dará parte alguna de mi propiedad a mi hija, Lydia Yen Sung."

Con el testamento de Papá apretado contra mi cuerpo, abracé a mi esposo.

—Finalmente, su testamento no importa. Pase lo que pase, *éste*, el testamento de mi papá, es el importante para mí. Al menos no me excluyó. Tal vez sí me quería después de todo. Además —añadí—, James hará lo que es correcto. Él es el albacea y es un hombre honesto.

Al azar, nos llevamos algunas de las cartas de Lydia y las pusimos con el testamento de Papá en mi bolsa de mano. En el taxi de vuelta al hotel Bob me tomó de la mano y me dijo:

—Recuerda que siempre estaré a tu lado...

CAPÍTULO 31

掩耳盗铃

Yan er dao ling
Robar la campana mientras te tapas los oídos

A la mañana siguiente, James y yo nos vimos para desayunar en un restaurante de *dim sum*. Nos sentamos uno frente al otro en anticuados bancos rojos de poca altura en torno a una mesa del mismo color. El restaurante estaba decorado con buen gusto al estilo del "Viejo Shanghai" de los años veinte, con ventiladores zumbando suavemente en el techo, ventanas enrejadas, un piso de brillante parqué, fotografías de época, bambúes en maceta y ramos de crisantemos frescos. Éramos los únicos clientes.

Afuera, llovía a cántaros. Nos sirvieron té y cada uno de nosotros ordenó un plato de sopa de tallarines. En silencio le pasé a mi hermano el testamento de Papá. James se quedó sorprendido de que lo hubiéramos encontrado tan fácilmente, y repetía que él y el señor Lu habían buscado "por todas partes" sin tener éxito.

—Me gustaría quedarme con este testamento. No tiene valor, por supuesto, pero quiero dárselo al abogado que lleva el caso.

—Además del testamento —dije—, también encontramos varias cartas en el escritorio de Niang. Tal vez como dos centenares, la mayoría de ellas de Lydia. Anoche tomamos unas cuantas al salir del departamento de Niang.

Saqué el pequeño montón de cartas de mi bolso y las puse junto al testamento de Papá. James las vio y frunció el ceño. Sus labios se comprimieron. Ya había visto esta expresión muchas veces en el pasado, generalmente hacia el final de un reñido juego de ajedrez, justo antes de su jugada final para hacer jaque mate.

—No tenías derecho a *tocar* esas cartas, mucho menos sacarlas del escritorio de Niang —dijo con voz helada—. ¡Esas cartas son privadas!

—Creo que tienes que leerlas. Mira —dije enfáticamente—, esta carta está fechada el 7 de octubre de 1987. Mientras yo trataba de ayudar a sus hijos, Lydia trabajaba en mi contra.

—No quiero leer esas cartas venenosas.

—¿Pero no quieres saber la verdad? —pregunté patéticamente—. ¡No puedes 掩耳盜鈴 *yan er dao ling* (robar la campana mientras te tapas los oídos)!

—¿Existe tal cosa como la verdad absoluta? —preguntó retóricamente—. Todo depende del punto de vista de la persona. De cualquier manera, ya pasó todo eso. *¡Suan le!* (Olvídalo.) Además, *odio* las confrontaciones. Recuerda, si tú pides la revocación del testamento, estarás peleando contra mí. Y si tú y yo acabamos en la corte por eso, entonces habremos caído en la trampa de Niang, ya que eso era precisamente lo que la Vieja quería.

—Tú caíste en sus redes hace mucho tiempo. Siempre hizo lo que quiso contigo. No representabas ninguna amenaza. Incluso Lydia fue lo suficientemente hábil como para competir con *ella*.

James se rió: —¡Tienes razón! Son tal para cual. Para tu desgracia, te diste cuenta demasiado tarde. Fuiste *tú* quien organizó la reconciliación entre Lydia y Niang. Si no se hubieran visto en 1986, las cosas hubieran resultado muy diferentes.

Dejó a un lado sus palillos y pidió la cuenta.

—Tu problema, Adeline, es que siempre estás transfiriendo tus sentimientos y razonamientos a los demás. Tú querías creer que todos nosotros compartíamos tu sueño de una familia unida. De hecho, a nadie le importaba más que a ti. Mira, se hace tarde. Tengo que irme.

Sus ojos se encontraron con los míos en una mirada fija y obstinada. Se levantó, abrazando con fuerza el testamento de Papá y las cartas de Lydia.

—Te enviaré una fotocopia del testamento. En cuanto a las cartas, son privadas y las voy a quemar.

Salimos a la lluvia torrencial. Parecía que el planeta mismo estaba llorando. A lo largo de nuestra niñez, juventud y edad adulta, habíamos permanecido juntos en todo asunto importante. Con el paso de los años, Niang se debe haber resentido de este lazo especial entre nosotros. Al final, con el propósito de destruirlo, había hecho que James mordiera el anzuelo y lo hizo participar en un fraude que él detestaba. Nada la hubiera complacido más que ver cómo nos tirábamos a la yugular por su herencia.

Mientras lo veía alejarse rápidamente, hecho bolita para protegerse de la lluvia le grité:

—¡三哥! *¡San ge!* (¡tercer hermano mayor!) Fue una gran desgracia que hayamos tenido a Niang como madrastra. No te preocupes, no voy a pedir la revocación de su testamento. Nunca la dejaré triunfar sobre mí.

CAPÍTULO 32

落葉歸根

Luo ye gui gen
Las hojas que caen regresan a sus raíces

En una nublada mañana de marzo en 1994, recibí una carta de mi tía rogándome que fuera a verla a Shanghai. Las noticias me envolvieron en una tristeza similar al frío que se sentía en California, demasiado intenso para esa época. Mientras seguía en mi rutina diaria del centro quirúrgico, la imagen de mi tía muriendo sola en su gran casa me estremecía dolorosamente.

Dentro de mí, una vocecita silenciosa me susurraba que ésta sería la última vez que vería a mi tía. Instintivamente, yo me alejaba del pensamiento intolerable de que Tía Baba pronto se iría para siempre. En el largo viaje de Los Ángeles a Shanghai vía Tokio, hice elaborados planes de llevarla a Estados Unidos para que la atendieran los mejores especialistas.

Shanghai en los noventa se transformó en una ciudad llena de energía y vitalidad. Los coches atascaban las calles. Había grandes grúas color café que salpicaban los lugares de las construcciones. El horizonte estaba cubierto por una nebulosa película de polvo causada por los edificios viejos que estaban siendo derrumbados y reemplazados.

Una vez más, entré a la familiar calle donde mi tía había vivido los últimos cincuenta años. Estaba llena de cascajo y materiales de construcción. Me abrí paso entre brillantes motocicletas y automóviles de lujo importados. Desde el jardín, empujé las recién pintadas puertas de vidrio francés para entrar a la vieja sala que ahora era su recámara y abracé a mi tía y a todos mis orígenes.

Ya no podía levantarse de la cama después de una caída en la que se rompió la cadera. Las radiografías mostraban que tenía un cáncer de colon que ya se había extendido a otras partes. Para mi sorpresa, la encontré alegre y sin dolor, quizás por las pequeñas dosis de morfina que le estaban dando. Estaba rodeada de vecinos y amigos que se reunían al lado de su cama día y noche. En este mundo acogedor, ruidoso y gregario del lecho de enfermo "estilo chino", tan diferente de la absoluta y estéril soledad del cuarto de hospital estadounidense, su vida había adquirido la sorprendente cualidad de una continua fiesta de despedida.

Bob, que me acompañó, había estado estudiando mandarín. Probó sus habilidades recién adquiridas con mi tía, aunque, a decir verdad, su mandarín no se parecía a ningún dialecto que yo conociera. Después de un rato, Tía Baba lo interrumpió a mitad de una frase larga y complicada, para preguntarle qué idioma estaba hablando. Cuando le dijo que era mandarín, ella le comentó con malicia:

—La próxima vez, antes de que empieces a hablarme en chino, por favor avísame con anticipación: "Le voy a hablar en mandarín ahora." Si no me lo adviertes, mis viejos oídos pueden pensar que todavía estás hablando inglés.

Yo había regresado nuevamente al cálido nido del mundo de Tía Baba, segura de que era la única persona para la que yo siempre sería importante. Aquí, tomadas de la mano y escuchando su melódico acento de Shanghai, me olvidé del sufrimiento que atormentaba mi cabeza desde que me enteré de su enfermedad. En vez de miedo y desagrado, Tía Baba estaba flotando en una tranquila euforia. Se negó categóricamente a considerar la cirugía o siquiera la hospitalización, reprendiéndome con gentileza por mis grandiosos planes de rescate que ella calificaba de "macabros" y "no naturales".

—Ya llevo un recorrido de ochenta y nueve largos años. Es hora de aceptar el fin. Ya que no hay esperanzas de recuperación, ¿para qué prolongar la agonía de la muerte?

Hasta el final, sus preocupaciones se centraron en los seres queridos que dejaría atrás. Quería darme fuerza para aceptar todo mi dolor. Yo me acurruqué en la cama junto a su delgado y frágil cuerpo... como solía hacerlo cuando era niña y no podía dormir porque las cosas se veían terribles y la vida parecía no tener ninguna esperanza. Y ella me consoló, tal como lo hacía en el pasado, acariciando mi cabeza y contándome un cuento. Lo llamó "La herida incurable".

—Hace mucho tiempo, vivía una niña llamada Ling-ling. Era una talentosa artista. Después de la muerte de su madre, la concubina favorita de su padre la empezó a maltratar, mostrando preferencia hacia sus propios hijos. Ling-ling no tenía a nadie con quién jugar y pasaba su tiempo pintando. Sus dibujos se hicieron famosos y se vendieron en muchos taeles de plata. Su madrastra entonces se puso celosa. Una noche, se acercó sigilosamente a la cama de Ling-ling y le enterró un clavo sucio en la mano, embarrado con heces para causar una infección.

"Días después, la mano de Ling-ling se puso roja y se inflamó. A pesar de que le quitaron el clavo, le brotaba pus de la herida. Sin embargo, Ling-ling siguió pintando.

"Entonces pasó algo extraño. La herida nunca sanó, pero las pinturas de Ling-ling se hicieron cada vez mejores. Mientras más pus salía, mayor era la belleza de su trabajo. En toda China no había nada que se le asemejara. El dolor en su mano parecía cubrir completamente a Ling-ling con una esencia de invulnerabilidad, que le permitía 戰而必勝、門而必克 *zhan er bi sheng, dou er bi ke* (triunfar en cada batalla, superar cada adversidad).

"El mismísimo Emperador oyó hablar de las obras
maestras de Ling-ling. La llamó a palacio para que pintara el
retrato del príncipe heredero al trono. Se enamoraron y se casaron. No obstante, a pesar de que le administraban innume-
rables cataplasmas recetadas por los mejores doctores de
China, la herida de Ling-ling nunca mejoró. Continuó pintando maravillosamente hasta que murió a una edad muy
avanzada."

Las palabras de mi tía eran como una suave brisa que
alejaba las nubes oscuras. Su fe en mi valor siempre me había
servido como sostén a lo largo de mis años difíciles. Y ahora,
su historia me tocó con el arte de una varita mágica, llenán-
dome de armonía y consuelo.

Día tras día, me senté junto a ella y la vi entrar en un
coma del que nunca despertó y creí siempre que mi cercanía
la ayudaría en su viaje final. Reflexionando sobre sus ochenta
y nueve años que habían abarcado la mayor parte del siglo
XX, me di cuenta de lo sabia que había sido mi madre al con-
fiarme al cuidado de mi extraordinaria tía. En su estilo, modesta y sin pretensiones, me había guiado hacia un espíritu de
independencia que ella misma había manifestado al rechazar a
Niang y permanecer en Shanghai. Tía Baba no se dejó arras-
trar por las amargas penurias que sufrió durante la Revolución Cultural. El amor, la generosidad y el buen humor
nunca la abandonaron.

La vida había dado una vuelta completa. 落葉歸根
Luo ye gui gen (las hojas que caen regresan a sus raíces). Sentí
una oleada de reposo, una pacífica serenidad.

Las hojas que caen
se terminó de imprimir en el mes de abril de 2000,
en Litográfica Ingramex S.A. de C.V.
Centeno 162, Col. Granjas Esmeralda,
C.P. 09810, México D.F.
Composición tipográfica: Fernando Ruiz Z.
Cuidado de la edición: Noemí Novell, Sandra Hussein,
Edmundo Palacios y Rodrigo Fernández de Gortari.